黄海湿地文化丛书

故乡的滋味

韦 国/著

江苏人民出版社

图书在版编目(CIP)数据

故乡的滋味/韦国著. ——南京:江苏人民出版社,
2022.9

(黄海湿地文化丛书)

ISBN 978-7-214-27528-8

Ⅰ.①故… Ⅱ.①韦… Ⅲ.①散文集-中国-当代
Ⅳ.①I267

中国版本图书馆CIP数据核字(2022)第171912号

书　　　名	故乡的滋味
著　　　者	韦　国
责 任 编 辑	王　田
出 版 发 行	江苏人民出版社
地　　　址	南京市湖南路1号A楼,邮编:210009
照　　　排	南京东汉文化传播有限公司
印　　　刷	南京迅驰彩色印刷有限公司
开　　　本	787 mm×960 mm　1/16
总 印 张	126.75
总 字 数	1925千字
版　　　次	2022年9月第1版
印　　　次	2022年9月第1次印刷
标 准 书 号	ISBN 978-7-214-27528-8
总　　　价	474.00元(共7册)

(江苏人民出版社图书凡印装错误可向承印厂调换)

唱出故乡滋味的歌者

管国颂

我一直以为文学是谈天说地的事情,她关乎别人也关乎自己。当然,如果你搞不定自己肯定也搞不定别人。别人是什么,是我们笔下浮现的对象,是谈天说地时需要倾听的朋友。搞定,当然是要让人佩服,尽管这不是一件容易的事,但我们必须要这样做。

韦国先生要出一本书,应该说是五年前,甚至是更早以前的事了,我能确定的是,那时他把厚厚一叠书稿呈现给我,很谦虚地说是要请我写个序,至于书名,他也很认真地和我商讨过几回。从善如流,光阴如水,我为他的精神所感动。时至今日,他的执着一如他谦恭的秉性,依旧是给我送上一叠书稿,依旧虚心地听我一些口无遮拦的陋见,对着他纯真而充满无限期待的眼神,我反而有些汗颜了。

当我在静静的书房里承享午后的阳光,看窗外高远的天空一片湛蓝的纯洁世界,写下这段话,心里真的是感慨无限。常人习惯过一种平凡的生活,但即便这样,也还常有些不平凡的事情出现,比如饥饿、比如病痛、比如瘟疫、比如战争、比如……一个时代有一个时代的故事,人活一世,草木一秋,权利地位、有形的财富其实都算不得什么,无论如何,这些在作家的笔下,在精神层面的深处,与我们崇尚的人生、光荣和梦想相去甚远。

《故乡的滋味》给我们带来的正是一场高品质的文化盛宴。《故乡的滋味》集结了作者从过去到现在写的一些散文,不能说是全部,功夫在诗外,对着厚厚一叠书稿,我相信,作者让我看到的散文远远少于他的所写,其背后,十年磨一剑的耐力,在他出书延搁的过程中,已见一斑。

《故乡的滋味》是韦国长期来散文创作的一次全景式检阅,穿行这些作品之间,亲情、爱情、乡情、欢乐、悲伤、记忆、写实、思索、启迪……一股清新和质朴的气息扑面而来,就像是闻着刚从田地收割后运到场头的稻谷,透着泥土的芬芳,捧着就没法放下,那种久违的清纯在地道的乡音中弥散,变成文字、变成情操、变成我们共同向往的精神家园,陶醉的感觉,如远行者跋涉中相逢知音、天涯倦客看见驿站。现实社会多姿多彩,对生活的索取、对理想的追求,在我们每个人身上几乎都时刻交织着,是对物欲无止境的渴求,还是对自己人格不断的自我完善与升华,实际上是我们所有人本质上有所区别的参照系。

读《故乡的滋味》,文如其人,见字如面,多少次,我想象作者就坐在我的身旁,他以他淡然的语调,讲述他的所见所闻、所感所悟,人生百态、酸甜苦辣,往事在作者笔下的故事里奔涌演绎,亲切、平和的叙述里,始终衬托着作者温润有趣、纯粹雅韵的心境。

《故乡的滋味》场景式的描述,让你对一切似曾相识,仿佛和作者从小就生活在一起,从来也没有分开。《故乡的滋味》背后,原来就藏着一个故乡、一个村庄、一条河、一缕炊烟和你我他一群人的影子。文字是思想的载体,情感是诉说的母亲,在文学的层面,能打动我们的文字,能真正品味出故乡的滋味的,只能也永远是诉诸真情实感的内心,以及由此生出的文字。

记得2016年冬季刊的《湖海》文学杂志,韦国以一篇《露天电影》散文领衔栏目,出刊后,很多读者饶有兴趣,作为杂志主编,在意读者的反响可能超过一般的作者。由是,通过《露天电影》,我对韦国的散文作品从《露天电影》片断到全集再到其他,就有了更深的了解。

露天电影,那种儿时的文化娱乐,现在的年轻人已经体会不到了,而我们这个岁数的同龄人,无论城乡、也无论男女,对此却没有哪一个陌生,记忆深处的快乐大抵也少不了有露天电影的场景。过来的人都是有故事的,怎么表达却各有不同。"在下午三、四点钟,大队或生产队的打谷场上有人开始挖洞、树毛竹竿,然后将一张厚厚的镶着黑边框的白色幕布支起来,一只大喇叭箱挂在一侧的竹竿上。待到放映机架到结实的八仙桌上,喇叭里就开始响起音乐。优美的旋律响彻四方,如同人人都听得明白的通知:晚上来看电影!听得人心里痒痒的。"开篇寥寥几行纪实,让亲历者重温,让后来者感受到原来过去看一场露天电影动静这么大,难怪"听得人心里痒痒的",一个"痒"带活了一篇灵魂。女同胞"痒"起来,"是那些爱美的姑娘、大嫂们表现自己的好机会。她们总将浑身上下收拾得整整齐齐,有的还往身上喷了香香的花露水,聚在显眼的位置,叽叽喳喳说个没完,'咯咯咯咯'笑个不停。"小孩"痒"起来,为了能看上一场露天电影却是乖乖的,"一是让父母有好心情。下午放学回来,姐弟几个一起拼命做家务,把屋里屋外打扫得干干净净。将晚饭做好并盛放在桌上,父母一回来就可以开饭。二是打悲情牌。让年龄最小的也就是我弟弟哭鼻子。"无论什么都捉襟见肘的年代,看场露天电影那么不容易,露天电影的魅力也就越发撩拨人,以至于多少年过后,作者把其中的细节写得栩栩如生,感怀不已。"现在,似乎没有这种不用花钱的露天电影了。花上五六十元坐在影剧院里看部大片,是许多人感觉很惬意的事情。可是我却时常怀念少年时追过的露天电影。"画龙点睛,在看似平实的忆旧中多了思想的升华。

  韦国的《故乡的滋味》不同于其他的散文集,它没有华丽的辞藻,也没有记叙多少惊心动魄的大事件,拉开《故乡的滋味》帷幕,背后全是故乡的炊烟、作者生活的影子,人生感悟的抒发也总是那么水到渠成般暖暖地浸入读者的心灵深处。

  在《年味浓浓的小方糕》中,作者用近乎白描的手法谋篇,"堂弟从老家带了些小方糕给我,刚蒸好的。将鼻子凑近了,好香!是藏在记忆深处浓浓的年的味道。"再细腻地"用指头轻轻按了按,柔柔的、暖暖的,一下子就有了小时候厨房里热气腾腾、我在灶旁等着吃的感觉。"自然贴切的表述,接下来就为读者端出家乡做小方糕的年味大餐,从做糕的时间、原材料的制作、蒸糕的方式方法一直写到吃糕的讲究,年味的氛围和盘托出,就像早年你在老家见过的一幅年画,回味中陷入沉思,沉思中犹不能自拔。"故乡情怀"是《故乡的滋味》散文集中的第一部分,对于故乡,越是经历过艰难时事越是不能忘怀。比如《少年理发师》中那个少年,小小年纪便对理发产生了浓厚的兴趣:"起初只给小男孩理,且必须趁父亲在家,这样有个闪失好弥补。后来,随着实践次数的增多,水平渐长,兴趣也越来越浓。没多久,自己便可独立'操刀'了,慢慢地有模有样起来。"理发对于小孩来说是个累活儿,"初拿理发推剪(俗称推子),是十岁左右,那个时候还没有电推剪,都是纯手工操作,作为小小少年,要驾驭好手推剪并不是件容易的事。由于我的手还太小,指头也短,而推剪的手柄开口大,手指就够不着、难抓拢,更难将推剪端平,往往一用力抓手柄,剪刀口就猪嘴似的往上拱。"但是少年就是挺过来了,而且乐在其中。多少年后,作者回忆起这段往事,感慨时都不忘幽默一把,"理发,确实有如素质教育与拓展训练一般,提升了我的学习能力、审美能力以及与人沟通的能力,还挣了些钱。说到钱,我那时候还真有点傻呀,我挣了钱,可在家里怎么没比哥哥、姐姐以及弟弟多用一分呢!"真是年少不知愁滋味,苦中作乐苦也甜。少年生活,在作者笔下像历经时光倒流的水,温润而直接;故乡于作者,就是一方天、一块田地,一个人成长的舞台,曾经发生的无论怎样悲欢,印象都无法抹去。还是在"故乡情怀"这一部分,我要特别说一说《穿着大人的衣衫出镜》。这篇散文讲的是贫困年代,因为家里穷、穿不起像样的衣服,所以在参加重要场合活动时就会常常出现小人穿大人衣服,"清楚记得,收到会议通知后,我也为穿衣的事犯愁啊",裤子没有着落,怎么办?从父亲的裤子中找到一条墨绿色涤纶的,"裤腰嫌大没关系,反正外面有上衣罩着。可裤管实在太长了,毕竟读初中的我身体刚开始发育,个头小。怎么办?卷,卷,再卷,起码卷了三圈以上。"不仅如此,还有男人穿女人衣服的:小学同学青,二年级时,班级排节目,舞蹈《颂歌献给毛主席》。上午彩排完,老师叮嘱同学,下午正式演出,一定要把最漂亮的衣服穿上!哪知,下午同学青来得较晚,穿了一件他妈妈的碎花上衣,还不合身,结果挨了老师批评。这样的故事,现在听起来似乎有些荒诞,但"60后的我们,学生时代常常穿着大人的衣衫出镜。看上去有点滑稽、有点可爱;自己则有点尴尬、有点惶恐,甚至有点自卑。"这样写来,表现手法和作者一贯的写实风格一致,但恰恰就是这样看上去不动声色写实,截取的故事以及通过故事渲染的喜剧色彩,让人想起鲁迅先生说过的"悲剧将人生的有价值的东西毁灭给人看,喜剧将那无价值的撕破给人看"。写作《穿着大人的衣衫出镜》,我想,作者动笔伊始,未必想到文章成文后,会产生喜剧与悲剧叠加的"辛酸"效应,喜剧中往往包含着悲剧的底蕴,悲剧也渗透着乐观的因素。生活无常也有常,关键是我们怎么看。像《小时候的夏天》里记述的夏天算是有常的,这篇散文在《故乡的滋味》散文集中,篇幅算是比较长的。夏天人人都经历,但对夏天或是美好或是艰辛的记忆,却不尽相同。小时候的夏天是什么样的?是5分钱一支的棒冰,是用盐水瓶装的糖精水,是在河里嬉水、在岸上捉知了……那个时代小孩夏天里无可避免的项目,当然还有一些农活小孩也必须要干,像给棉花苗打头、挖马铃薯等,所有这些作者写起来如数家珍,意趣盎然,充满了生活的情调。

当下对生活最流行的注解,就是生活不只有眼前的苟且,还有诗和远方。说到底,这就是一种情怀。对曾经发生的致以庄重的回眸,对自然和现实赋予感恩的心态,从这种思路出发,必定能写出既有意境情趣,又能让读者买账,又好又叫座的上乘之作。《那些年,那些迷人的野果》是写乡村植物的,像桑葚、菊芋、萝藦等等,在"20世纪六七十年代,苏北农村的物资还比较匮乏,单说瓜果,印象中除了西瓜、甜瓜、梨、桃之类,其他品种的似乎很少吃到。然而,有一些纯野生的植物果实却是数量充足、味道纯正,不仅成为那些年代孩子们的美味佳肴,而且大大充实、丰富了我们的童年生活。"作者写野果、写野果迷人之处,更写与野果交往的时事境遇。

一直以来,我都有点固执地认为,文学创作作为精神层面的创新,对每个作家体味生活的感性认知其实是蛮有讲究的。从结识韦国开始,在他言谈举止中,在他对往事的回溯里,他撷取故事的能力,他那独到而清晰的观察,以及细腻而不动声色的描述,让我几乎一下子就认定了他其实是一个蛮适合搞文学的人。果然,2016年开年,因地方实施"五个一工程",为了其中的"一桶水"工程,韦国受地方委派去了宝应大运河边的一个叫汜水的古镇,牵头引水第一组工作。运河文化、古镇风情,很快让韦国有了新的触动,就在引水工作轰轰烈烈、手头事务忙碌之余,韦国的创作激情一如泉涌,推出了十多篇情系水源地的散文,也就是我们现在在书稿里看到的"水苑风荷"部分。对他乡的融入,既是开展引水工作的需要,其实也是一个文学人觅食新的精神食粮的必然前提。正如在《紫藤花又开放》中写的那样:"我熟悉紫藤花,是比较早的时候了。在大丰,知青农场、施耐庵公园以及二卯西河风光带等地方,各色各样的长廊上每年都会盛开灿若云霞的紫藤花。也许因为见多了,熟视无睹,渐渐忽视了身边的美丽。然而,当身处水乡小城氾水,在人民公园见到盛开的紫藤花时,感觉真是不一样。如一首歌所唱的:'再见你,依然是那种心跳的感觉!'"看看,新的领地、新的感知确实给作者带来了新的营养。

在氾水的时间,想必韦国的日子一定过得充实而丰富多彩。每一个傍晚和早晨、每一个工余的片刻,对于氾水的一切,他都如蜜蜂采撷花粉,甚至像一个饥饿的人扑在面包上执着而专注。他写景,景中有物。他写苏中《水乡荷塘》,"单是被誉为'运河古镇、亲水小城'的盐城新水源取水口所在地扬州市宝应县氾水镇,一年四季都有自己独特的美丽"。"苏中水乡最美莫过于夏季,而夏季最美的风景当属成片的荷塘。"不仅于此,作者笔锋一转,景中作比,"在我童年时期,老家河塘里也有荷。印象最深的是二叔屋前一方河塘里,长着半塘的荷。夏天,和几个弟兄一起下河游泳,游到有荷的地方时,身上立刻被荷茎上的小刺刺得生疼……"同样是荷塘,只是花相似人不同。面对成片的荷塘,作者说,自己已经无法用手中的笔来细细描绘了,只想表达,这满塘花红荷绿,一片生机,以至于在作者眼里"没有一个部分不是一道风景,没有一个细节不楚楚动人!"

游走于氾水,作者处处身临其境,在氾水的每一个细节中,在《稻花香里》,他以深情的笔调感叹:"原来读王维的《积雨辋川庄作》,其中有'漠漠水田飞白鹭,阴阴夏木啭黄鹂'两句,总以为古时候才有这么好的生态环境和这样美丽的稻田,没想到在宝应、在氾水就亲眼看见了。"在《小镇客厅》里,作者以他一贯的写作风格表现了镇上公园里的各式来往人等,独腿先生的自强不息,光屁股小男孩的天真烂漫和给人酷酷感觉、抓人眼球的一个无名老者的神秘隐踪,客厅俨然就是包罗社会万象、融人生百态的万花筒。当然,氾水的大小人物远不止这些,还有《遇上你是我们的缘》里既讲风格友情、又讲原则底线的镇人大杨主席,《氾水长鱼面》里的孙老板,相信《一分辛劳一分财》,经营着几家产业的华总等等,在他们身上,作者或多或少表现了商品经济时代,一个人的职业操守和作为人的善良本性的光辉。

这些人真的都很平凡，在一个小镇一呆就是几十年，没有多少波澜壮阔的英雄史诗，只是日复一日年复一年的劳作，如此的过程似乎出现在他们每一个人的生活轨迹中，但他们能吸引作者的地方，或许又正因为这份平凡的真实，才使我们在阅读这本书稿的时候，对于作者笔下所倾情的平凡人物，有了一种莫名的感动。

感动是文学创作的催化剂，生活则是创作的母本，说写作一定要接地气，就是讲一切生活都是创作的源泉，文学来之于生活高于生活，这是朴素的真理。无数成功的写作告诉我们，越是接地气的作品越是贴近生活，越是贴近生活，也就越为读者所认可。被作者收在《故乡的滋味》集子里的散文，虽不能说是作者过往生活的全部记录，但我们已经能从一个侧面洞察到作者那颗纯真善良、爱家乡爱生活、为人亲和、处事谦逊的仁爱宽厚之心。

"见字如面"是《故乡的滋味》的第三部分，里面的文章内容比较宽泛，手法也较多变。新媒体时代，散文的写作手法与发展流变，确实多少带有若干自由主义的倾向。这是好是坏我们不能武断，但有一点，文学创作走现实主义和浪漫主义相结合的传统路径，永远都应该值得传承和发扬光大。这一点，韦国的个人创作实践做到了。在《勇气》里，作者就以敬仰的视角，为我们全方位展示了一个一线基层民警的文化情怀，他由衷佩服这个警察，"曾多次面对面向骆圣宏表述过我的感受：你的才气、你的执着固然是成功的基石，但能走出这条不寻常的路，我感觉最重要的因素是你的勇气，这种勇往直前、追逐自己梦想的勇气！"在《领跑的人》中，他对曾经的同事又是竞争对手的D，也是感谢满满，多少年过去"事后想想，如果当时没有一个强大的同伴始终走在前面，没有他给我压力和激励，自己可能真的会失败。"心胸如此豁达，洋溢于文字，不仅让读者享受到美文的快感，更是一次精神层面的启迪。说到精神，往大处看，作家被人呼之为"人类灵魂工程师"的头衔，恐怕更多的应该是一种文化传承、责任担当。《父母是隔在我们和死亡之间的帘子》，我是第一时间在微信上读到的，所谓"父母是隔在我们和死亡之间的帘子"，是作者在传统"鬼节"中返家，看到父母那么认真地烧纸，祭奠祖上亡灵后有感而发的随笔散文。文中，作者把父母对追思先人的那种虔诚、那种世上任何东西都无法替代的庄重，表现得淋漓尽致。同时也把下对上的"孝"，上对下的"爱"尽情地渲染。"父母是隔在我们和死亡之间的帘子。(就像)你和死亡好像隔着什么在看,没有什么感受,你的父母挡在你们中间。等到你的父母过世了,你才会直面这些东西,不然你看到的死亡是很抽象的……""有这道帘子,我们永远是被宠爱着的、快乐无忧的孩子!"什么叫大彻大悟?什么叫发现生活的真谛和经典?生活中的真谛和经典,其实就是我们对人生永远保持的纯情和真爱。文学的真谛除了让我们精神崇高和纯粹一些之外,就是要在鲜活中随时随处发现美和真爱。这两方面,作者一直在努力更在实践中。《微笑的力量》可谓是这样评介韦国作品的又一佐证。微笑是美的,感动于微笑也是美的。微笑是一件简单而令人暖心的事,它可以是运动会上高举奖牌的笑,可以是牙科医生宽慰患者的笑,也可以是乡村老太蔡妈妈热心助人的笑,抑或是机关年轻的机要员率真阳光般的笑,笑无处不在,关键在于我们怎样去发现,像看到那个"送机要件的年轻人,似乎精力永远那么充沛、心情永远那么好、声音永远那么清脆、笑容永远那么美。因此,无论当时事务多么繁杂、心情多么烦躁,只要是他来电话或者将文件送到我面前,心情一定不会差,人也会感觉更加轻松自如。有时甚至暗暗想,人家年轻人都有这样一种好而稳的心态与心情,笑口常开,我更要积极、乐观地处理每一件事务。"反衬中观照,有比较才有感悟。我以为,散文的真谛不是形散而是神不散,散文的魅力不在于华丽而在于细节,《微笑的力量》恰恰就是用了四个细节融四笑归结为主旨——微笑的力量不仅在于传递和谐与友爱,更能分享快乐和温暖。

同样用"见字如面"来比方一个作者和一个编辑的关系,也是再贴切不过了。读了韦国的散文,我就有"文如其人"的感觉,从韦国的作品观照他的个人品性,我很容易看到在韦国身上,其实有着太多大丰人的地域特点:宽厚不失审慎,亲和不失细致。收在《故乡的滋味》第四篇章"逝水年华"里的人生感悟文字,大抵算是作者的内心独白。

《舍,让明天更好》是从晨跑时看到园林工人剪枝中得到启发,"那些看上去华丽的辞藻、优美的句子,若在整篇文章中无足轻重,就要毫不犹豫地删除。这样,文章才能像修剪后的树一样,结构紧凑,扣人心弦。"哲理常常就包涵在生活里,我们在逝水年华中学会成长,知道感恩也懂得舍得。人的一生《一路留脚印,一路赏风景》,"我们不能期待突然有那么一天终于可以好好照顾自己、终于可以为自己而活,我们不能在人生最好的年华里将大自然以及亲人、朋友们的馈赠轻易搁置一旁。人活一世,草木一秋;别人看的是结果,自己活的是过程。"

我们曾经很多次探讨过做一个作家应该有的"公平、正义、道德与良知",韦国在"逝水年华"里所表述的生活感悟,就应该是一个作家"为文先为人"保有的基本人生态度。

《故乡的滋味》是韦国的一部新作。从他未来文学创作的发展来看,他只会写得越来越好。他朴素而淡雅的文风,视角独特、立意讲究的创作形态,以及常常配合一段故事乃至小小的细节,以提升散文的趣味性、思想性,应当说这都是可取而有益的。事实也证明,就在作者出书延搁期间,他又相继推出了《风吹麦浪》《家乡这片海》以及《春天的门帘》等精品散文力作,甚至还写出了《轻舟已过万重山》《你的样子》等散文化的小说。所有这些,我们都能明显地体察到作者身上保有的不间断的探索性和文学极致的"留白"艺术。

作为有着丰厚生活阅历的作者来说,韦国写散文,他就是文中的亲历者,对于过往的感怀、现实中美的人和事,他始终致以崇高的落笔。他经常把自己的智慧融于形象,他让自己静悄悄地写,也让别人静悄悄地看,一切都在不急不躁中进行。正因如此,他的作品不会像集束弹那样猛烈,不会为博人眼球闹出振聋发聩的动静,他的作品已经初步形成了自己的风格,平和式落笔,白描式叙事。他的笔下,有故乡,有男女,有民风,有民俗。细致的个人观察,浑厚的文字功底,独到的生活感受,以及对乡情文化的天然亲和,直接提升了他散文作品的水准,也决定了他今后创作的走向与后劲。

行文行将结尾,对着《故乡的滋味》书稿,我忽然就想起"等待"这个词,当初,韦国把书稿交到我手上,嘱我写上几句,那以后,我想韦国一定是在等待;而我,作为一个文学编辑,对于优秀的作家及其作品,我也是一种等待,虔诚甚至是顶礼膜拜式的。我不喜因循苟且,对于所为所作,我觉得凡事都得讲究一点,既然喜欢一个人的作品,并愿意写上几句,那一定是真情实感的流露,是在知道并把握好这个作家作品的整体风格和品味,实际上,也就是一个作家的人生态度和艺术审美的情况下。这些年,网络互动、潮流奔涌,快餐文化充斥报刊舆论,不断爆炒的网红一茬一茬,此伏彼起,大多不会经历太长时间就会销声匿迹、偃旗息鼓。究其原因,说到底还是一种对艺术的审美品味使然。真正的文化从来离不开传承与积淀,优秀的文学也不会丢掉理想与现实,这是新时代我们对文学走向和文学价值的基本判断,也是我们文学人对未来文学发展与繁荣应该抱有的淡定之态和情怀所在。这里,我们从《故乡的滋味》散文集、从韦国的创作与生活可以得到验证,从这个意义上说,对高品位、优秀的文学作品,其实"等待"早已经在路上,我们接下来的"等待",只是攀登文学的高原与高峰,聚首文学的盛筵与大餐。

《故乡的滋味》背后,我们依然有新的等待,等待扎根更深的沃土,等待挖掘更丰富的生活,等待一次比一次更出彩的发现。

等待是一切期望的归属和我们真正崇尚的精神家园。

(作者系《湖海》文学副主编、盐城市作家协会副主席)

目录 CONTENTS

一、故乡情怀

> 故乡在我脚下生长,远了又近了。在这片土地上,感受中的故乡背后,原来就藏着一个村庄、一条河、一缕炊烟和一群你我他,故乡人的影子……

露天电影 …………………………………… 3

梨花开,梨花落 …………………………… 8

小时候的夏天 ……………………………… 12

那些年,那些迷人的野果 ………………… 20

槐花飘香 …………………………………… 24

难舍难分这片紫 …………………………… 27

风吹麦浪 …………………………………… 31

年味浓浓的小方糕 ………………………… 39

最好吃的"病号特供" ……………………… 43

新鞋子,旧鞋子 …………………………… 45

穿着大人的衣衫出镜 ……………………… 48

送考船撞上了大渔罾 ……………………… 51

请叫我"猪坚强" …………………………… 53

少年理发师 ………………………………… 55

一张儿时的老照片 ……………………………… 58

生活是无意的 …………………………………… 60

父母是隔在我们和死亡之间的帘子 …………… 63

怀念 ………………………………………………… 66

开在脸上的"馒头花" …………………………… 68

想起我那喜欢穿中式衣服的爷爷 ……………… 72

故乡的小河 ……………………………………… 76

二、水苑风荷

> 诗人说,水在水之上,风在风之畔。想想那年,我在哪里呢?在运河边上,在水枕人家,记着故乡的嘱托,风是我的行走,而水终于成了我的文字,交融于氾水的荷塘月色……

水乡荷塘 ………………………………………… 89

紫藤花又开放 …………………………………… 91

稻花香里 ………………………………………… 93

看秋 ……………………………………………… 96

2016年冬天的第一场雪 ………………………… 98

氾水长鱼面 ……………………………………… 102

遇上你是我们的缘 ……………………………… 105

最美不过夕阳红 ………………………………… 108

一分辛劳一分财 ………………………………… 111

问渠哪得清如许 ………………………………… 115

氾水人民公园,我们的"健身房" ……………… 117

让无常成为前进的力量 ………………………… 121

三、见字如面

> 美的花海、领跑的伙伴、亲亲的乳名、微笑的力量,一个人游走于故乡的田园与村落之间,我永远像一个充满好奇的孩子。在故乡,我的叙述便是我的人生,一段拥抱的青春,一首飞扬的歌,站在故乡芬芳的土地上,面朝大海,见字如面,春暖花开……

荷兰花海,一个奇迹 …… 125

满园春意扑鼻香 …… 128

春天的门帘 …… 131

银杏湖公园随想 …… 134

家乡这片海 …… 137

满城尽见"红灯笼" …… 141

"黄马褂"报告秋的消息 …… 144

归来的麋鹿 …… 146

奔跑在晨风与花海中 …… 151

阳光总在风雨后 …… 154

今天是个好日子 …… 158

走过四季 …… 160

力争上游的"冲浪鱼" …… 162

年画,年味 …… 165

新春的门开了 …… 167

难忘这一刻 …… 169

领跑的人 …… 171

出乎意料 …… 173

微笑的力量……………………………………………………… 177
喜欢的声音为我诵读…………………………………………… 180
拥抱青春………………………………………………………… 182
往前一步是幸福………………………………………………… 184
因为爱情………………………………………………………… 186
想唱你就放声唱………………………………………………… 188
泥土清香沁入心田……………………………………………… 192
请明月代传信…………………………………………………… 194
远方的offer乘风来……………………………………………… 197
我们用自己的方式深深爱你…………………………………… 199
因为乡愁………………………………………………………… 202
拉住妈妈的手…………………………………………………… 206
爱的代价………………………………………………………… 208
大兰今年正二八………………………………………………… 210
我看见了彩虹…………………………………………………… 215
为霞尚满天……………………………………………………… 217
再唱《四季歌》………………………………………………… 219

四、逝水年华

> 天空泛着蓝,门前花依旧。在流水的时光里,岁月包裹于故乡日志,每一个脚印都是一种风景,每一次感恩都表达对生活的挚爱。逝水年华,一路同行,唱着那些爱过的老歌……

最好人生是小满………………………………………………… 225
一路留脚印,一路赏风景……………………………………… 229

你有大长腿,我有腱子肌 …………………………… 231

找准对称轴 ………………………………………… 233

风雨中是个大人,阳光下像个孩子 ………………… 241

借一段苦难渡自己 ………………………………… 245

意外当上了主角 …………………………………… 248

舍,让明天更好 …………………………………… 250

秀出最美的你我 …………………………………… 252

过程便是奖赏 ……………………………………… 254

我是否会明白生活重点 …………………………… 259

以什么传家 ………………………………………… 261

怀旧,如同唱那些爱过的老歌 ……………………… 264

勇气 ………………………………………………… 266

胜寸心,方能胜苍穹 ……………………………… 269

阳光的味道 ………………………………………… 271

别想夺走我的机会 ………………………………… 273

别了,乒乓球 ……………………………………… 275

一日三秋 …………………………………………… 280

满血复活 …………………………………………… 285

轻舟已过万重山 …………………………………… 287

你的样子 …………………………………………… 293

一、故乡情怀

故乡在我脚下生长,
远了又近了。
在这片土地上,
感受中的故乡背后,
原来就藏着一个村庄、
一条河、
一缕炊烟和一群你我他,
故乡人的影子……

1

露天电影

小时候在农村看过若干场露天电影。村里放电影的日子，在我们眼里，就是快乐的节日。

一般在下午三四点钟，大队或生产队的打谷场上有人开始挖洞、树毛竹竿，然后将一张厚厚的镶着黑边框的白色幕布支起来，一只大喇叭箱挂在一侧的竹竿上。

待到放映机架到结实的八仙桌上，喇叭里就开始响起音乐。优美的旋律响彻四方，如同人人都听得明白的通知：晚上来看电影！听得人心里痒痒的。

放学后淘气的孩子们都聚到了打谷场上，他们跟在忙碌的大人后面蹿来蹿去。直到放映员做完准备工作跟大队支书或生产队长一起去吃晚饭，才一溜烟似的跑回家。

天色还没暗下来，一排排大小高矮的凳子就已围着放映机排放起来，靠近银幕的位置往往会被孩子们摊上一堆堆稻草之类作为座位。

遇上比较有名的影片或者天气晴朗的夏天，来看电影的人过多，部分观众尤其是孩子们会坐到银幕背面去，这并不影响观看。如果有字幕，字就反过来了，不过这时候孩子们一样的兴趣盎然。

有时遇到左等右等等不来放映员的情况，有好事者或活跃的孩子会跑到放映员吃饭的人家去探听情况。伸长脖子透过窗户看上几眼，再快步跑回来告诉大家："早呢，还在喝老酒呢。"或者"开始吃饭了，快了！"

此刻也是那些爱美的姑娘、大嫂们表现自己的好机会。她们总将浑身上下收拾得整整齐齐,有的还往身上喷了香香的花露水,聚在显眼的位置,叽叽喳喳说个没完,"咯咯咯咯"笑个不停。

终于,"嗵嗵嗵"的发电机声响了,人们的情绪立刻随放映机旁竹竿上大灯泡的亮起而高涨起来,全场会发出不约而同的欢呼。

这个时候放映员开始倒带(上一场放过的影片胶带没有倒过来),同时会播放一段时间的音乐。印象较深的有这么几个曲子:《太阳最红,毛主席最亲》《毛主席来到咱农庄》《人说山西好风光》等等。

十来分钟的音乐播放完毕,放映机两个轮盘一前一后拉转起来,一束喇叭似的强光长长地射向银幕,人们的目光随之齐刷刷地集中到银幕上来。

2

电影不可能总在本生产队放映,为此跑较远的路程就无法避免。

对于孩子们来说,如果父母喜爱看电影,那可真是万幸,跟在后面就行。还可能有意外收获,有当天炒的蚕豆、黄豆或南瓜子吃。

我不属于幸运的一类,想去外生产队或外村看电影比较难。一是因为父母对电影不太感兴趣,不会带我们走很远的路去看电影。二是我们姐弟四人年龄呈两岁一个的等差数列,以大带小优势不明显,走远路父母不放心。

因此,如何让父母同意去较远的地方看电影是摆在面前的一大难题。

较有效的办法有两个,一般二者同时使用。一是让父母有好心情。下午放学回来,姐弟几个一起拼命做家务,把屋里屋外打扫得干干净净。将晚饭做好并盛放在桌上,父母一回来就可以开饭。二是打悲情牌。让年龄最小的也就是我弟弟哭鼻子。弟弟是家中"老巴子",聪明伶俐,少言寡语,乖宝宝模样。由弟弟先跟父母提出来,并做出特别想看的样子,父母犹豫的话,弟弟就开始哭鼻子,一哭,父母的心就发软。这时,我们赶紧添油加醋地说晚上的电影多么好看、路上保证不走丢之类,一般来说目的就达到了。

当然,也有两个办法用尽却不能如愿的时候。我们可能一整晚耷拉着脑袋,做作业也可能很费时。那时晚上照明还用煤油灯。

3

在我上小学四年级时的一天,听同学说当晚公社小街上放好看的电影,且有不少同学跃跃欲试,说好了去看。

记不清用什么法子让父母同意了的,那次我和哥哥都去了。

从学校到龙堤小街单程约10公里左右,下午放学后便直接往那儿跑。

因为兴奋,加上男孩子精力旺盛,跑起来倒也快。在路上,还顺便折了根路边的竹子,用削笔刀做了两个"哨子",绑在一起,成了声音饱满的"双音哨子",边走边吹,更觉步履轻盈、快乐无比。

问题出在第二部电影上,是"跑片",也就是同一副片子几个放映点轮流放。第一部《甲午风云》结束了,第二部南斯拉夫电影《桥》得等片子取过来。左等右等,右等左等;睡了又醒,醒了又睡……终于等到了。电影结束时已过了午夜十二点。

往回跑时,没有了来时的盼望与兴奋劲,又饿又困又累,走着走着,两腿真像灌了铅。

把"双音哨子"衔在嘴上,也没了吹的兴趣与力气。偶尔强打精神吹一两下,响起的也像是哭声。

事后有点纳闷,父母怎么会开恩允许我们跑到这么远的地方去看电影的呢?

4

在看露天电影的年代,一般在放映"正片"前,先放加映片。

加映片多由中央新闻纪录电影制片厂摄制,印象中内容大致有两类:一类是《新闻简报》,主要是党和国家领导人接待外宾或视察祖国各地;另一类是《祖国新貌》,着重介绍各地的建设新貌及工农业发展情况。

有时候,孩子们利用放加映片的机会先趴在大人腿上小睡一会儿,可这一睡常常睡到电影放结束。

有一次,加映片内容是前党和国家领导人华国锋同志和首都群众一起观看文艺节目、共度新春佳节。

正片是《熊迹》,是部敌特片。当晚也是"跑片",得等片子从另一放映点取过来。

加映片中有个节目很吸引我,是一个小女孩童声独唱《交城山》:"交城的山来交城的水,交城的山水实在美;交城那个大山里,住过咱游击队……"歌曲的旋律很美,有着浓郁的民歌味道,且歌词朗朗上口。

正片老"跑"不来,只得把加映片放了一遍又一遍,小女孩也"唱"了一遍又一遍。我就像个好学的学生一样,当场把这首《交城山》学会了。

估计当时有不少孩子,在加映片的一再加映中进入了梦乡。此后他们最感兴趣的捉特务的电影,可能也在睡梦中错过了。

前后共放了三遍。这是我小时候同一场看过最多遍的加映片。

5

电影以不同的标准有不同的分类。

有一个分类标准是"情绪",以此分为喜剧片、剧情片、爱情片等等。

喜剧片搞笑、有趣,令人捧腹,比如《李双双》《咱们的牛百岁》《瞧这一家子》等等,看着轻松愉快。

更令人难忘的往往是那些情节曲折、人物命运悲惨的剧情片。《卖花姑娘》《烈火中永生》《一江春水向东流》等等,让人悲伤、令人难忘。

曾让我现场流泪最多的电影是《洪湖赤卫队》。影片情节不算复杂,人物命运在所看过的电影中也算不上最悲惨。可能由于它是一部歌剧,少年的我敏感、沉浸于那些令人悲伤的长长唱段之中。音乐的确是有魔力的。

清楚记得,当女主角韩英和母亲一起被囚在牢房里,面对随时可能来临的死亡,韩英向母亲道别:"娘啊,儿死后,你要把儿埋在那洪湖旁,将儿的坟墓向东方,让儿常听那洪湖的浪,常见家乡红太阳!娘啊,儿死后……"一声声呼唤与倾诉,扣人心弦、催人泪下。看着、听着,我从鼻子发酸到热泪盈眶,从眼泪夺眶而出到泪流满面,无法自抑……

记忆中,那是空前绝后的一次。

6

电影的主题歌与插曲,可以渲染气氛,强化视觉效果,对故事情节发展与人物刻画起到推波助澜的作用。

许多好的电影歌曲深入我心、耳熟能详。音乐响起时,影片中的那些画面也永久定格在我脑海之中。

《柳堡的故事》开头,年轻英俊的副班长和战士们一起快乐地为二妹子父亲田老汉修房子。正忙碌地搬砖头、递茅草时,一个旋律逐渐亮起来——"九九那个艳阳天来哟,十八岁的哥哥坐在河边,东风吹得风车转呀,蚕豆花儿香哟麦苗儿鲜……"

《闪闪的红星》中,竹排在宽阔的江面上漂流而下,虎头虎脑、浓眉大眼的潘冬子站在竹排上望着两岸青山,展开无限遐想——"小小竹排江中游,巍巍青山两岸走,雄鹰展翅飞,哪怕风雨骤……"

《小花》中,梳着又粗又长麻花辫子的赵小花,张大了双眼,在解放军队伍中急切地寻找着哥哥——"妹妹找哥泪花流,不见哥哥心忧愁,望穿双眼盼亲人,花开花落几春秋……"

一首又一首曲子,一幅又一幅画面,相辅相成、相得益彰。

7

现在,似乎没有这种不用花钱的露天电影了。花上五六十元坐在影剧院里看部大片,是许多人感觉很惬意的事情。

可是,我却时常怀念少年时追过的露天电影。

二〇一六年八月八日

梨花开，梨花落

1

一场夜雨催落了梨花。

花瓣落了，薄薄的花萼与纤长的花梗便清晰地呈现在人们眼前。看，花萼下面那豆粒般的小绿球是什么？那是刚刚诞生的梨子！

梨花开，花朵装点了人间；梨花落，果实开始发育。

2

有一首歌曲《梨花又开放》为人们所熟悉和喜爱。歌词唯美、温暖，"忘不了故乡年年梨花放，染白了山岗我的小村庄。妈妈坐在梨树下，纺车嗡嗡响，我爬上梨树枝闻那梨花香……"

我生长在苏北大平原的一个小村子，这里没有蜿蜒起伏的山岗，却有广阔的平原。

在我小时候，小村庄同样年年有梨花放、年年闻见梨花香。那矮壮的梨树、洁白的梨花、甜甜的梨子，以及相处多年的四邻、淘气的玩伴，时常出现在梦里。

那时候，应该还是人民公社时期，我们生产队有两处梨园，一处位于生产队打谷场的南侧，另一处则在我家旁边。我家房子建在一个高高的土墩上，东面和北面是一条"L"形的小河，南面和西面是生产队的瓜果园。骑自行车从土墩上冲下去，如果速度控制不好、拐不了弯，就会冲进梨园里去。

每年四月上旬，梨花渐渐开放，我们会悄悄地穿梭于梨树间。果树不似风景树种植得那么稠密，人在里面行走并不困难。但不能让大人特别是看护梨园的人看见,否则会挨骂。

梨花都是一簇一簇地聚在一起。未开时,花骨朵有着黄绿色的花萼、白色的花苞。到盛开的时候,纤细的绿柄托起五瓣洁白的花朵,可谓冰清玉洁。

花蕊也很美,一根根玉白的蕊须上顶着红色或黑色的小点点,精致而可爱。原先弄不明白,这些小点点究竟是由红转黑还是红点点脱落后露出黑色或者本就有红也有黑?后来通过观察发现,它们都是由红转黑的。

自古而今,文人墨客爱写梨花、咏梨花,大多表达离别的愁绪、青春逝去的惆怅以及对故人的思念。比如"一树梨花一溪月,不知今夜属何人""一别如斯,落尽梨花月又西""雨打梨花深闭门,忘了青春,误了青春""寻常百种花齐发,偏摘梨花与白人"等等。

然而,我却偏爱这么几句:"冰身玉肤,凝脂欲滴""占断天下白,压尽人间花"。不是吗?梨花洁白芬芳,清新可人;美而不娇,秀而不媚;平平淡淡,从从容容。

小时候,不仅看梨花、闻花香,夏夜还跟着守梨园的大人一起睡在高高的木房子里,收获的季节跟着大人们一起采摘梨子……这一切丰富了我们的生活,给我们带来无穷的快乐。

后来,小村的梨园、梨树、梨花,随着农村土地制度的改革而逐渐消失了。有一段时间,回到小村子,走在曾经的梨园,内心怅然若失。

然而,如今那片土地,北枕宽阔的盐洛(港城)高速公路,南接美丽的"荷兰花海"。

梨花开,让家乡小村庄充满诗情画意;梨花落,新生出"中国最美郁金香花海"。

3

我们生产队有梨园,我家也有小梨园。

房屋墩子上面有梨树,墩子下面也有梨树。墩子上的呈矩形分布,墩子下的呈L形分布,总共23棵。品种有早熟梨、苹果梨、砀山梨以及木梨等等。

春天,梨花开放时,我们一家就生活在"香雪海"之中。

曾经查过资料,说梨花虽然好看,但在中国古代大户人家府里都不会把梨花种在最重要或显眼的地方,因为古时人们讲究吉利,而梨花是白色的,且"梨"谐音"离",有离散之意。

可我们家不会纠结于此,我家是贫农,不是什么大户人家;我们相信善有善报,好人一生平安。再说,咱们恒北村出品的一种梨酒,名字叫作"永不分离",多好的寓意啊!

说一个有趣的小故事。那时候,我和弟弟正上初中,年龄还比较小。夏天,我家的早熟梨刚刚成熟,是那种类似于早酥梨的青梨,果肉特别嫩,汁水特别多,味道特别甜,口感特别好,总之,是我们的最爱。可我们一家人舍不得吃,父亲帮着拿柳筐装上,用自行车运到邻近的新丰镇小街,让我和弟弟负责卖。我们用杆秤称着卖,两角钱一斤。那梨子确实好吃啊,又出乎意料地便宜,赶早市的人们一哄而上,连挑带抢,我和弟弟哪里应付得过来,不一会儿工夫,两筐梨子就没了。可以肯定,有些人拿了梨子是没称、也没付钱的。

长大以后,想起这事,心里总有点酸楚的感觉。一个季节最早成熟的梨子,那么好吃,却得拿出去卖,自家人就是舍不得吃!

转念想想,又觉得好笑,当时我和弟弟简直就是两个傻小子嘛!

梨花开,扮靓了农家的茅屋草舍;梨花落,化作祥云带来吉祥和安康。

4

多年以后再见梨花是在恒北村。

这一次见到的不是老家小村里的几十亩,更不是老家的23棵,而是大几千亩。

恒北村作为全国最大的早酥梨商品生产基地,是由一根枝条发展到如今的规模。1968年,原大中镇高级农艺师杨进保从辽宁带回一根早酥梨枝条,培育出适合恒北种植的新一代早酥梨。村民种植早酥梨亩产收入达5000元以上,有些高达8000元。

每到梨花开放的季节,千树万树梨花开,恒北村真的成了"香雪海"。全国各地来恒北采风的诗人和词曲作者,写过不少诗词歌赋描绘恒北、赞美恒北。有一首歌我特别喜欢:"梨花开,梨花白,梨花汇成银色的海。梨花好似雪浪花,滋润一片好春色。梨花海,梨花海,最美的风光在恒北!一个个酥梨运四方,甜美的果汁梨农的爱……"

我喜欢听着这悠扬的曲调,和着这舒缓的节奏,一个人在梨园中一行行慢慢地走、一树树慢慢地看,一如小时候在老家的小村庄里看梨花。

不用担心被护园人看见了而挨骂,恒北的果农都知道村里在大力发展乡村旅游,也都快乐地分享着乡村振兴带来的红利。

梨花开,梨花汇成无垠的海;梨花落,人们摘果、泡泉、品茶,优哉游哉。

5

梨花开,梨花落,有花开就有花落,这一季花落了下一季花还会再开。

莫为白雪般铺满了泥土的落花而惆怅与叹息,"落红不是无情物,化作春泥更护花"。

二〇一七年四月十六日

小时候的夏天

1

"棒冰、棒冰,卖棒冰!"自行车、白木箱,木箱上写着或印着大红的"棒冰"二字,特别引人注目。卖棒冰的人一边吆喝,一边用小木块在箱面敲着,有时还敲出节奏来。

也有人用洋气的上海话吆喝:"雪糕、雪糕,上海雪糕!"无疑,这是上海农场的人,他们用不太地道的上海话叫卖,显示出与普通大丰人的不同。

听到叫卖声与敲击声,乡村孩子立刻欢呼雀跃起来。接过大人给的钱,拿了淘米箩或饭盒,有的直接拿条洗脸毛巾,飞似的跑向卖冰棍的。

普通的五分一根,赤豆的八分,最好的奶油雪糕卖一毛二。那时,尚没有什么蛋筒、花脸之类,更不用说国外进口的。

拿了,赶紧装起来或者用毛巾一包,同样飞似的跑回家,分给兄弟姐妹和大人们。慢了,会化,少一口也是损失。

吃的时候,喜欢慢慢舔着、吮着,起码也是小口、小口地咬。要是大口、大口囫囵吞枣,准会挨大人骂:"馋疯了!慢慢吃!"吃奶油雪糕,吃得嘴巴四周一圈白,那是多么令人羡慕的事。

不过,由于我家住的地方不在农庄上,父母过日子也比较俭省,我们吃棒冰的机会并不是很多。

2

村庄小河里的水特别清,到处可见成群的小鱼游来游去,伸手去捉,它们飞速散去。

那水,双手一拢,捧起来就可以喝。有时候直接趴在河边,用手将水草扒开,把脸埋进水里,牛饮!

有一种比较有趣的喝水法。取一盐水瓶,洗净,在橡皮塞中间钻一个小孔,用空心橡皮管穿进去,然后装满水,就可以喝啦。

盐水瓶到医务室去找,或者有谁生病挂水后将盐水瓶直接带回家。彩色橡皮管小商店里或货郎担上有得卖,管径大的、小的,颜色红的、绿的,质地硬的、软的……一应俱全,五彩缤纷。

清水没啥味道,不大好喝,有办法呢,有一种叫作"糖精"的,那可真是糖的精啊,一瓶水只需放上两三粒,就甜甜的了。有时用指头捏上两粒直接扔嘴巴里,起先感觉很甜,一会儿甜得发苦,苦得你挤鼻子弄眼。

长长的吸管,常常你喝一口、我喝一口,接力,从没谁嫌过谁。

有时几个人将多根橡皮管穿在一个瓶塞里,"一二三",同时开喝,几秒钟瓶子见了底,爽!

3

农村孩子,下河游泳那是必须的。

男孩子如果不会游泳,要么是因为被父母非同一般地宠着,要么是因为身体有毛病。

我二叔家屋前有一方河塘,一塘清水,半塘的荷。那是我们最好的游泳池。

狗爬式、仰泳、自由泳……这些泳姿我们运用自如,不过都是自学成才,动作不够标准。

扎猛子,深吸一口气,潜下去,游一二十米没话说。在水下方向不太容易把握,常常游歪了,游到有荷的地方,身上会被荷茎上的小刺给刺得生疼。

用双脚拼命打水花,"扑通、扑通"直打得鲢鱼跃出水面甚至撞到人身上。

也有时候,我们几个中胆子大的,会猫着腰、钻进河边公家番茄地里,偷偷摘几个番茄扔进水里。

上岸后,有时直接光着身子跑到房屋砖墙边,将身体前后、左右往墙上贴,身上的水立刻被吸干,省得用毛巾慢慢擦。

汛期,父母怕我们出事,一般是不允许下河的。有一次,正值汛期,趁着父母午休,我们兄弟三个到自家屋子东侧小河里游泳。

不知怎么父亲就提前醒了觉,来到河边大喝一声:"都快给我上来!"哥哥和弟弟立即乖乖上了岸。我离得较远,仍悄悄埋伏在芦苇丛中,不吭声,想等父亲离开了再上来。"三烂鸟子,还躲芦柴窝里干什么?快上来!躲那边以为我就看不见了!"父亲又一声吼。

这事成为笑柄,让姐姐和兄弟们笑话了很久。

4

捉知了,是夏天的一大乐趣。

取根芦苇,去掉芦花,将尾梢折成三角形或长方形,用线扣牢。

握住芦苇,找到面积较大的蜘蛛网,转动芦苇,将蜘蛛网朝"三角形"或"长方形"上卷,直到布满。

随鸣叫声到树上找知了。瞅准了,悄悄将网面往知了的背部一贴,知了的翅膀就会牢牢粘在网上。任它拼命叫唤与扑腾,那是怎么也挣脱不了的。

捉到之后,把知了虚虚地握在手心,用力摇晃,知了就"叽叽、叽叽"地叫个不停。一旦停止叫唤,再摇……

后来知道,知了的学名很好听:"蝉",知了叫则称作"蝉鸣"。

蝉鸣,为炎炎夏日增添了无限浪漫的色彩,也给我们带来无穷的快乐。

经常会好奇地想,知了的"嘴巴"怎么会长在腹部而不是头上呢?有时候用指头轻轻拨弄它"嘴巴"上的"簧片",努力探个究竟,当然总是无解。

5

小河边,农家的"码头"多用石块垒成,夏天,大人、小孩到河边洗脸、洗衣服,习惯光着脚直接站在水里的石块上。

生态环境好,水里蚂蟥就多。在水里时间略长,上岸后发现腿上叮着蚂蟥是常有的事。

发现蚂蟥的最初,我们会本能地跺脚,使劲跺,指望蚂蟥能掉下来。直到脚跺疼了才发现那是徒劳。不得已,硬着头皮用手指捏着蚂蟥,往外拉,这时蚂蟥的身子会被拉得细细长长的,但就是拉不下来。后来听人说,用手使劲拍打蚂蟥叮咬上方的皮肤,可使蚂蟥掉落,一试,还真管用。

皮肤有了伤口,会流血,一般无大碍,用清水冲冲也就完事了。

对于吸过我们血的蚂蟥,我们绝不会轻易放过,大多会将它们处以"极刑"。一种方法是用火烧,直接扔到做饭燃烧着的灶膛里,或者拿来柴草点火烧。另一种方法是用食盐腌。把蚂蟥搁在砖头或平地上,从盐罐里抓点儿盐,慢慢往蚂蟥身上洒。蚂蟥身上是湿的,盐很快溶化,蚂蟥随即拼命扭动起来,并不断伸长身子想逃跑;再撒盐,让它充分接受"盐浴"。一般来说,蚂蟥再翻滚、挣扎一小会儿,就上了西天。

那时候觉得颇为奇怪的是,蚂蟥被盐腌后,几乎没有尸体,只有一小摊水。

还有一种蚂蟥,块头很大,背部青灰色,腹部黄色。身体缩成一团时有乒乓球大小。从没见过这种大蚂蟥叮咬人,因此感觉没有小蚂蟥恐怖。

淘气的我们喜欢从沟渠里捉这种蚂蟥,抓住后用双手搓揉,直到搓成一团,成了个"肉球"。

6

降温、解热,没有电扇,更没有空调,有的是大大小小的蒲扇。特别是一些上了年纪的人,夏天几乎蒲扇不离手。

有的人家为了保护好蒲扇,用蓝布或白布将边沿缝起来。可这样有明显弊端,汗水将布边淋湿后,容易脏,且有异味。其实蒲扇开裂了,直接用尼龙线缝一下效果更好。

蒲扇用的时间久了,颜色会变成深黄色,很有年代感。

有时,刚吃完饭,见父母热得满头大汗,我们会双手握扇,对着他们使劲扇,直扇得父母头发飞舞起来、眼睛眯成了一道缝。父母会夸我们懂事、孝顺,这时,我们就扇得更起劲了。

睡觉前,往往慢慢摇着蒲扇。突然,"啪"的一声响,那是在赶苍蝇或拍蚊子。

随着睡意越来越浓,蒲扇越扇越慢、越扇越轻,最终歪落在了席子上或身上。

7

农村大大小小的河塘边大多生长着香蒲,蒲苇棒是香蒲的种子,是从蒲苇中心长出的一根长长的棒子。

这玩意在我们眼里是极其生动的。玩打仗,当"敌人"靠近时,用蒲苇棒偷袭,蒲绒爆裂开来,雪一样纷纷扬扬,粘在头上、身上。

蒲苇棒最广泛的用途是驱蚊。取一根或几根,将有蒲绒的这头点燃,放在上风方向,燃烧产生的烟和味道,会将蚊子赶得远远的。

吃晚饭或纳凉时,我们会争着坐在靠近蒲苇棒的位置,这样被蚊子咬的可能性更小。不过,有谁突然"啊"地一声惊叫或者跳起来,多半是不小心被蒲苇棒烫着腿、脚了。

大人离开时,我们会将蒲苇棒握在手上,用嘴巴吹净灰烬,露出红红的火头,然后举起来绕着场地快速跑,火头被风吹得越来越亮……

有时候,晚上肚子不舒服,上茅坑去蹲坑,也不忘点燃一根蒲苇棒,轻轻搁在坑沿。这样,人可以安心放松。

8

父母对我们要求较严,到我们稍大点,暑期干农活那是少不了的。

大夏天,气温高,干什么都轻松不到哪里去。但不同农活辛苦程度差别还是很大的。

印象中较为轻松的是打棉花苗头,比较有趣的是挖马铃薯。最难挨的是在高高的玉米地里锄草和台风过后扶棉花苗。

棉花苗长到一定高度后,需要控制其高度,否则会光长苗、不结桃。打棉花苗头就是将主头掐掉,又称打顶。没太多技巧,主要把握两点:一是尽量用指甲掐,而不是用指头拉拽;二是掐去的头不要太长。

站在两行棉花苗之间,用双手分别打两边的,眼睛随之左顾右盼,就像《采茶舞曲》中唱的——"左采茶来右采茶,双手两面一起下……"我们努力将动作做得麻利、潇洒,仿佛不是在打棉花苗头,而是在做游戏或表演,苦与累似乎没了踪影。

为什么喜欢挖马铃薯呢?因为感觉挖马铃薯就是一个探宝的过程。不愿用大铁锹,而用那种三角形的小铁锹来挖,因为用大铁锹容易将马铃薯切断。挖的过程中,我们不时用手扒,那些大大小小、滑溜溜的马铃薯,仿佛就是一个个宝贝疙瘩。

9

睡觉尤其是午睡,除了床铺,地面、桌子、凳子、门板等等,都是睡觉的工具。

那时屋内地面尚没有铺地面砖之类,水泥地坪也没有,就是泥地。农村屋子里泥土地面比较特别,可能由于下雨天人的脚带回来的泥土聚拢起来,形成了一个个凸起的瘤子。人天天在上面走,这些瘤子被磨蹭得十分光滑。

屋内地面带点儿潮湿,也带着一股凉气。随便铺张草席或摊开一张塑料布,就成了地铺。

记得那时我家有一张年代较久、颜色用得发了红的老凉席,睡在上面特别凉爽、特别惬意。我们都喜欢挤在这张老凉席上。

农村的大人及孩子们,睡长凳的本事很大。两张窄窄的长凳一拼,睡上面,根本不用担心滚落下来。更有甚者,睡在一张长凳上。

矮饭桌也可当床用于午休。但饭桌正常放在厨房里,睡在上面,免不了总有苍蝇来骚扰,睡不踏实。因此,宁愿在大屋里或树荫下练功似的睡长凳,也不愿在厨房里睡矮桌。

农村的门大多是双扇的,且有门窝。要用它睡觉时,只需卸下一块门板来。卸门板很容易,从门窝那儿往上轻轻一抬,挪旁边点往下一放,就卸下了。别说大人,小孩子也都是卸门板好手。

10

农家的晚饭大多在门外院子里或场地上吃。

干了一天活,人比较累了,晚饭时间既是填饱肚子又是彻底放松身子的时间,还是一家人聊天的机会。

下午四五点钟开始打扫场地。先拿脸盆、水桶之类装上水,用勺子或直接用手往泥土场地上均匀地泼洒,待水被吸干后用大竹扫帚清扫。

黄昏时分蜻蜓特别多,聚集在场地上空飞来飞去。举起大扫帚追着扑,大部分蜻蜓会很灵巧地躲过,也有一些会被扑落。掉落在地的,我们会捏着它的翅膀,看它们扑腾,并仔细观察它们大大的眼睛及长长身体。

当一户户人家烟囱炊烟袅袅升起的时候,空气中逐渐弥漫着柴草燃烧的烟火香味。不用说,这是留在家里的老人或孩子开始烧晚饭了。

煮粥,没有电饭煲之类,纯手工,可算是一门小小的技术活。由于缺少大米,大多用玉米粉或大麦粉煮玉米粥、大麦粥。将大半锅的水烧开后,一手从小木斗、瓢之类容器里抓玉米粉或大麦粉,少量而均匀地往开水中洒,另一只手握着筷子迅速搅拌。如此不停,直到整锅粥稀稠比较合适。

在沸水中下锅的玉米粉或大麦粉容易产生面疙瘩,需用漏勺或饭铲挑起来,用筷子碾碎。有时偷懒,直接将面疙瘩倒进猪食桶里。

粥煮熟了,用陶瓷盆盛起来,放到外面的饭桌上,等干活的人回来后一起吃。

晚饭小菜最具代表性的是凉拌菜瓜和水泡炒蚕豆。具体做法不详述,调料除了油盐,缺不了的是蒜泥,调味又杀菌。

比较常做的面点是摊饼。将面粉用水调了,和上鸡蛋、葱花等,不用发,直接摊贴在铁锅四周。熟了之后划成小块,加上油、白砂糖等炒一炒,又香又甜。

吃晚饭,大人边吃、边聊、边休息,比较费时,小孩则会早早吃完了。吃完了干什么？捉萤火虫，放到小玻璃瓶里，夜里带入蚊帐；或者直接将萤火虫摔在地上，用鞋底快速向后划，地面便呈现一道长长的荧光线。夜晚场地上土狗子(蝼蛄)多，我们用脚踢、踩，看它们被踩伤后，驴一样在原地转圈。

同时，孩子们各种方式的洗澡也开始了。下河游泳顺带洗了澡，拎桶清水站在场地边上慢慢往身上浇，用木澡盆搁起一头坐着洗……

一顿晚饭，虽然大多喝的是薄粥，但从天色微黑直吃到月朗星稀，个把小时是正常的。

二〇一七年七月三十日

那些年，那些迷人的野果

20世纪六七十年代，苏北农村的物质还比较匮乏，单说瓜果，印象中除了西瓜、甜瓜、梨、桃之类，其他品种的似乎很少看到和吃到。然而，有一些纯野生的植物果实却是数量充足、味道纯正，不仅成为孩子们的美味佳肴，而且大大丰富、充实了我们的童年生活。

桑 葚

桑葚，我们乡下称作桑枣，是桑树的果实。桑葚的形状类似于腰果，"腰"似乎更直一些，表面是一个个不规则的小颗粒。

未成熟时，桑葚是浅绿色的，质地较硬，嚼着没什么味儿。四五月份桑葚渐渐成熟，颜色由绿变红、由红变紫，外形也日益饱满。完全成熟时，乌亮乌亮、水灵水灵的，吃起来鲜鲜嫩嫩、酸酸甜甜，实在好吃极了。

《本草纲目》等多种医药典籍中对桑葚的药用价值和用法有详尽的阐述，说桑葚具有补肝益肾、生津润燥、乌发明目、利尿消暑等功效。

在我小时候，我家有三棵桑树。大屋后一棵高高大大，厨房、猪圈后各一棵矮矮壮壮。高大树上结的桑葚个头却小，但特别甜；矮壮树上结的桑葚个头大，味道较淡。

到大树上采桑葚，需要花力气爬上去。我是爬树好手，不需要像别人那样用绳子结成圈，套在脚上做软梯子，一般往手巴掌心吐点唾沫，双手搓搓，然后一鼓作气，"噌、噌、噌"爬到高处有权的地方。

姐弟们在树下放置一只大匾，我在树上拼命摇晃树枝,或者用竹竿敲打树枝,熟了的桑葚就会"哗啦啦"雨点一般掉落下来。无论掉到大匾里还是掉在地上,桑葚都会快乐地跳舞。还有不少落在姐弟们的头上、身上,他们躲也不躲,乐得哈哈大笑。

到矮树上摘桑葚则简单得多。悠闲地坐在杈枝上,一边采一边往嘴里塞。吃过瘾了,再往口袋里装,直到口袋装得满满的。

下树时,手是紫色的,嘴唇是紫色的,口袋往往也是紫色的。

那时我们生产队打谷场南面有一大片桑园,在这儿要吃到桑葚几乎是"饭来张口"了。低矮的桑树,一棵棵、一行行,我们在树间随便转悠,挑个大、肉厚、色泽鲜艳的桑葚,摘下来,瞅一瞅,用嘴巴吹一吹,扔嘴里,过瘾,养心!

菊 芋

菊芋,又名葵花芋、洋芋、洋生姜等等。

秆和叶比较像向日葵,只是块头小了几号。秆直直的,高一至三米,布满毛刺。八九月份开花,花瓣金黄色,纤长、精致。

菊芋的再生性极强,一次种植可永续繁衍。遇上大旱时,即使地面上茎叶全部枯死,一旦有了水,地下茎会重新萌发,年增殖速度可达二十倍。

菊芋的地下果实就像生姜,形状不规则,颜色有浅黄、浅紫等,富含淀粉、果糖,可食用。生吃,嚼起来嘎嘣脆,甜津津的;炒着吃,随配料不同变换花样,但一律脆嫩无比;煮着吃或熬粥,淡淡的清香、淡淡的甜;腌制酱芋片一般用于佐餐,亦可当下酒菜。此外,还可像晒山芋干一样晒制菊芋干或制作菊芋脯。

当年,我老家高高的墩子地被一条L形的小河环绕,东北角是L弯,河坡较陡,这儿常年生长着一片菊芋。

无论当初是栽种的还是纯野生的,在这儿保留着一片菊芋,充分显示出父亲的用心与精明。这儿面北背阴,河坡陡且高,冬天的西北风和霜冻、夏天的雷暴雨,都容易引起河坡塌陷,一旦塌下去,猪圈后墙就跟着塌了。

有了菊芋,春季一片碧绿,八九月份花开时则一片金黄,将土坯墙、茅草顶的猪舍映衬得充满诗情画意。秋冬季,父母并不急于收割枯黄的菊芋秆,保留着成为"防护林",既护坡,又防风。

第二年春天来临,万物复苏,菊芋也开始发芽。这时候,我们会拎着小铁锹来到河坡上,睁大眼睛寻找刚刚破土而出的菊芋苗,在苗的周边用小铁锹挖下去。如何避免切破或切断菊芋呢?见到一点点浅黄色菊芋皮时,我们会丢下铁锹用手慢慢地扒。为了不影响菊芋的生长密度,往往挖上一两只就换个地方,挖完了还将泥土回填并用脚踩结实。

感觉够吃了,就直接拿到河边去洗干净,回屋后分给大家吃。在泥土里度过了秋冬季的菊芋,饱满、细腻、水分充足,甜甜的。

萝 藦

萝藦,听这名字,多数人会感觉陌生,其实真正在农村长大尤其是上点年纪的,大多会熟悉它,只是不知道叫这名字而已。

我老家那儿管萝藦叫毛萝,相应地,它的茎叫毛萝藤,它的果实叫毛萝果。

萝藦属多年生草本植物,多生长于林边、荒地、河边、灌木丛中。

和其他的落叶植物一样,每年春天萝藦开始发芽、长叶。它的叶子呈心形,像山芋的叶子,碧绿,几乎不夹杂其他颜色。萝藦的藤可以长得很长,最长可达七八米,弯弯曲曲地缠绕在其他植物或土坡、围墙之上。

六七月份进入花期。花呈淡紫色,初看似苦楝的花或丁香花,虽然细小,但比较精致。凑近了细看,每朵花有五只小爪子向外翻转,毛茸茸的,形状恰似小海星,漂亮又可爱。

八九月份结果。果实呈黄绿色,果身椭圆,头部尖尖,特别像一个拉长了的棉桃。表面有瘤状突起,比较像苦瓜,更像一种被叫作"癞葡萄"的果子。

嫩的萝藦果可以吃。剥去外面的绿色癞皮,露出玉白、结实的里壳,再剥去一层,就是嫩嫩的果肉了。粗的一端有未成熟的种子,嫩白、嫩白的,也可以吃。果肉堪称美味,柔嫩、鲜美、甜润。

萝藦藤可用来喂猪。从芦苇或者树枝上扯萝藦藤时,需要特别小心,注意别让白汁染在衣服上,不然很难洗掉。

小时候,有时挑猪草运气不好,没什么收获,或者贪玩、没怎么好好干活,往往在回家之前扯些萝藦藤垫篮子底。萝藦藤很起暄,既有效做了样子,又未曾完全骗大人。

当秋天到来,随着气温逐渐下降,萝藦也慢慢枯萎,萝藦果随之干枯,直到整个变成了黄白色。萝藦果老熟后,会从中间纵向裂开,原来鲜嫩的果肉已经变成满满一果壳的绒毛。褐色扁平的种子,附着在毛茸茸的银丝上。

农村的孩子都喜欢玩这老熟的萝藦果。用指头从果壳里捏起一撮绒毛,放嘴巴前,用力一吹,一粒粒种子就带着银色小"降落伞",飘飘荡荡,四处飞行,迎着太阳更是银光闪闪,美丽而有趣。

二〇一七年六月七日

槐花飘香

1

河滨公园的槐花开了。

一簇簇、一串串,缀满枝头,在绿叶的衬托下,洁白如雪,纯净如玉。

风儿吹来,枝头在空中翻飞,槐花似密密麻麻的白蝴蝶一样翩翩起舞。

蜜蜂在忙碌地采蜜,一会儿静静叮在槐花上,一会儿嗡嗡地飞来飞去。

空气中弥漫着槐花的清香,带着点甜润的感觉,沁人心脾,叫人忍不住深呼吸。

有一首诗描绘槐花盛开的景象:"槐林五月漾琼花,郁郁芬芳醉万家。春水碧波飘落处,浮香一路到天涯。"

2

小时候,乡村的槐树真多啊,门前屋后、路边沟旁随处可见,连成片的盐碱地、宽阔的河坡上,也不例外地生长着槐树。

农村里管槐树叫钉子槐,因为槐树枝条上长着长长的钉子。这样叫,也便于跟国槐区别开来。

槐树对土壤与气候的适应性强,要求低,在贫瘠的土地、干冷的气候条件下也能生长得蓬蓬勃勃。

与银杏、杨树等树种相比,槐树不那么高大整齐,枝枝丫丫比较凌乱,有时因受狂风暴雨的袭击而变得歪歪斜斜。但它们有着极强的生命力,不畏严寒酷暑,不惧风雨雷电,即使倒伏在地,只要根还连着泥土,就不会枯死。

印象最深刻的是我们同玉小学西侧江界河边的槐树林,宽阔的河坡上长满大大小小、高高矮矮的槐树。五月,在几公里长的河坡上,槐花开得雪白、雪白的,散发出阵阵清香。

我们用柳条编成环,把一串串槐花插上去,做成漂亮的、香气四溢的花环,戴在头上。在槐林里采槐花、捉迷藏,经常忘了及时回家,忘了做作业。

"又在槐树林子里头充军的?"晚了回家,大人总要骂。

"没有啊。"我们回答。

"还骗人!自己闻闻,身上全是槐花的味道!"大人骂得更凶了。

我们倒忍不住笑了。

3

槐花可以吃,且有好多种吃法。

可以生吃。随手从树上采一串,摘下花朵直接往嘴里送,有时还抛向空中,用嘴巴在下面等着,做出特别夸张的动作。

大人们会变着花样来做槐花菜或槐花粥。盛开的槐花一般烫着吃或炒着吃,也可以做成槐花糯米粥;未开的花骨朵则可以做成槐花炒鸡蛋、槐花糕等等。

在物质匮乏的年代,槐花,不仅是孩子们的美味佳肴,也是大人们填饱肚皮的重要食粮。

4

20世纪80年代参加高考的学子们,对槐花还有一种特别的情感。

那时候,受多方面条件限制,高考录取比例低、人数少。为便于组织考试和节省经费,五月份首先要进行预考,过不了预考关的学生,连参加高考的机会都没有。

预考后,等待结果的那段日子,正是槐花盛开的季节,校园以及乡村道路两旁,随处可见洁白的槐花。

不少学生,尤其那些非重点高中的学生们,预考后再没能回到校园来。槐花,浸染着他们的汗水与泪水,记录着他们的渴望与伤悲!

5

说槐花,不能不说到一个人,那就是大丰港之歌《百里槐花香》的词作者冯晓晴老师。

一起来欣赏一下她的作品:"风儿吹拂着海浪,鸟儿在蓝天里飞翔,鹿鸣呦呦,百里槐花飘香。长堤绵延千年的思念,栈桥承负百年的梦想……"

为之谱曲的是著名作曲家印青,演唱者是大家熟悉的歌唱家张也。

听冯老师介绍过她创作的动因与源泉:在大丰黄海滩涂、盐碱不毛之地,万物畏惧不前,唯有槐树知劣境而不畏,吸碱纳盐,用生命丰富贫瘠的土地。这敢为人先、不怕苦、不畏难、奋力开拓的精神不正是大丰港人精神的写照与缩影吗?

6

如今的黄海边、滩涂上还能见到大片槐树吗?回答是肯定的。不仅通港大道两侧有很多槐树,大丰沿海开发集团建设的沿海新林场,在盐城市第一个完成了万亩生态林的建设,而且树的品种丰富,长势良好。

前不久,我有机会到沿海新林场走了走,看着其中一片已经露出新绿的槐树,不禁心潮起伏,激动不已。

这时候,应该槐花飘香了。

7

槐花飘香!

清香甜润的味道中,飘着快乐无忧的童年时光,飘着亲人们的深情叮咛,飘着生长于斯的浓浓乡情,飘着莘莘学子的多彩梦想,飘着《百里槐花香》的优美旋律,飘着一个又一个光阴的故事……

二〇一七年五月七日

难舍难分这片紫

1

小时候,乡村紫色的花并不少见。

熟悉不过的是豆类的花,蚕豆花、豌豆花、扁豆花……似一只只颜色深浅不一的紫蝴蝶,纷飞在田野、在墙头、在篱笆上……农村的孩子,对这些花实在太熟悉了,以至于常常忽略了它们作为花的存在。

最平凡的是"婆婆纳",准确说是一种杂草,生命力极强,田埂地头几乎随处可见。我们习惯叫它"婆纳头"。它的花是蓝紫色的,小小的四瓣,虽极平凡,却很精致。

讨人喜欢的是打碗花,多数为粉色,少数浅紫,形状像极了牵牛花。打碗花苗是一种猪草,俗称"斧子苗"。放学之后去挑猪草,每当看见一丛丛鲜嫩无比的斧子苗,心中总不由一阵欣喜。打碗花似一个个小喇叭,好看又好玩,我们常常会摘下一两朵,用力抛向空中,看它迎风飞舞。

比较神秘的是马兰花,也叫马莲花,花呈蓝色或蓝紫色,花形大,花被上有较深色的条纹。或许因为它常常生长在沟沿河边的缘故,大人总是告诫我们不能去采摘马兰花,否则夜晚会有蛇追到摘花的人家里来。有此一说,弄得我们紧张兮兮的,别说采花,就是走到马兰花的旁边,都身不由己地绕开它。

2

记忆中我一共穿过两件紫色衣服,巧合的是它们最终都与爱人、孩子连在了一起。

一件是T恤,浅紫色的。头一次正式登爱人家的门,是20世纪90年代中期的一个春天,天气已经比较暖和了。我思考了一番,选择了这件紫色T恤,配上一条白色长裤及一双白皮鞋。当时想,我是来讨老婆的,着装应该尽量让自己看上去年轻、帅气,最好能令人产生眼睛一亮的感觉。真没考虑什么大气、沉稳之类,毕竟不是应聘工作嘛。事实上爱人一家并不看重外貌,对于衣着更习惯于简单、随意。

另一件是长袖衬衫,同样是浅紫色的,且有隐隐的小方格,下摆是刚流行不久的圆下摆。买了之后没穿过几次,主要是裤子不太好搭配,感觉上也需要配浅色长裤,可浅色的不耐脏。派上用场是女儿出生时,当时在一家小医院,医生很传统地让我准备一件衬衫,孩子一出生就用它来包裹。我选择了这件全棉的长袖衬衫,柔软且好看。女儿呱呱坠地时,第一件为她带来温暖的衣服便是她父亲的这件衬衫。后来,爱人给清洗了一下,叠好,收藏起来。

没料到的是还给歪打正着了,书上说,新生儿用紫色的布包裹,这一做法曾经一度流行,据说日后能为孩子带来名望、财富和成功。倒没想过什么名望和财富,只希望孩子健康、平安,顺顺当当就好。

3

没去过法国,当然就没去过普罗旺斯。去过新疆,却没到过伊犁。那些关于薰衣草的浪漫传说与故事,只在书本和影视作品中读过、看过。

见到一大片紫,是2014年9月,在家乡新丰镇的"荷兰花海"。初次面对堪称浩瀚的一大片薰衣草,我无比惊讶和兴奋,内心掀起阵阵波澜。普罗旺斯难以企及,伊犁也没那么容易抵达,而荷兰花海就在咱家门口。1000多亩,继春天七彩斑斓的郁金香之后,夏日又进入紫色的"薰衣草时代",好一片紫色的海!

当时现场游客那么多,我也不好意思太直接表露内心的喜悦,只能极尽目光的专注,轻轻抚摸并感受家乡这片土地的多情与浪漫!

平时较少拍照的我,让爱人帮着拍了两张。此后,在我文章后面的作者介绍,始终用着这张照片。

4

搬家到现在居住的小区后,春天里,楼下树上那些紫色小花,似乎一直没太引起我的注意,也一直不知道它的名字。虽然一到春天,那一簇簇花儿就散发出阵阵清香。

这花,不就和小时候家前屋后苦楝树的花差不多吗?其实苦楝树的花可不是苦味的,走在开花的苦楝树下,你一定会感受到香气扑鼻。

四月,楼下的树上又开满了细碎却浓密的花儿,浅紫、深紫、蓝紫……到处弥漫着香气,沁人心脾!忍不住,拍了张照片,用识花软件识别了一下——"丁香花"!看上去如此普通的花儿,竟然是名字好听又浪漫的丁香花!

提起丁香花,多数人会想起唐磊那首《丁香花》的歌:"你说你最爱丁香花,因为你的名字就是它,多么忧郁的花,多愁善感的人啊……"这是一首歌颂乡村教师的歌曲,故事讲述的是一位名叫丁香的女教师,在偏远的山村小学教书。有一天,年轻的她不幸倒在了讲台上。人们为纪念她,就用她的名字谱写了这曲感人至深的《丁香花》。

多么平凡的丁香花,多么不平凡的丁香花!

5

2016年,在盐城新水源取水口所在地宝应氾水,有几处紫给我留下了极其深刻的印象。

首先是氾水人民公园的紫藤长廊,为此,曾写过一篇《紫藤花又开放》,这里不再表述。

晨跑时,从镇水务站出发,沿红旗北路往南,除了总爱看看两旁稻田里水稻的生长变化,也爱向东拐个弯,往新建的氾水卫生院去的那条路上跑,因为道路两旁生长着很多紫扁豆。

其实紫扁豆花好看又耐看。也许类似于丝瓜花,人们大多关注它结果实,往往忽略了它的美丽。

扁豆花的花期特别长,从炎炎盛夏直到落霜的深秋。氾水镇红旗北路这儿的扁豆花,我见证了它们一直开到冬天下雪的时候。

历史上曾有不少名人写过扁豆花。郑板桥流落到苏北小镇安丰,居住在大悲庵里,他在居住的厢房门板上,刻了一副对联:"一帘春雨瓢儿菜,满架秋风扁豆花"。

在淮江路运河大堤盐城新水源取水口北侧100米左右的地方,生长着一排排高大的泡桐树。四五月份,泡桐花开,顺着淮江路远远望去,恰似云霞铺满树冠,蔚为壮观。走到近前仔细看,一串串紫色"风铃"挂满枝头,风儿吹来,它们在欢快地摇曳、跳舞!

几次拿起手机拍摄,可这些生长了好几十年的泡桐树又粗又高,树冠又大又厚,用手机哪里拍得出清晰图片,最终只得作罢。

6

其实又何须拍摄呢,无论"婆婆纳"花、扁豆花、泡桐花,还是薰衣草、丁香花、紫藤花,它们都已深深烙印在我心里。

难舍难分这片紫!

二〇一七年八月二十一日

1

风吹麦浪

"远处蔚蓝天空下涌动着金色的麦浪,就在那里曾是你和我爱过的地方。当微风带着收获的味道吹向我脸庞,想起你轻柔的话语曾打湿我眼眶……"

小满过后,就到了麦子逐渐成熟时候。

站在田埂上,看蓝天白云下面大片、大片的麦田,麦穗在暖风吹拂下轻轻摇晃,泛起阵阵金色的波浪!

虽然前段时间大风刮倒了少部分麦子,但听农技人员介绍,由于普遍施用了叶面肥,麦穗比往年更加饱满,并且倒伏的麦子叶片仍然可以进行光合作用,麦穗也会继续灌浆、生长,预计今年麦子收成不错。

看麦田,说麦子,除了粮食与收获,其他首先会想到什么?我的回答是歌曲《风吹麦浪》和古诗《观刈麦》,它们穿越了时空的距离在我脑海中相遇。"风吹麦浪!"仅仅这简单的四个字,就感觉特别美好、特别浪漫。《观刈麦》则准确、生动地反映了劳动人民收割庄稼时的辛劳与疾苦——"田家少闲月,五月人倍忙。夜来南风起,小麦覆陇黄……"

今年以来和同事们一起看麦田和麦子比较多。察看冻灾情况,观摩麦田画,预防赤霉病,核查特殊天气造成的影响等等。近些天围绕夏收准备、秸秆离田、农机安全等工作,更常常站在麦田边。

看完现场、交流结束后,回到车上,透过车窗望着渐渐远去的麦田,往事涌上心头……

一、故乡情怀　31

2

20世纪六七十年代,我们大丰来了很多知青。多到什么程度?有十二万多,其中八万多来自上海,其余四万多来自苏州、无锡和南京等地。

当时我家所在的龙堤公社同玉大队也有不少知青。当地社员包括我们这些只有十岁八岁的孩子都会讲一句用来嘲笑知青的话:"麦子(麦苗)跟韭菜都分不清哎!"

我们生产队有户知青,三个儿子分别名叫"振宏""振星"和"振球",当地有点文化的老百姓拿他们开涮:"连麦子跟韭菜也分不清,还想振兴大星球?"

可是,1977年刚刚恢复高考,在我们小学代课的振宏老师一下子就考上了广州大学。开学之后他写了信给我们校长,校长激动地将信拿到各个班级去读。我印象最深的是信中说广州大学的校园之大,"如果在校园完整走上一圈,得好半天时间呢。"

另有一户姓金的,小儿子长得特别帅,皮肤白净,五官端正,在我们眼里跟电影演员没什么分别。起初他同样分不清麦子和韭菜。可人家有志气啊,不怕苦、不怕累,硬是把自己练成了干农活的一把好手,不仅能一眼分辨出韭菜、麦子,而且会种麦子、割麦子、担麦子、脱麦子……挣的工分比当地小伙都高。

大队、生产队的干部们纷纷带着自己的女儿到金家串门,可金家儿子似乎总是懵懵懂懂的。有人直接跟老金挑明孩子的"终身大事",老金则拱拱手、笑着回答:"多谢赏脸!孩子还小,等长大些再说。"

不久金家小儿子同样考上大学离开了。

"我们曾在田野里歌唱,在冬季盼望,却没能等到阳光下这秋天的景象。就让曾经的誓言飞舞吧,随西风飘荡……"那个年代,由于生活环境、文化程度以及对未来生活追求的差异,知青和当地农村青年恋爱的故事并不多,能成功携手结婚的就更少了。但知青的形象、气质、理念以及爱学习、求上进的精神,给当地带来的变化是非常明显的。

3

有一种用青麦仁做成的美味,也许很多人连听都没听说过,它的名字叫作"冷蒸"。

冷蒸由灌浆饱满、日趋成熟的麦穗除去麦芒麦壳后,用铁锅文火炒熟,再经石磨磨制而成。做的过程比较复杂,尤其是除麦芒与外壳得用布袋装起来反复摔掼,然后用筛子仔细筛呀簸的……

据史料介绍,宋代就有了冷蒸的记载。清代《邗江三百吟》中这样写道:"冷蒸,大麦初熟,磨成小条,蒸之,名冷蒸,以其热蒸而冷食也。"有诗曰:"四月初收大麦仁,箫声吹罢卖饧人,青青满贮筠篮里,好伴含桃共荐新。"不过,这种"蒸"的做法显然有别于我们当地的炒制。

在我记忆中,冷蒸的味道既有熟麦仁的清香,又有一种特别的青草味。同时,冷蒸还带着青麦仁的绿色,可谓色香味俱佳。

我父母属于过日子比较节俭的,麦子成熟的季节很少做冷蒸吃,偶尔做一次也是在傍晚农活基本忙完之后。

等一道道工序完成,父母将冷蒸盛在小青花碗里或者捏成团,捧到我们面前,我们姐弟几个早已进入了梦乡。被喊醒后,迷迷糊糊中吃上几口,也感觉不到冷蒸的美味,特别是自幼就不嘴馋的弟弟根本懒得张口。倒是第二天早上会聚精会神、美美吃上一顿。

同时,父母还要用大碗另外装上几份,让姐姐和哥哥送给邻近的伯伯、叔叔等人家。

冷蒸,在那个物质匮乏的年代,哪家只要做了,就像过年前杀了猪一样,都会分一部分给邻居。

4

收割麦子的季节忙碌而辛苦。

20世纪七八十年代,苏北农村基本仍以千百年延续下来的收割方式为主,用镰刀一把一把地割,用草绳一捆一捆地扎,用扁担一担一担地挑,只有最后脱粒的时候才用上小型脱粒机。

农村一家一户种植大麦数量一般比较少,大麦收割上场后往往用连枷打或者用石磙碾。

连枷是件原始的农具,在竹柄头上装块由一排木条或竹条做成的板子,通过挥动长柄将板子转起来再用力拍下,达到打谷的功效。农家小孩喜欢拿连枷当玩具耍,起初操起家伙乱舞一气往往使不上劲,板子会竖着或斜着落地,也有在空中直直地保持某种"造型"、转不成圈的。不过练上一会儿基本可以无师自通。

石磙子也叫石碾,农家用来打谷与翻压场地。庄稼量大一点的用大石碾,由老牛拉着碾压;少量庄稼除了用连枷打就是用小石碾碾。我家有个小石碾,表面是平的,浅褐色,不打谷的时候,我们姐弟几个都喜欢站上去晃悠或者用脚盘着它前后走。

小麦收割上场,需要提前请机手及邻居,到时一起来帮忙脱粒。我几乎没直接参加过脱粒作业,但那紧张、忙碌的场景历历在目,尤其几个关键环节比如搬运、拆包装绳、喂机、铲粮等等,一环套着一环。

收获粮食是喜悦的,也是庄稼人特别劳累的时候。自家的活加上为邻里乡亲帮忙,十来天下来,人往往黑了很多、瘦了一圈,尤其男同志习惯赤膊,个个浑身晒得黝黑发亮。

一年夏天,我家小麦脱粒的当天是个星期天。当天下午,在县中学上高中的弟弟休完月假,需要回校。由于从家里到乘车的站点有些距离,加之这条线路常常因乘客太少不发车,姐姐和哥哥都争着用自行车送弟弟,可父亲不同意,坚持要让弟弟跑。

"爸爸,从新龙站(附近站点)到新丰经常没车,就让姐姐或者哥哥送我吧。"弟弟跟父亲解释说。

"自己跑!到新丰哪怕是到大丰也要跑。这么怕吃苦还得了,将来只能捧老牛屁股(即饲养老牛、耕田)。"不知是因为太累了还是其他什么原因,父亲突然发起了脾气,而且火气相当大。

"自行车空着,哥哥、姐姐也有时间,为什么就不能送我一下呢?多跑点路就表示将来会有出息?"弟弟有点不理解。

"不行,就要自己跑。还犟嘴不是,想讨打吗?大家脱粒这么累了,你还要送,有良心吗!"父亲咆哮起来。

后来,弟弟曾悄悄对我说:"哥哥,那天我一路跑到新丰,说实话,在路上我忍不住哭了。我要努力学习,一定要考上大学,将来走出去。我不愿像父母这样死种田,一年到头辛辛苦苦也过不上轻松日子。将来有了孩子,我决不轻易委屈和伤害孩子。"

我理解弟弟的委屈,也似乎能理解父亲因为自己太累了而情绪失控。

只怪那时候苏北农村还比较贫困,一年农活干下来,家庭可能还欠上了新债。

5

拾麦穗,相信上点年纪的人都不会陌生。

前面提到的古诗《观刈麦》中就有描述"复有贫妇人,抱子在其旁;右手秉遗穗,左臂悬敝筐。"短短几句,表达了诗人关注与同情贫苦庄户人的情怀。

有一幅名画《拾穗者》,是法国画家米勒的作品,描画了三个正弯着腰、低着头在麦田里拾剩落的麦穗的妇女形象。她们穿着粗布衣裙和旧鞋子,身后是一望无边的麦田、天空和隐约可见的劳动场面。长时间的弯腰劳作使她们感到很累了,可她们仍在坚持。

在我上小学的时候,每年夏收时节学校都会组织拾麦穗,同学们也都乐意参加,甚至有点盼望这个活动,因为拾完了麦穗或在劳动过程中,大队、生产队会安排吃的、喝的,颇有过节的感觉。

那是读小学三年级时的一个初夏,我们班级全体同学到学校所在地同玉四队拾麦穗。

当时我是班长,劳动过程中也是组织者。

劳动结束时,在规定场地将篮子里的麦穗倒完后,大家原地休息并享受队里的慰劳。

先是喝凉茶,是大麦糖醋茶,那个味道真是好啊。

"这么好喝!又香又甜又酸,这酸溜溜的东西叫什么?太好喝了!"我捧起搪瓷茶缸喝了一口,忍不住赞叹。

"这是醋,夏天喝了解暑。喜欢就多喝点儿。"我们班主任是一位无锡女知青,当时只有十七八岁,她亲切地告诉我。

"嗯,谢谢杨老师!您也喝吧。"我第一次知道醋是一种酸酸的美味。

接着分油饼,每人一只。

"老师不饿,吃不下。今天的活动组织得不错,韦班长,老师的油饼奖励给你,请你代劳。"杨老师笑着对我说。

"不能,每人一只,我是班长更不能多吃。谢谢老师!"

"嗯,那也好。这位农民大叔,您辛苦了!这饼您吃了吧。"杨老师边说边将油饼递给了队里送饼的农民伯伯。

由于时间尚早,我们需要回校继续上课。

到校后,我上了个厕所。出来时发现好多人围在厕所大门边朝围墙上看,也有人指手画脚地议论着。

由于学校有初中生,他们个子高,我挤不上前,只能努力踮起脚朝里面看。慢慢人少了点儿,我终于看明白,原来围墙上贴了张小字报,上面写着一首打油诗,头两句是"刘某杨某某真可笑,逃避劳动到学校!"

天哪!杨某某正是我们的班主任,刘某是我们的数学老师,她们都是无锡知青。

我不愿再看下去,赶紧转身往教室跑。

到教室门口,发现已经上课了,可能铃声早响过,我在人群里疏忽大意了。

正是杨老师在上语文课。

"报告!"我举起手,喊了报告。

"你在哪儿的?"杨老师面无表情,走过来看着我问。

"我……我在厕所那边,看到……"我感觉心里很乱,结结巴巴、语不成句。

"很好看是吧?"我没能听到老师惯常说的"进来"两个字,显然杨老师已经知道小字报的事。

"老师,您让我进教室吧!我……"我小声恳求道,并向前挪了一小步。

没料到,杨老师快速伸手推了我一把,几乎声嘶力竭地说:"你去那边继续看吧!"

"不,老师,我讨厌那东西!我讨厌写那些东西的人!"我被吓得、也难过得哭了起来。

知青老师,一般比乡村老师受教育多,形象好,普通话好,教学水平相对较高,可以说深受学生们的欢迎与喜爱。可是,当地农民也希望他们的子女能够当教师包括代课教师啊,而且那个时候"文革"结束不久,不少人还习惯于用大字报、小字报攻击他人。可是,年轻的知青教师一下子哪里受得了这样的打击呢!

我那么尊敬的、也十分爱护我们的杨老师,竟然因为我看了小字报而气愤地动手推了我。这,又是谁的错呢?

6

光阴荏苒,时过境迁。

如今的麦田,近三分之二建成了高标准农田,规模连片,路相通、沟相连,旱能灌、涝能排,粮食产量比过去大幅增长。

防治病虫害用上了大型植保机械和植保无人机,统防统治,我们当地近百万亩麦田一周时间即可全部喷施一遍农药。过去最担心的小麦赤霉病即使今年小麦扬花期间遇上了较长时间的降水,也有效给防住了。

收割机械品种繁多,配套齐全,有联合收割机、秸秆还田机以及捡拾打捆机等等,我们大丰已进入全省粮食生产全程机械化整体推进示范县行列。

几千年几乎不变的耕作方式,在短短几十年时间内彻底改变了,广大农民面朝黄土背朝天的历史可以说一去不复返了。我们经历了这个过程,我们见证了这个过程。感谢这个时代!我爱这个时代!

"冷蒸"还有,已成了稀罕的地方时令小吃。石碾进了村史馆或者做了新农房的室外装饰。"连枷"则连农村孩子都不知道是个什么玩意了。

时常有上海、苏州和无锡等地的知青包括知青老师回大丰来看看,大丰高铁站、盐洛高速、知青农场、荷兰花海、人民路海派风情街、新型农村社区……他们惊叹大丰变化之大,纷纷为第二故乡点赞。寻找过去的四邻,回忆曾经的时光;喝一杯珍藏多年的老酒,唱一曲当年上台表演过的苏州评弹……

"远处蔚蓝天空下涌动着金色的麦浪,就在那里曾是你和我爱过的地方……"

二〇二一年五月三十一日

年味浓浓的小方糕

1

堂弟从老家带了些小方糕给我,刚蒸好的。

将鼻子凑近了,好香!是藏在记忆深处年的味道。

用指头轻轻按了按,柔柔的、暖暖的,一下子有了小时候厨房里热气腾腾、我在灶旁等着吃的感觉。

2

20世纪六七十年代的苏北农村,只有快过年的时候才蒸糕,在我们眼里,小小的方糕,就是年的重要符号之一。

记忆中,一般在年前一个月左右就有人家开始蒸糕,陆陆续续的,直到年前三四天才结束。

我家蒸糕的时间,与四邻相比应该属于中等偏后一点,不是那种准备得早、但过年时年货已经吃得差不多了的人家。

父母对于过日子,始终比较节俭,讲究"收支平衡,略有结余",即使在困难时期,生产队年底分红,我家从来没有赤字过。

小方糕的材料是米粉,糯米粉加大米粉。至于大米与糯米的比例,是三七、二八还是四六分,要看各人家的口味喜好。糯米的比例越大,糕越细腻,黏性越强,但会过于实在,缺少松软的感觉;大米的比例过大,米糕显粗糙,缺少黏性,用水煮时容易融化成米汤。一般来说,三七的比例比较适中。

按分量与比例准备好的米,需要用清水先泡上十多个小时,然后去水晾一晾。

3

接下来的程序是舂碓臼,一种很有趣的活儿。

碓臼是一种古老的生活用具,分为碓和臼两部分。碓由长形青石或木头制成,下端非常光滑;臼是在一块方形的石头中间凿出一个圆窝,有四十厘米左右深,上粗下细。臼埋入地下,碓架在臼的上方。

到了春节前,人忙,碓臼也跟着忙了起来。

舂碓臼虽然看上去像在玩一个大玩具,其实需要一定的技术。由一人蹲或坐在臼旁,将米舀入臼,另外一至两人在碓尾用脚踩木杠,使碓高高抬起,然后重重落在臼里。如此反复,臼里面的粮食就逐渐被捣得细如粉末。

如果安装碓的木杠比较粗大,杠上可站立一人,双腿前后"人"字形分开,随着碓的起落两腿分别使劲,这样碓的力量就更大,舂米粉的效果更好。

我最喜欢站在杠上了。一站上来人立刻感觉高大起来,似乎整个舂碓臼的节奏全由自己掌控,就像战场上的将军一样。有时会把动作做得很夸张,前俯后仰的,把父母和姐弟们逗乐了。

整个舂碓臼活中,技术含量最高的是放米和出粉,因为在用手放米入臼和从臼中掏出米粉并筛粉的过程中,碓是不停地舂着的,没有停顿。这对手的进出时机和节奏要求相当高,因为一旦时机不对,手就要被碓给舂烂了。

我的母亲每年一次担任着这一最难扮演的角色。母亲在我们眼前从容地放米、出粉、筛粉,短发随着手上动作的节奏摆动,脸上因忙碌而渗出汗珠,不经意间用衣袖轻轻擦拭,米粉沾到了脸上……

小孩子大多爱跟在大人后面蹬碓尾,脚很有节奏地一蹬一松,"嗵""嗵""嗵""嗵"……似鼓点一样,好听极了!

4

介绍一下蒸糕的工具。

蒸糕的蒸笼一般一个大队只有几副,一个生产队则可能连一副都没有。没关系,预约,借用,以糕作为赠品随蒸笼一起还回,机制与规则健全且为人们所熟知。不用监督,家家户户自觉遵守。

那时我家有一副蒸笼,因此我更了解一些细节。比如还蒸笼,户与户之间是有差别的,主要体现在赠送的糕的数量、蒸笼尤其是笼布清洗干净程度以及糕的质量等几个方面。物如其人,如果在几家连续使用之后还过来,不用问,从相同色泽与品质的糕的数量,就能判断出哪些是哪家的。

蒸笼中颇具个性也十分重要的两样东西,分别是糕模与垫板。糕模是一正方形的模具,等分隔成一个个上大下小斗状的方格,数量分为 8×8 或 9×9 之类不等,这一个个小方斗便是小方糕的窝。垫板是一块完整的方板,用于垫在糕模下面。讲究的户主会在垫板上刻上各种吉祥的文字或图案。

糕模与垫板对木料的要求极高,木质须结实、细腻、在各种湿度的空气中不变形。听说木料来自于乌桕树,该木材可用作章料,也就是可用来刻图章。我感觉,不管是否沾了米粉,两样东西摸上去都似婴儿皮肤般光滑。

5

闲话少叙,快来蒸糕。

取一只干净的大竹匾,稳稳平放,将垫板、糕模置于竹匾中,用筛子向糕模中均匀地筛米粉。填满后,拿专用的直尺平平地一刮,再用尺在糕模边框轻轻敲一敲,将铺好笼布的蒸屉盖在糕模上,整体上下翻个个,直直向上脱出糕模,完成!

放入蒸笼,大火蒸煮四十分钟左右,即可出笼。

我家蒸糕时,分工明确。父亲操作,母亲打下手,姐姐、哥哥负责烧火,弟弟和我负责翻糕和"点红"。

父亲年仅十六岁时就外出当兵,在东北和华东地区的飞机场当了八年空军地勤兵,可以说是见过世面的人。因此,父亲干活比较讲究动作的利索与潇洒。筛粉,筛子端得平,旋转的速度均匀;刮粉,基本上是"一尺清",手上力度与速度掌控得恰到好处,就连用尺在糕模边敲击,也敲得干脆而有韵味。

当热气腾腾的米糕端出来,我和弟弟便站在芦苇编成的席子边上,快速地"点红"和翻糕。"点红"是一种风俗,有吉祥喜庆的寓意。剪一小段高粱秸秆,用刀"十"字形划开,蘸取少量红颜料,点在糕中间。纯白的小方糕,印上红艳艳的四瓣花叶,恰似雪中红梅,让人想起"俏也不争春,只把春来报"。

6

简单说说小方糕的吃法。

最平常的吃法,水煮糕。煮好后,用筷子夹成若干小块,蘸砂糖吃,嚼起来"咔嚓、咔嚓"的,这声响永远忘不了。

最有滋味的吃法,油炸糕。压得扁扁的,像糍粑;炸得黄黄的,特别诱人。

另有几种作为和料的吃法。放入粥里、菜泡饭里以及与糖果子一起煮等等。

当然,小孩子直接拿块糕,慢慢啃,也算是一种吃法。

你喜欢哪一种吃法呢?

7

传统的小方糕,带着浓浓的年味,也带着小时候的温暖回忆。

年糕,谐音即"年高"。祝福小朋友们快快长高!祝福年轻人步步登高!祝福中老年人幸福指数年年攀高!

二〇一七年一月六日

最好吃的"病号特供"

在我小的时候，和其他农村孩子一样，生了小毛小病一般是不去卫生室看的。遇上头疼脑热之类实在没力气了，就躺在床上休息。

除了不用上学，还可以享受一些特殊待遇，比如吃到父母专门给做的或给予的"病号特供"。吃了平时吃不到的美味，既解了馋，又起到食疗的作用，还对幼小的心灵有所慰藉。

印象最深的，生病时常吃到的"病号特供"有两样：菜油炖蛋和冰糖。

菜油炖蛋，一般是拿一只小洋碗（铁皮碗），倒入适量菜油，将鸡蛋打在里面，不搅拌，然后放入少许白糖，再将碗放在煮饭的锅里或者专门放在锅里清水上炖。

炖熟后，香喷喷的，老远就能闻到。

父亲或母亲将碗端到床边，让我坐起来，如果是冷天，会为我披上棉衣。这时候我显得特别听话、乖巧。

一般情况下让我自己端着碗吃，父亲或母亲坐在床边看着；实在没力气时，他们会一调羹、一调羹地喂给我吃。

先喝上半调羹黄灿灿、热乎乎的菜油，然后用调羹从碗边往里舀。先是蛋白，又白又嫩，浸润着菜油，软软、滑滑的，几乎不用嚼；然后是蛋黄，金黄色，粉粉、糯糯的，特别香。少少地送入嘴里，用舌尖慢慢地搅着，一遍遍体会了之后才咽下去。

由于姐弟几个年龄相差不大，半碗炖蛋一般也不会独自吃完，往往主动分几调羹给其他几个，或者吃上几口就说"够了"。

父亲从商店里买回整块的冰糖，用菜刀背敲成小块后放入大口的玻璃瓶，藏到柜子里。

生病了，父亲将装着冰糖的玻璃瓶拿到我面前，从中掏出一块，让我张大嘴巴，直接送到我嘴里。

有时候吃到特别大块的，塞个满嘴，在嘴巴里挪都不好挪动。

冰糖虽不是药，但吃了它，再好好睡上一觉，身上似乎就有了力气。

那个年代，炖蛋和冰糖就是我的父母给儿女们疗病的最佳美味。

现在看起来，享受这样的"特供"似乎挺可怜，甚至可笑，但那种香香甜甜的味道，在我们那一代人却是最难忘的。

二〇一六年十二月十九日

新鞋子，旧鞋子

1

"新鞋子还没有缝好以前，先别急忙着把旧鞋子脱；旧鞋子还没有穿破以前，先别急忙着把新鞋穿上。老先生老太太都这么说呀，从前的生活呀就是这么过……"

这是一首歌的歌词，歌名叫《新鞋子，旧鞋子》，是由台湾音乐人侯德健创作并与歌手程琳共同演唱的。

资料上介绍，《新鞋子，旧鞋子》是侯德健在武汉的鞋店里看见家长给小孩买鞋，触景生情，有感而发。

有人评价："切入点巧妙，语言平易近人，讲理而不说教，辨析而不居高。"于我心有戚戚焉！

我很喜欢这首歌，旋律优美，百听不厌；歌词通俗易懂、朗朗上口。

2

在我小的时候，穿的鞋子都是母亲做的布鞋。其实不仅小时候，初中阶段也是，考入高中后才开始穿白球鞋和皮鞋之类。

母亲利用农忙之余纳鞋底，用那种大号针和较粗的鞋绳，一针一线地纳。纳上一会儿，母亲会将针插入头发间轻轻刮擦一两下，那是因为针涩了借用头油来润滑润滑。有时我会想，要是不小心针刺到头皮怎么办？事实上这担心完全多余，因为从来就没发生过。

一、故乡情怀

母亲年轻时头发又黑又密,齐耳短发显得清爽而精神。我老家村里的人们习惯将纳鞋底称作"钉鞋底",细想想这叫法还是比较贴切的。偶尔也有"钉"进鞋底的针用手左拔右拔拔不出来的时候,每当此刻,母亲会低下头用牙齿紧咬着针往外拔,拔出后直接将头歪向一侧拉出鞋绳。

每到过年之前的一两个月,母亲用白纸或报纸剪鞋样,用面粉炖糨糊,把柜子门板卸下来在上面糊鞋帮……直到将我们姐弟四人一个个喊到跟前试穿新鞋子。

3

我小时候拍照少,保存下来的更少。

和哥哥合拍的一张照片中,我穿的鞋是一双旧方口布鞋,毫无疑问,那是母亲做的。为了弄清这方口布鞋是因为我年龄小母亲给我做的,还是捡了母亲或姐姐的旧布鞋,我找到一张更早的"全家福",看弟弟穿的鞋子。弟弟穿的也是方口布鞋,这下释然了。弟弟是家中的"老巴子",他的鞋又那么小,一定不是"新老大,旧老二,缝缝补补给老三"的。

还有两张初中三年级时拍的照片,其中一张是参加全县"三好学生"表彰大会时,我们龙堤乡全体受表彰学生的合影;另一张是春节时,作为村文艺宣传队队员在路过斗龙港节制闸时拍的。两张照片中的我都穿着布鞋,可见,初中毕业前母亲做的布鞋是一直伴随着我的,或者说我是穿着母亲做的布鞋长大成人的。

这么多年,母亲曾经剪过多少次鞋样、糊过多少个鞋帮、扎了多少次针、抽了多少次线……牵着我们姐弟的手试过多少次鞋子!

4

春节前,一次意外,我的右手手掌骨给摔断了。为便于恢复,根据医生的建议,做了手术。

由于近些年出门穿的鞋都是系带的,手术后右手裹上纱布无法动作,赶紧选了一双"一脚蹬"的布鞋来穿。这双鞋原来只有早晚跑步时偶尔穿穿,特别合脚。

大年初一也不例外,这双布鞋伴随我迎来了新的一年。

春节过后,由于新冠病毒疫情防控需要,年初四就正式上班。我负责全区农村防控组的工作,防控范围主要在农村,乡镇养老院、菜市场、农村商超、垃圾中转站以及老百姓家前屋后卫生状况与防控情况,以及重点人员居家隔离情况等等,都是我们宣传引导和督促检查的内容,这双布鞋陪伴我走过了一镇又一镇、一村又一村、一户又一户……

5

"旧鞋子还不是新鞋穿破,新鞋子也会有穿旧的时候。老先生老太太也这么说呀,青春的好年华不能错过;小弟弟小妹妹也这么说呀,新鞋子旧鞋子都是过生活。"再听这首歌,内心有了新的感悟。

一次意外,使我在过年的时候没有像往年那样去买一双新的系带的皮鞋,春节后上班时我穿着一双旧布鞋出入各种公众场合,并坦然面对一身新装的同事和朋友们,我深切体会到这时候一双普通、合脚的布鞋比任何鲜亮的皮鞋更适合我、更有作用。

弱水三千,只取一瓢饮。新鞋子、旧鞋子都是过生活。

二〇二〇年五月三日

穿着大人的衣衫出镜

1

晨跑,遇见老家曾是同一生产队的老夫妻俩。

"老哥、老嫂子早上好!"因我辈分长于他们,只能按老家习惯称哥嫂。

"你是小三子吧?"他们打量我一番后认了出来。

"是的,我就住在附近。看上去你们的精神可真好!"我用手指了指我家住的方向。

"好些年没见,小三子你的变化蛮大的。七点半多了,你先跑步吧,待会儿要上班呢。"他们挺善解人意。

他们的儿子青是我小学同学。

那是小学二年级时,班级排节目,舞蹈《颂歌献给毛主席》,我和青都是小演员。

上午彩排完,老师叮嘱我们:"下午正式演出,大家一定要提前到表演场地,记住要把最漂亮的衣服穿上!"

哪知,下午青来得较晚,穿了一件碎花上衣,还不合身,太大。

当然挨了老师批评:"让你早点来,要穿最好看的衣服,可你!你这是怎么搞的!"

"我、我在家里找来找去,找不到好看的衣服,这件是我妈妈的。"

现在,青是一家民营企业的副总,相信他的衣服会按正装、休闲、运动等等来分类。

2

打开微信,进入朋友圈。

一张照片,不只是吸引了我的眼球,简直让我意外和吃惊了。

在我的一本收藏着极其有限几张老照片的相册里有这张照片,那是我读初三时参加全县"三好学生"表彰大会,我们龙堤乡八名代表的小合影。

首先看一下上传照片的人,是供职于区文广新局的勇。难道这里面有他?

赶紧看文字介绍:"这是1981年我参加大丰县'三好学生'表彰大会时的小合影,那个唯一穿着女式布鞋的男孩就是我。接到去县城开会的通知后,在田里干农活的母亲急忙回家帮我收拾。那时候,我几乎没有一双不破的鞋子,唯一一双新鞋是母亲提前做好、等待过年穿的布鞋,却压放在已上了锁的箱子里,而钥匙却在百里外带河工的父亲身上。不得已,赶紧向姑姑借了一双女式方口布鞋……"

仔细看,站在我右前方稚气未脱的小男孩,系着红领巾,脚上果然穿着双方口布鞋。

虽然队伍中只有一个小帅哥穿着白球鞋,其他人都穿着布鞋,但男生穿女式方口布鞋的只有勇一个。他当时的心情,也许有点复杂。

龙堤乡参加全县"三好学生"表彰大会代表合影

真的很难将身材魁梧、穿着讲究、风度翩翩的勇,与照片中这憨态可掬的小男孩联系起来。

顺便介绍一下,勇自办的微信公众号"宇之声"在大丰、在盐城,在圈内、圈外,都有一定知名度。

3

说说我自己。

不用扯远,就刚刚这张小合影上,我有类似的故事。

清楚记得,收到会议通知后,我为穿衣的事犯愁啊。上衣有件较新的涤卡学生装,感觉不错,可裤子,真找不到满意的。怎么办?从父亲的裤子中找啊,这是最简单、快捷的办法。

倒也没费劲,找到一条墨绿色涤纶的。

父亲虽很支持,但看到这条裤子穿我身上又大、又长,露出了犹豫的表情。

"就这条,挺好的。"我觉得没有比它更合适的了。

见我态度坚决,父亲没再说什么。

裤腰嫌大没关系,反正外面有上衣罩着。可裤管实在太长了,毕竟读初中的我身体刚开始发育,个头小。怎么办?卷,卷,再卷,起码卷了三圈以上。

4

60后的我们,学生时代常常穿着大人的衣衫出镜。看上去有点滑稽,有点可爱;自己则感觉有点尴尬,有点惶恐,甚至有点自卑。

现在,物质条件丰富了,衣服几乎挂满了衣柜,倒是时常需要清理、减负。

感恩!惜福!

二○一七年八月十日

送考船撞上了大渔罾

孩子早晨还在大丰的家里,上午乘高铁去上海,下午就坐在了注册会计师考试上海考点的考场上。

这不由让我想起了一件往事——

小时候,我家门前只有羊肠小道,要去稍远的地方,常常得乘船。

往东的河有老斗龙港,那是我心中的"一条大河";往西的河则有陈家桑,河面也挺宽阔。两条河是相通的,交汇处就在离我家不远的太兴湾。

那是读小学四年级的时候,我和学校其他同学一起从龙堤公社同玉小学乘船去龙堤中心小学参加学科竞赛。我们小学的校长及部分老师带着我们,在学校附近的江界河码头登船,向南行驶进陈家桑,然后往龙堤小街方向去。龙堤中心小学就在小街的北侧。

没料到,途中我们船上挂船篷的木架将一户人家大渔罾的网给撞了。

其实在大老远处,我们就看见了水面上又宽又大的渔网。是那种深褐色的大网,四周被吊得高高的,中间缓缓沉落下来,最低的部分都快贴近水面了。堪称壮观的场面,我们见了都有点"刘姥姥进大观园"的感觉,很激动,纷纷站在船边观看,并叽叽喳喳说个不停。

渔网非常大,船需要靠边行驶才能避让过去。然而,意外就在我们眼皮底下发生了。由于掌舵的船工判断不够准确,高高的木架硬生生地撞上了渔网,并轻而易举将渔网撕扯出一个较大的破洞。

可能渔网刚刚被扳出水面不久,在木架随着船前进无情撕扯渔网的同时,水珠像雨点一样纷纷落下。我们赶紧用手抱着头,并迅速俯下身子,可还是

一、故乡情怀

躲避不了,大家几乎都被淋了一身的水。

那天我穿着一身崭新的藏青涤卡学生装,衣服还是我大伯给做的。被水淋湿的那一刻,感觉十分心疼,也急忙用手抹个不停。好在只是水,没多一会儿也就基本干了。

扳罾的人用力拉住我们的船,要赔钱。可我们校长、老师都没这个思想准备,身上也没带什么钱,在双方理论与讨价还价中,时间不知不觉过去了。

好不容易商量妥当,校长承诺在考试结束之后拿钱来赔偿,终于得以放行。

我们慌乱地赶到考场,答题、交卷……

结果还好,我得了个语文"三等奖",我哥得了个数学"二等奖"。

父亲将我们的大红奖状高高地挂在堂屋的大梁上。我哥不服气,他的奖状上"二等奖"是"成绩优良",我的"三等奖"却是"成绩优秀"。我跟他解释说,可能因为语文试卷难度更大,哈哈!

如今,盐城大丰高铁站、盐洛高速以及沈海高速等等都建到了家门口,孩子去上海参加考试,比我当年到本地中心小学参加学科竞赛还要方便、快捷。而各种缴费都可以用手机扫二维码支付,再也不会出现当年校长、老师们一起都凑不齐赔付渔网钱的窘境与尴尬。

二〇二一年八月二十七日

请叫我"猪坚强"

在我大约七八岁时候的一天清晨,父亲与邻居叔叔们一起雇了船,装着自家养的猪到新丰食品站去卖。我有幸当了一回"跟屁虫",乘机吃点好吃的并看看"外面的世界"。

从家门口的陈家桑河上船,向东行驶进入斗龙港。这几条河都不算小,特别是斗龙港,风景秀美:清清的河水,肥美的水草,河面不时有野鸭出没,偶尔会碰见放鸬鹚的渔夫划着小木船,大声吆喝、指挥着成群的鸬鹚;沿岸生长着茂密的芦苇和婀娜多姿的杨柳……

我倚在船栏杆上,张大好奇的双眼四处张望,啊!原来我们这儿有这么多的大河!

对于卖猪,我不感兴趣,留下印象的就是食品站有人给猪称重量,然后用剪刀剪猪毛标注等级记号。

卖完猪,父亲带着我到新丰小街上逛逛。俗话说,"乡下人上街,不是咬饼就是相呆",其实咬饼、相呆都不错,物质食粮与精神享受都有了。

在新丰镇最繁华的一条南北向街道上,父亲带我到一家小馆子吃豆腐花和烧饼。吃完后,我没有立即离开,凝神看人家用小勺子一层一层、薄薄地舀豆腐花,感觉很有趣。

看够了,我抬起头四下张望,却不见父亲的身影。

"爸爸、爸爸!你在哪儿?"我着急得大声呼喊起来。

"三子,我在这边呢。"循声望去,马路对面,父亲在向我招手。

"嗯,爸爸!我过来。"我抬脚奔跑起来。

意想不到的是,一辆自行车冲了过来,我愣了一下,想收脚却已收不住,自行车几乎擦着我的身子过去了。

更意外的是,我的一只脚踏进了自行车的大脚撑(一个完整的小铁框)中,整个人立刻被拖得重重摔倒在地。

"自行车快停下来!快停下来!我孩子被你撞了!"父亲大声喊。

自行车停住了。我想赶紧站起来,却做不到,因为一条腿套在自行车脚撑里,根本使不上劲。

骑自行车的人想帮我却帮不上,自行车脚撑没法用,他又不能丢下自行车。

父亲冲上来,连搀带抱将我扶起来。

"爸爸!怪我、怪我不小心!"我紧紧抓住父亲的胳膊,一边努力站起来,一边怯怯地说。

"乖乖,不怪你,怪爸爸没有等你。见你看得那么入神,我就没有立即喊你走。我想先去买点东西,再过来接你的。是我太马虎了!不怕,乖乖,我们不怕啊!"父亲轻声安慰我,并小心地将我的腿从自行车脚撑中慢慢拉出来。

为防止我被吓着了,父亲用指头在地上快速抹了几下,然后轻轻在我鼻尖点了点,并悄悄念叨了两句。我知道,这是用我们乡下的土法子在作法呢。

然后,父亲轻轻地撩起了我的裤管,妈呀!脚踝已经破了皮、流着血。

骑自行车的人受到惊吓,虽然认出了我父亲是熟人,仍是左打招呼、右说抱歉,坚持要带我去新丰医院检查。

我可不想去医院!已经缓过神来的我,打起精神在路边走了几步、转了两圈,又跺了几下脚……虽然疼得厉害,但能走、能跺脚,表明骨头应该没断。

后来,我们一起到附近药店买了几贴膏药以及一小瓶红药水。骑车人掏出钱来要作为赔偿,父亲怎么也没肯接受。

这等稀奇事发生在了我身上,我是不是太笨了?简直像猪一样!但当时摔得那么突然、那么重,我既没哭也没受太大惊吓,更没有留下任何后遗症。

还说什么呀,请叫我"猪坚强!"

二〇二一年九月十一日

少年理发师

现在的孩子除了学习课本知识，还要参加琴棋书画等各种兴趣班，习惯统称为"素质教育"。

我小时候接受的"素质教育"内容也十分丰富，有理发、磨粮、推农家小车等等，其中做得最好的当属理发了。

之所以这样，是有缘由的。父亲是个理发师，也不是专职，还磨粮（在磨坊负责开碾米机等）、种田等等。我有事没事总爱鼓捣父亲的理发工具，三弄两弄就有了点基础和模样。

先说个趣事。我弟弟小的时候真有意思，家里只要来了理发的客人，他必抢着坐上理发椅，要父亲先给他"理"一下。往往父亲给他围上理发巾，用推剪在他耳边"咔嚓、咔嚓"示意两下，弟弟也就欣然离开了。

弟弟喜欢父亲给他"理发"，我则喜欢给别人理发。

初拿理发推剪（俗称推子），是十岁左右，那个时候还没有电推剪，都是纯手工操作，作为小小少年，要驾驭好手推剪并不是件容易的事。由于我的手还太小，指头也短，而推剪的手柄开口大，手指就够不着、难抓拢，更难将推剪端平，往往一用力抓手柄，剪刀口就猪嘴似的往上拱。而且，手臂悬空作业，要不了几下手腕和手臂就酸了。

难，难不住有兴趣的人。起初只给小男孩理，且必须趁父亲在家，这样有个闪失好弥补。后来，随着实践次数的增多，水平渐长，兴趣也越来越浓。没多久，自己便可独立"操刀"了，慢慢地有模有样起来。特别是那种初步理完后的整体打量，人稍稍退后，用手指轻托着客人的下颌，目光从较远处聚拢到头发上,冷静地观察、对比、思考……相信那神态、那架势已经有了小小理发师的范儿。

当然,也有失手的时候。印象深刻的有这么两次。

一次是给一个六七岁的小男孩理发。在剪耳朵后面的头发时,一不留神,剪着了耳垂,剪了个小口子,立刻流了血。我给吓了一跳,连忙丢下推剪,俯下身子:"不好,剪着你耳朵了,疼不疼?实在对不起!"可这小家伙真勇敢,够意思,没惊慌,更没哭,对我说"没事""没事的",哎哟,把我感动得!

另一次是给一个和我一般年龄的同学理发。他的头发又厚又硬,我一上来就用打剪(一侧是齐口,一侧是锯齿)猛打一气,等梳理好头发后发现,头顶部位给打多了,露了头皮。当然,在我如实告知后,作为同学,他也没有计较。

有一次,来了激情,我主动挑战高难度、挑战自我。

客人是我的一位长辈,年纪较大,习惯剃"和尚头"也就是光头。那不是用推剪推,是用剃头刀剃。

"二伯,我爸爸不在家,我来给你剃,可以吗?"我先征求意见。

"当然可以!"长辈倒挺信任我。

自恃那时候手上已经有了些功夫,我内心是比较轻松的,更跃跃欲试。

先用热水洗头,再用热毛巾将头发捂柔软些,开始剃了。二伯的头发全白,看着不长、不厚,但比较硬,剃起来并不那么容易。木柄、宽刀头的剃刀跟正常的剃须刀有区别,我没怎么用习惯,不太好使劲。叮嘱自己集中注意力,几乎屏住呼吸,认真地一刀一刀往后剃。头发嫌干了,用专用的毛刷蘸了肥皂水来回地刷;剃刀钝了,在镗刀布上"嚓嚓""嚓嚓"地上下镗……虽然能用的办法都用上了,可是,过了会儿,感觉剃刀越来越沉、越来越费劲。不仅手腕发酸,手也开始发抖。接近三分之二时,实在不行了。我不能硬撑,因为那样可能把二伯的头皮剃破。

诚恳地跟二伯打声招呼后,我一口气跑到大队磨粮房换下父亲。开磨粮机器,整个流程我都会。好在我是什么活都会干的多面手!

女士的头发同样理过不少。那个年代,大多是传统的齐耳短发。没有什么特别出彩的记忆,也没有类似于剪破小男孩耳垂之类的糗事。对于理这类短发,我的体会,一是要先问清楚客人的想法。留长一些还是短点儿、头发要不要打薄一些之类。二是不要为求完美而反复修剪。用眼睛直观判断，两侧头发及刘海的长短不可能绝对相等，不可反复修来修去，否则可能越修越短、因小失大。

父亲对于穿着、外貌比较讲究，审美观念与眼光领先于当地农村，理发技术过硬；我乃一少年，长得虎头虎脑，算得上比较可爱。因此，我们的生意总还不错。

那时候，跟着父亲"走四方"，足迹不仅遍布整个大队，有时还会走得更远。出了本生产队，理完发客人会当场付钱，由我负责收，大人2角钱，小孩1角。可别觉得钱少，那时候烧饼才2分钱一个。

传统节日尤其是春节前后外出理发，客气的人家还会做好吃的东西给我们吃，包括当时只有"坐月子"的产妇才能吃到的荷包蛋、泡徽子等等。每当这个时候，父亲总以"肚子不饿，吃不下"来推辞，我也是少吃几筷子解解馋。要知道，人家那些个孩子好几双眼睛都盯着这碗里呢。

理发，有如素质教育与拓展训练一般，提升了我的学习能力、审美能力、操作能力以及与人沟通的能力，还挣了些钱。

说到钱，我那时候还真有点傻呀，我挣了钱，可在家里怎么没比哥哥、姐姐以及弟弟多用一分呢！

二〇一六年九月二十一日

一张儿时的老照片

20世纪六七十年代出生于苏北农村的人,能保存下来的儿时照片是比较少的。

印象中,小时候拍照片的机会似乎只有两个:一是跟大人一起去街上的照相馆;二是学校拍毕业照时。

那时候没有数码相机,拍照用胶片,照片都是黑白的。青年男女拍订婚照或结婚照,照相馆给制作成彩色的,是用毛笔蘸了水彩描画而成,夸张又有点假假的感觉。

我们姐弟四个儿时拍的照片都较少,且大多因保管不善而遗失了。能保存到现在并完好无损的就显得十分珍贵。

和哥哥的一张合影,是在当时的龙堤公社同裕小学拍的,学校地址就是现在的盐丰高速大丰北出口那儿。

学校很早以前就撤并掉了。但那些青砖青瓦的平房、简易的泥土操场以及操场上木制的篮球架等等,仍然清晰地印在我心里。

记不清具体是什么时候拍的了,也许是哥哥拍小学毕业照的时候吧。反正哥哥肯定超过十岁、我超过八岁了,因为在哥哥十岁前我俩都留着小辫子,农村俗称"胎毛子"。

给小男孩留"胎毛子"是为了表示父母的宠爱,没别的意思。也不是像女孩子那样将满头的头发都留得长长的,只留头顶上的一部分。

父母在形式上这么宠我们,是有缘由的。姐姐上面原来还有一个哥哥,不幸很小就夭折了。头一个孩子就失去了,父母心里

哥哥(右)和我(左)

肯定十分难过。听说最伤心的是我奶奶,因为那是她的第一个孙子。后来母亲生下了姐姐,奶奶内心应该是失落的。可惜没等到哥哥出生,奶奶已经去世了。

幼年离世的那个哥哥曾留下一张与父母的合影。年轻英俊的父亲抱着孩子坐在椅子上,端庄秀气的母亲轻倚着父亲,一家三口十分温馨而幸福的画面。早前这张照片放在一个小梳妆盒里,我们偶尔翻出来看看,后来不知给弄哪里去了。看不到也罢,免得父母触景生情。那个年代谁家有孩子夭折也不算罕见,生活条件和医疗条件都比较差。

有了这段介绍,哥哥和我头上留着"胎毛子"就不那么滑稽可笑了。

父母和姐姐为我们梳小辫子、用橡皮筋或红头绳扎辫子的记忆深刻,有时头皮被扯得生疼。姐姐经常给我们扎出花样来,并盘在头顶。

不过,男孩子留着小辫子上学,还是不太多见,所以没少挨同学们拉拉扯扯,叫人哭笑不得。幸而我和哥都不太调皮,成绩又比较好,所以恶意攻击我们的人几乎没有。

哥哥十岁生日那天,大表哥代表舅舅来帮哥哥剪了小辫子,我也趁着一并给剪了。其实大表哥只象征性地一剪刀剪了辫子,接下来我们的头发都是父亲给理的。

父亲的理发手艺的确不错!我和哥哥的发型不同,但剪得都蛮好,与各自的脸型相配,看上去挺舒服的。

哥哥长得更像父亲,脸型上镜,人也洋气。看他,衣服穿得整齐,红领巾理得平顺,小帅哥一枚;我更像母亲,脸有点扁,眼睛没哥哥的大,人憨憨的。

照片上的我,将两只小手乖乖地伸得笔直,身体明显不似哥哥那么放松;衣服显得斜斜、吊吊的,可能像陈佩斯小时候。

小时候的照片,除了一张全家福,这是仅存的一张。

现在,随着生活水平不断提高、医疗保障日益加强,大人、小孩的身体健康和生命安全早已不再是令人担忧及心痛的问题。而拍照,单是手机就能随时拍和录,想怎么拍就怎么拍,想怎么保存就怎么保存。

二〇一六年十二月二十八日

生活是无意的

母亲不止一次告诉过我,小时候,我是一个特别腼腆的人,吃饭时,只要父亲朝我看上一眼,我便会低下头去。

这用我们当地的话叫作"怕丑",就是害羞的意思。

不知父母有没有担心过,一个农村的男孩子从小这么"怕丑",将来怎会有出息呢!

七岁那年,父亲送我去上学,学校是设在我们生产队的一个教学点。老师朝我看了看,我没敢直视老师的眼睛。结果老师不肯接受我,说只有八岁的孩子才能上学。

"你儿子七岁能上,为什么我儿子却不能上?"父亲责问老师。

"我儿子是跟在我后面来玩的,不算上学。"老师回答。

后来,父亲就跟老师吵了起来,不仅双方声音都特别大,话也越说越难听。

那时候这个教学点还没有课桌,只有一根根长长的木方当课桌,凳子都是学生带来的小矮凳。

激烈争吵着的同时,父亲硬把我塞到木方后面,老师则把我推到木方前面;父亲再把我塞到木方后面,老师再把我推到木方前面……如此"单循环",他们哪管小小的我尴尬、着急,在推推搡搡之间我已泪流满面。好在我还懂得通过躲闪来保护自己,否则头上不知会撞出多少个包来。

读初中的时候,可以说我长得还是蛮帅的,头发乌黑浓密,皮肤白净,鼻梁高挺,于是被选进了村里的"文艺宣传队"。

一年春节排戏,有个节目分给我个角色,扮演一位劳动模范,而当时在全村颇有名气的一位女孩演

"我"的妻子,另一位常常在开场舞蹈中头一个出场翻跟斗、舞红旗的男孩演"我"弟弟。可见当时宣传队领导还是比较看重我的。

按照剧情编排,一天早晨,天刚蒙蒙亮时"我"就出工了。我需要唱着颇具盐阜地方特色的"老淮调"出场,就是边走、边唱。记得第一句唱词是"东方发白天刚亮",可我感觉这"老淮调"节奏好慢啊,一个字得唱很长,相应一个姿势要摆很久,弄得我唱的时候,迈不开步;走起来时,又唱不了。试着先站在原地凝神定气唱起来,再努力抬脚往前走,结果,要么像怕踩着蚂蚁似的,脚步虚浮;要么成了"机器人",一步一顿。

眼看左练右练进入不了角色,时间实在等不及了,领导只得给我换了个节目,改说快板。不过,意外收获是后来这个说快板节目,代表我们村参加全乡文艺汇演了。

后来,长大的我,到了青春萌动的年龄,我喜欢上了一个同班的女孩。

她的成绩比我好,身材高挑,腿长得又长又直,特别是穿上那个年代刚刚流行起来的西服时,上上下下线条流畅而恰到好处,周身散发着迷人的气息。

看到她,我就不由自主地紧张起来,有时心里很想跟她说说话,却常常词不达意;难得有机会跟她一起走走,我又总显得木讷而无趣。

工作之后,成长还算顺利,有时会面对摄像机镜头。

起初,对着镜头,我似乎看到了父亲的眼睛,一瞬间,自己成了童年时腼腆的小男孩,不由自主地低下了头。

可是,尽管我低着头,"眼睛"并没有像父亲那样善解人意、也没有因此顾左右而言他,依然执着地"注视"着我,我不抬头,"目光"就不移开,直到我慢慢、慢慢抬起头来,朝前看,微笑……

看到过这么一段话:生活到底是恶意的、还是善意的?经历过后,我明

作为村"文艺宣传队"队员在老斗龙港节制闸留影

白了,生活又不认识我,它肯定是无意的。

没错,生活又不认识我,它肯定是无意的。我们来到这个世界上,由于遗传基因、成长环境等因素的影响,身上存在这样那样的弱点与不足。可是,没关系,尺有所短,寸有所长;笨鸟先飞,勤能补拙啊!只要我们拥有一颗追逐梦想的心,并朝着自己的目标一路奔跑,跌倒了,爬起来;再跌倒了,再爬起来!不懈怠,不言败;不抛弃,不放弃……梦想就一定能实现。

有部老电影,叫《小字辈》,其中有首插曲真好听,你听:"生活呀生活,多么可爱,多么可爱!像春天的蓓蕾芬芳多彩,明天的遍地鲜花、遍地的鲜花哟,要靠着今天的汗水灌溉!"

二〇二一年八月十六日

父母是隔在我们和死亡之间的帘子

1

前两天,父亲来电话告诉我,手机不好用了,声音太小,听不清。

事不宜迟,中午下班后立即到手机店里买了部老年人专用机。功能少,按键大,声音响,而且价格低,实惠又实用。

同时买了张内存卡,请店里服务员下载了四五十首歌。

拿着手机,直接驱车去父母那儿。

2

到楼下时,发现车库门开着。

朝里看,父亲正在里面聚精会神地烧着纸钱,用一只大大的旧脸盆。

今天是中元节,俗称"七月半""鬼节"。上午在微信朋友圈里看到有人发了链接:《放盏明灯,遥寄相思》。

"爸爸!"我用老家的叫法喊了一声。

"哦,是小三子啊。"父亲朝我笑了笑。

"今天是七月半,正烧纸呢。"父亲接着解释了一下。

"嗯嗯,我晓得的,七月半。"我小声附和。

纸钱烧完了,父亲虔诚地拜了几下。

"我也来拜拜吧。"正遇上,也算难得。

"不要,别把衣服弄脏了,我拜过就行了。我代表你们兄弟姐妹拜过了。"父亲总这样护着我们。

年轻英俊的父亲

关了车库门,父亲走在前面,我在后面跟着。不由认真地打量起父亲的背影。曾经那么英俊又带着军人阳刚之气的父亲,现在真的老了,头发花白且稀少,背也明显驼了,步履缓慢、无力。

突然间,泪水就模糊了我的视线。"时光、时光慢些吧,不要再让你变老了,我愿用我一切换你岁月长留!"

可是,有谁能够让岁月长留呢!

3

上楼,进屋。

"这么快就送过来啦!又让你花钱了。"母亲见我手上拿着手机盒,轻声说。

"老年人手机,花不了什么钱的。"确实是的,才三四百块钱。

"别动!别动!"我正想把手机放桌上,母亲急忙制止我。

朝桌上看,豆腐、粉块、蔬菜……还有一大碗米饭,一把筷子搁在上面。哦,这是在祭奠逝去的亲人们。

父母一直保持着这传统风俗与习惯。

只见母亲用手指从每个菜上掐了那么一点点,然后口中念念有词,低声说着些什么。我知道,母亲是把离去的亲人们的名字念一遍,然后祈愿他们吃得饱、穿得暖、有钱花。

接着,母亲将桌子四周的凳子都移了移,祭奠仪式就结束了。

"肚子早就饿了吧?赶紧先吃点煮棒头(玉米),我跟你爸去热一下饭菜。"母亲将一只装着熟玉米的盘子捧到我面前。

我一边啃着玉米,一边看墙上相框里的照片……

4

《百年孤独》中有这样一段话：

"父母是隔在我们和死亡之间的帘子。你和死亡好像隔着什么在看，没有什么感受，你的父母挡在你们中间。等到你的父母过世了，你才会直面这些东西，不然你看到的死亡是很抽象的，你不知道。亲戚，朋友，邻居，隔代，他们去世对你的压力不是那么直接。父母是隔在你和死亡之间的一道帘子，把你挡了一下，你最亲密的人会影响你的生死观。"

是啊，父母是隔在我们和死亡之间的帘子，有这道帘子，我们永远是被宠爱着的、快乐无忧的孩子！

二〇一七年九月六日

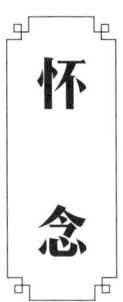

怀念

小时候,我们都喜欢到舅舅家玩。

舅舅是盐城步凤轧花厂的会计,算是亲戚中少见的有文化的人。舅舅家五个儿子,都长得白净、秀气,尤其是一大、一小两个更帅;唯一的姑娘,就是我表姐也很漂亮。后来经母亲说媒,表姐嫁到了我们村,当然不是嫁到我家。

大表哥结婚时,我和弟弟年龄都还小,双双荣幸地当了回"压床男孩"。按当地风俗,结婚时新郎头天去女方家,第二天才娶回新娘。头天晚上请小男孩睡在婚床上,就叫"压床"。如果在压床的时候,不小心尿床了,通常会被认为喜上加喜、吉上加吉。

压床那一夜,我和弟弟当然都没尿床。一个头脑正常的人,故意往床上小便,恐怕多数孩子做不到。就连一早起床时,母亲和舅妈端着开水泡糖果子的碗给我们俩,按照约定不给筷子、等着我们大声喊"筷子(快生儿子之意)、筷子"时,我和弟弟却怎么也没好意思喊出口。除了腼腆,盐城话跟大丰话的较大差别,也是我们不太好表达的一个原因,总不至于讲普通话吧。顺便说一下,到舅舅和姨妈家走亲戚,由于他们都是盐城口音,离开、告别时,作为小孩总是很难开口,因为两个"语系"无论是说还是听上去,实在不"搭",感觉不协调。

在我十二岁那年暑假中的一天,我们起了个大早,父亲骑着他的永久牌二八自行车,我则骑着辆旧二六自行车,从大丰龙堤我老家赶往盐城步凤轧花厂舅舅和大表哥那儿去玩。到现在我都没弄明白,为什么我们姐弟四人,父亲只带了我一个人去舅舅那,也许因为那时的我身强体壮,能骑远路,好跟父亲做伴。

从同玉村往龙堤小街方向骑,到车滩口乘渡船过斗龙港,七弯八拐后沿着一条圩堤往步凤去。都是泥土路,有些堪称羊肠小道。通过窄窄的小桥时,往往得下车推着自行车走,有时甚至需要将自行车提在空中慢慢挪步。这时候感觉父亲带我来,绝对是正确的选择。

到一半左右路程时,我却没了力气,怎么也骑不动了。父亲可真神,似乎早有预料,下车用一根尼龙绳拴在他的车尾与我的车龙头上,拖着我直到舅舅那儿。

当天晚上,在轧花厂食堂同时也是大会堂里看了《冰山上的来客》,一部黑白电影。除了男女主角阿米尔、古兰丹姆的形象以及他们的爱情故事令人难忘,同样打动我的是影片中的几首歌曲,《怀念战友》是其中一首——"天山脚下是我可爱的家乡,当我离开她的时候,好像那哈密瓜断了瓜秧。白杨树下住着我心上的姑娘,当我和她分别后,好像那都它尔闲挂在墙上……"歌词质朴感人,旋律优美动听!还有《花儿为什么这样红》《冰山上的雪莲》等歌曲也很好听。

两天时间,过得很开心。

吃饭时,舅舅、大表哥总要陪父亲小饮几杯酒,是当时农村里比较稀罕的小瓶洋河。

而我,不仅吃了几顿好饭菜、看了一部好电影,还得到一件珍贵的礼物:一件T恤!舅舅送我一件圆领T恤,米黄色,全棉,前胸位置印着飞舞的礼花图案,上方印有"钢花"两个字。现在想来,小孩的衣服上印"钢花"字样,时代印记还是比较明显的。

时光飞逝,不经意间四十多年过去了。如今,舅舅、舅妈已先后离开了人世。

每次路过盐城步凤轧花厂,我都忍不住朝那几幢已略显破旧的老房子多看几眼,脑海里总会浮现出舅舅的身影,浮现出电影《冰山上的来客》中的画面,耳畔仿佛响起《怀念战友》的动人旋律——

"瓜秧断了哈密瓜依然香甜,琴师回来都它尔还会再响。当我永别了战友的时候,好像那雪崩飞滚万丈……"

二〇一六年六月二十二日

开在脸上的"馒头花"

大伯离开我们四十多年了。

四十年,可以让江河变成平原,可以让种子变成老树,也可以让无邪的少年步入成熟的壮年。然而,大伯对我的关爱与呵护,点点滴滴,汇成涓涓细流,一直流淌在我心中的小溪里,永远那么鲜活,让我永生难忘。

一棵毛桃树

大伯家门前有一棵毛桃树,粗壮的树干不是很高,树枝向四周伸展得很开。

那时候大伯家、小叔家和我家小辈姐弟近十人,大的十来岁,小的一两岁,这棵毛桃树就是我们的一个大玩具。

最令人喜悦的是夏天,树上的毛桃渐渐成熟,原先碧绿的桃子慢慢变红,尤其那些面朝太阳的,一天天红色越来越深,直至完全红透。有些桃子的表面还点缀着些黑色斑点,就像人脸上的雀斑。

毛桃熟了,非常好吃,甜里面透着酸,酸里面裹着甜。洗净后,我们用手从中间掰开,去掉核子,一手拿着一片。往往先把红透了的桃肉欣赏一番,再用舌头轻轻舔一舔,然后慢慢咬着吃。

在我们很小的时候,大伯会将我们抱上桃树,扶着我们在树枝上快乐地挪来挪去。我们长大一些后,大伯就在一边看我们爬树,需要时帮上一把。再往后,大伯偶尔叮嘱一句"小心点儿",让我们自由自在地上上下下。

也许因为大伯家生了两个女儿,他对我们男孩子特别宠,有时候甚至有点儿放任。

无论我们在毛桃树上怎么玩耍,也无论把树枝折成怎样,甚至因为沿着某根树枝爬得太远而将整根折断,大伯都不会骂我们,更不用说打了。

那时候,大伯家的这棵毛桃树,就是我们快乐的天堂!

开在脸上的"馒头花"

大伯家比较爱种花,品种虽不算很多,但在我的记忆中属于当地的种花"大户"了。

有一种花,在乡村比较多见,我们那儿叫作"馒头花",后来知道它的学名叫"蜀葵"。这花的花盘大,花瓣多而丰满,像只大大的馒头,非常好看,花期也特别长。

大伯家厨房的西墙根,很多年一直种着一丛丛馒头花,花秆最高的高过屋檐。

四五月份,馒头花逐渐开放。尽管那时年龄小,我们对于最初仅开的几朵也懂得爱惜,只围着看,不动手。等到大批的花朵顺着细长的秆儿开得密密匝匝,我们就按捺不住了。挑盘儿最大的花朵摘下来,采下一片片花瓣,从嫩白的底端对半剥开,一片一片地往额头上贴,往鼻尖上贴,往两腮上贴……直到贴满整张脸,像只骄傲的公鸡,"喔、喔、喔""喔、喔、喔"地叫个不停。这个时候,大伯的目光常常追随着我们。

长在高处的花朵,我们个头矮、够不着,大伯会过来为我们摘。他总要挑最大、最美的摘给我们!

一个长长的花季,大伯家的馒头花,很多都开在我们的脸上。

我穿上了"的卡"

我家连续三个男孩,我是中间的,又长得虎头虎脑,大伯对我宠爱有加,有意无意间把我当作亲儿子看待。

每次看见我,大伯都要把我喊过去,轻轻抚摸着我的头,跟我说些"要听话、要好好学习"之类的话。有时候,会让我唱歌给他听,《红星照我去战斗》

《春苗出土迎朝阳》《社员都是向阳花》等等,不管唱成什么样,大伯的掌声都特别响亮。

在我五六岁时,大伯时常送新袜子、新帽子之类给我穿戴。

一天下午,大伯突然通知我,让我和二姐(堂姐)一起到裁缝家去量衣服尺寸。

待裁缝打开布料,得知是我们两个孩子做衣服时,吃惊得张大了嘴巴,反复询问家里大人是怎么交代的,是不是我二姐搞错了。

原来,那厚实、挺括的布料名字叫作"的卡",也就是"的确良卡其",在我们当地,还没有一个孩子来做这么好料子的衣服。

后来,我穿着一身藏青"的卡"学生装,从同玉小学乘船去乡里参加了学科竞赛,并夺得了名次、获了奖。

剪一缕黑发送您上路

在我七岁那年,大伯得了重病,喉咙渐渐难以咽下东西。父亲陪他去上海大医院检查,结论是食道癌。

听父亲说,在上海医院里得知自己患上绝症时,大伯难过得流下了眼泪。

爷爷奶奶去世得早,大伯是家中长子。可是,不久将离开人世、离开亲人,大伯怎么割舍得了,怎能放心得下!

那年,大伯才四十二岁。

按照医生的要求,大伯吃了很多药,特别是中药。有时我也帮着大妈和姐姐们用那种专用瓦罐熬中药。熬好后把药汁倒出来,再虔诚地将药渣倒在有行人经过的路中央。当地有风俗,踩药渣的行人越多,药就越灵。

当时还有一个偏方,是用蛤蟆蒸汁水喝。那年夏天的很多个夜晚,我和哥哥、弟弟一起,举着手电筒在田地里、在墙根下、在小河边等各个地方,到处找蛤蟆。本来胆子不大的我们一下子变得那么勇敢,不怕天黑,不怕蚊虫、不怕毒蛇,似乎什么都不怕了。

大伯的身体还是越来越差了。他常常倚在门边看我们玩耍,仍不时叮嘱我们注意安全。

毛桃树依旧结满毛桃，可大伯已经没有力气来扶我们爬树；馒头花仍然开得很旺，大伯看我们往脸上贴花瓣时，笑着笑着眼泪就落了下来……

在一个我还睡眼惺忪的早晨，大伯永远离开了我们。

大伯是那么喜欢我、那么爱我！虽然我没能如他所愿做他的儿子，但我来为他披麻戴孝。

面对灵柩中再也无法睁开双眼的大伯，我恭恭敬敬地双膝跪地，敬爱的大伯，剪我一缕黑发送您上路！

二〇一六年七月二十九日

大伯（右）小叔（左）和父亲（中）

想起我那喜欢穿中式衣服的爷爷

1

可能因为慢慢上了年纪,近年来喜欢偶尔买件中式的"唐装""汉服"穿穿。

"双11"时凑热闹网购了一套中式棉衣。按商家叫法,全称是"中国风秋冬唐装保暖纯棉老粗布纯手工加厚棉服",比较啰唆,却有一种温暖的感觉。

衣服拿到手上时,发现比预想的要好很多。面料是真正的全棉粗布,内夹棉特别厚实、柔软。鼻子凑近了闻闻,嗯,是久违了的粗棉布及棉花的味道。

穿上试试,真暖和!顺便将一顶绒线帽戴上,站到穿衣镜前,哈哈!这模样,像商家广告上所说的"中式经典,悠然自得!"

2

中式棉衣,让我想起我那喜欢穿中式衣服的爷爷。

记忆里,爷爷的着装大多是传统的中式服装。冬季最能体现特色:头戴老式的绒帽,叠上去是双层,放下来则是单层,放下来可捂到鼻子和嘴巴,中间有细长的开口,便于露出眼睛。上装一般是藏青或灰色粗布的,小立领,有很多好看的盘扣,外贴口袋。裤子多为黑色或藏青色,腰围比较肥大,通常用根长长的布带在腰间缠绕两圈再打个结;小裤脚,有时用带子系着。脚着方口布鞋或棉鞋。

那时总觉得爷爷这样穿很有趣,也好看。从另一个角度说,感觉爷爷似乎从没有年轻过,除了那时我们年龄太小,跟他这装扮应该不无关系。

3

查过家谱,我的太爷名叫彩福,他生了七个儿子,也就是说我的爷爷辈有兄弟七个。七个爷爷,我见过的只有一个,就是上面说到的我爷爷,名字"奎官",在七个兄弟中排老六。

我奶奶姓夏,但我没见过,去世得早。七个奶奶,我一个也没见过。

其实奎官爷爷还不是我的亲爷爷,我的亲爷爷是他的弟弟"奎仁"。

奎官爷爷没有儿子,而奎仁爷爷则有三个儿子,我父亲排行老二,就过继给了奎官爷爷做儿子。

奎官爷爷原来有个女儿,我当然应该喊她姑妈,可这个姑妈四十岁没到就不幸去世了,留下了五个孩子。从我有记忆起,和姑父一起来看我奎官爷爷的就是后姑妈,一个特别讲究卫生、对姑父非常体贴的女人。记得那时姑妈来我家走亲戚时,都要带上自己的牙刷、毛巾之类的生活用品,这在当时的农村是极为罕见的。加之姑妈说话慢声细语、非常温柔,因此大家都觉得她"格色"甚至有点"异怪"。

4

印象中爷爷最喜欢吃白水煮肉。将猪肉洗净,切成小块,待锅里的水烧沸后将肉放进去煮。煮熟了,起锅前撒上些蒜花,吃的时候蘸点儿酱油,真香啊!想想也是,那时猪都是吃野菜和山芋藤之类食物长大的,一年时间才长到一百来斤,猪肉怎会不香呢。

爷爷乐于将香喷喷的猪肉分给我姐姐吃,而我们三个男孩子能吃到的时候就不多了。别人家重男轻女,爷爷正好反过来了。可能因为肉太少、不够分,也可能因为爷爷自己只生了个女儿,对男孩子有点嫉妒心。

爷爷的另一个嗜好是抽烟。一根旱烟管上挂着个烟袋,"吧嗒、吧嗒"抽起来,吞云吐雾,就像是电影中的老区老农一个样,用现在的话说,就是"有范儿"。

我们兄弟几个都喜欢为爷爷烟斗里装烟末。手握烟管，用烟斗往烟袋里一挖，填满烟末，口朝上抽出来，用指头轻轻将烟末压实。

递给爷爷，找火柴为爷爷点烟。我们将燃烧着的火柴头靠近烟末，爷爷赶紧大口、大口地吸，没几下就点着了。

有时候，爷爷逗我们，"要不要吸一口？"我们立刻做出特别痛苦的表情，同时用手将烟管往远处推，爷爷就"哈哈"大笑起来。

5

一年冬天的一个下午，爸爸妈妈到新丰镇小街赶集去了。我和弟弟拿青花小碗盛着存放时间稍嫌长了的熟慈姑，到屋旁小河边去洗。

当时我跑得太急了，收不住脚，直接冲进了河里。弟弟连忙伸手去拉，也掉下了河。好在冬天棉衣厚，浮力大，不长时间后，我俩得以成功自救。

当爷爷发现浑身潮湿、坐在码头上直打哆嗦的我们时，急得直接把我们打了一通，"你们身上潮成这样，让我怎么向你们爸爸妈妈交代？好在没被淹死！"

可是，爷爷啊，这么寒冷的冬天，我们也不愿意下河"洗澡"的。

6

72岁那年，因为意外跌了个跟头，爷爷的身体越来越差了。

那时候生活条件差，没有好吃的食物，没有牛奶，更没有什么白蛋白之类。爷爷渐渐吃不下东西，我们只能在白开水里放点砂糖，用调羹慢慢喂给他喝。

夏天，人不能动弹，身体容易有异味，引来苍蝇在爷爷的脸上、头上飞来飞去。为了保持清洁，我们需要不时驱赶苍蝇，用毛巾为爷爷擦脸和身子。

弟弟那时才8岁，除了不时拿湿毛巾为爷爷擦脸，还常常拿棉签为爷爷清理耳朵，以避免苍蝇留下秽物、滋生蛆虫。弟弟总是那么认真、那么用心，小脸经常几乎贴着爷爷的脸，可他一点儿不嫌脏，不觉得恶心。

7

  一天上午,还没有放学,邻居跑来学校通知我们,爷爷不行了。

  我们立刻赶回家,拼命地喊他,爷爷已经没有了反应。临近中午,爷爷停止了呼吸。

  那天,正是大伯去世三周年的日子。

  出殡时,外面下着瓢泼大雨。我们跪在屋外铺着玉米秸秆的泥地上,任雨水淋湿全身。秸秆上的蚂蚁不时咬我们一口,我们也感觉不到疼和痒。

  爷爷的新坟,紧挨着大伯的坟墓。

  三年前,我插下的一根柳枝已经长成了一棵柳树,现在,这棵柳树陪伴着大伯,也陪伴着爷爷。

  我的喜欢穿中式衣服、喜欢吃白水煮肉、喜欢抽旱烟的爷爷,您就是我们的亲爷爷,我们永远怀念您!

二〇一七年十二月二十五日

故乡的小河

1

"我思恋故乡的小河,还有河边吱吱唱歌的水磨,哦,妈妈,如果有朵浪花向你微笑,那就是我,那就是我,那就是我……"

有一首歌,歌名叫《那就是我》,每当我听到它的时候,内心就会掀起阵阵波澜,情不自禁泪水在眼眶里打转。

哦,故乡的那条小河哟,从呱呱坠地,到长大成人,我一直生活在你的怀抱里,你就像妈妈一样把我喂养大;故乡的小河,你见证了我的喜怒哀乐,你了解我的酸甜苦辣,你就是我亲爱的妈妈!

2

我出生在苏北里下河平原的一个小村子,我的家住在一个高高的墩子地上。墩子的东侧和北侧是一条"L"形的小河,小河及它臂弯里的土地就是我的衣胞之地。

墩子东侧的小河不宽但较长,南端通向一条名叫陈家桑的河流,而陈家桑在不远处连着斗龙港;墩子北侧的小河比较宽,却不长。

从出生直到离开家乡到外乡上班,我都喝着这条小河里的水,可以说,是故乡的小河将我养育大。

小时候,小河两岸草木茂盛,河水真清啊,青青的水草在水里摇曳,几只鸭子一会儿靠近岸边埋头淘食、一会儿悠闲地在水面游来游去,小河就像一幅美丽的水墨画。

口干了，我们蹲在河边的石块上用手捧起水来就喝，有时甚至像动物一样趴在石块上，将嘴巴伸到河面上直接喝。

到河边淘米的时候，大大小小的餐子鱼（白条）在手边游来游去，它们一点儿都不怕人，几乎要游到淘米箩里来。用手去抓，它们迅速闪身躲开；我们再静心淘米时，它们又来了，纷纷争着吃浮在水面的米糠以及从淘米箩漏出的碎米。

夏日，门前瓜果地里的番茄、甜瓜等渐渐成熟。夜晚，感觉嘴馋了，趁着月色，我们到地里采摘番茄或甜瓜。看不太清不要紧，轻轻地摸，跟着感觉走，硬的番茄是生的，软的则是熟的，越软越熟；表面有密密毛刺的甜瓜是生的，光滑的则是熟的，越滑越熟。有时候会摸到烂了的或者被鸟啄坏了的，哎呀，摸了一手的水，那种馊味儿可真难闻！

采摘好了，坐到河边石头上洗净后慢慢吃；同时，脱了拖鞋，将双脚伸进河水里去，啊，真凉快！

"呃——"，不小心打了个饱嗝，水里的鱼儿都要羡慕我们了。

一天晚上，天气热烘烘的，天空上的月亮忽明忽暗，显得神秘兮兮。我一个人又坐在河边码头石块上，将双脚伸进河水里纳凉，仰着头，嘴里轻轻哼唱起"月亮在白莲花的云朵里穿行，晚风吹来一阵阵快乐的歌声……"

正唱得兴起时，不好，水里有什么玩意抓我的脚。先是轻轻划了一下，我没太在意，也没将脚提出水面；过了一会儿，突然有刀尖一样的东西刺了我的脚趾，而且是两个刀尖同时夹击，刺得我生疼，"哎哟，有鬼！也可能是水獭猫！"我吓得大叫起来，赶紧抽出双脚，拖鞋都没来得及穿，光着脚快步跑回家告诉了父母及姐弟他们。

父亲手握鱼叉，我拿了手电筒，一起来到河边，轻手轻脚沿着码头一步一步走下去。我用手电筒朝"闹鬼"的地方照过去，果然有情况，只见水里石块上有一个块头较大、跟虾相像的怪物，浑身通红，两只螯足像大大的钳子一样，见到手电光，还将钳子高高举起来，做出迎接挑战的架势。这怪物叫什么名字？我们的确从未见过。

父亲走上前，快速地出叉，手到擒来。提出水面后看清就是一只巨虾，在鱼叉上张牙舞爪挣扎着。

后来，我们知道了，那是小龙虾。那次，是我们全家人第一次见到。

"有没有给吓坏了？要不要回到河边去'叫'一下？"把怪物从鱼叉上小心地拉下来后，父亲没忘记问我。"叫"是乡村被大人们广泛用于小孩子受惊吓后安抚小孩的土作法。

"我真的被吓得不轻呢！但感觉没被吓掉魂。如果夜里做恶梦的话，明天给我补'叫'一下吧。"我不好说得太严重，否则以后一个人坐到河边吃东西的机会可能就少了。

"补'叫'？这倒没听说过，过了时间再'叫'可能就不灵了。"父亲朝我笑了笑，不知他是否洞察了我的小心思。

3

小河边的植物诸如树、草、藤、果等品种繁多、丰富多彩，有柳树、槐树、苦楝树、桑树以及乌桕树之类，还有芦苇、艾草、萝藦、菊芋以及茅针、桑椹、灯笼果等等，打碗花、马兰花、蒲公英、婆婆纳等各色野花更是遍布沟沿，不同季节风景各异，令人怎么也看不厌。

芦苇，乡村河塘边一般都很多，故乡小河边的芦苇则长得又肥又高，苇叶又宽又厚。小河两边是我家和邻居方大伯家的小菜地及责任田，我们经常给庄稼施有机肥；小河里的水，源自"一条大河"斗龙港和门前不远处的陈家桑。正是地肥水美！

春天，当新芦苇长出来的时候，我们就按捺不住内心的喜悦，摘下一两片苇叶卷起来做芦哨。将苇叶卷上几卷，含在嘴上，用嘴唇轻轻地抿，将小圆筒抿扁，边抿边吹，音响师一样不停地调试。

芦哨的声音随苇叶、卷筒大小以及吹的力度不同而变化。做得小巧的，发出的声音比较尖细，像小鸟"叽叽、叽叽"或者像小山羊"咩咩、咩咩"地叫唤；做得粗大的，吹起来声音低沉而粗犷，"哞哞，哞哞"老牛叫似的。

苇叶长大了的时候，我们会将芦哨做得特别大、特别长，看起来小喇叭一样，甚至可以将自己的小拳头塞进去，简直像一个号角。这时候吹起来就十分费劲,"嘟、嘟、嘟、嘟",若是有几个人一起比着吹,谁也不甘示弱,常常将脸憋得通红。

还嫌不够响亮,再使劲,"嘟、嘟……"突然间,"噗——",这什么杂音?嘿嘿,不好意思,用力过猛,身体漏了气。

采摘苇叶,一般是爸爸妈妈和姐姐干的事,我们弟兄三个偶尔也会一起来采。靠近岸边的,用手一拉就能够得着;远处的,需要制作一种专门的钩子来帮忙。找根小竹竿,在一头绑上用铁丝折弯做成的钩子,一根竹竿上,可以捆绑两个甚至三个铁钩,就成了"双面钩子"或者"多面钩子",使用时可以同时将几根芦苇轻松拉到面前来,此刻感觉自己简直就是"财主"(芦苇也叫芦柴)。

青芦苇,于我们而言,还有一个用处是锁蛇(扣蛇)。小时候,当地的蛇主要有水蛇、青梢、火赤链等等,种类不很多,数量却不少。水蛇常常在水里、沟沿游走,青梢及火赤链多在田地里遇见,火赤链有时还会游到房屋里来,比较恐怖。

发现蛇了,立即到小河边折芦苇,根据蛇的大小选择芦苇的长短,比较大的蛇当然需要保持较长安全距离。剥去苇叶,将顶端细软的苇尖做成一个活扣,稳稳握住芦苇根部,将活扣置于蛇头前方,让它主动游进去;或者轻轻抖动活扣,慢慢往蛇头上套。

这时候,蛇会十分警觉,昂起头,不停吐着似光、似火又似箭一样的蛇信子(舌头),迅速地观察判断形势、吓阻对手。

然而,"再狡猾的狐狸斗不过好猎手",我们有的是耐心和方法,总能将活扣慢慢套上蛇头,然后果断而有力地一拉,活扣就应力缩小并牢牢扣住了蛇脖子。这时候,无论什么蛇,也无论怎样夸张地盘来扭去,均在我们的操控之下。

水蛇,腥味很大,但我们知道它无毒,所以敢接近,甚至用手抓着它的尾巴,逗它玩儿,直到玩够了再放掉它。对于青梢和火赤链,因一直听说有毒,就拎到路上直接摔死,再回家拿把铁揪挖个坑给埋了。

当然,也有蛇没套住人却滑落进河里的经历,那时受到的惊吓非同小可,毕竟不是杂技演员,"与蛇共舞"的滋味可不好受。

4

小河里的鱼儿真多,有草鱼、鲢鱼、鲫鱼、黑鱼、白条也就是餐鱼,还有昂刺鱼、虎头鲨、甲鱼等,常见家鱼和野鱼几乎无所不有。

钓鱼,我们家个个都会,钓得最好的是哥哥和弟弟,母亲和姐姐也不错,父亲很少钓鱼。

钓普通的鱼,我不太有耐心,但我有自己的独到之处,喜欢钓青鱼、鳊鱼和黑鱼之类,用一种比较大的鱼钩。

当桑葚成熟的时候,到屋后长着桑树的地方,挑乌黑透亮的桑葚穿在鱼钩上,下钩并将钩保持在水下很浅的位置,再上下左右缓缓移动,吃惯了桑葚的青鱼和鳊鱼就会快速而鲁莽地游过来,几乎不假思索与停顿,张口就吞下桑葚。

我立即果断起竿,一条大青鱼或者鳊鱼就钓了上来。不长时间钓上三五条基本有保障,那过程是十分享受也是非常过瘾的。

小河里黑鱼也不少,钓黑鱼方法跟上面说的钓青鱼和鳊鱼类似,不同之处就是鱼饵用小青蛙而不是桑葚。穿钩时需让青蛙看上去像是活的并且处于起身跳跃的姿势,还得用细线稍稍绑一下青蛙的双腿。

钓黑鱼的时候,选择有成群小黑鱼子出没或者水草的间隙下钩,轻轻提起、放下、再提起、再放下,使青蛙好像在水面跳跃,最好能发出点儿水声。

"哗",说时迟那时快,黑鱼突然冲出来,波浪出现的时候青蛙已经到了黑鱼的口中,"呼",我使劲提竿,哈哈,黑黑的大家伙出了水并在空中划出一道优美的弧线。

不过,我一般不在小黑鱼子集中的地方钓黑鱼,因为这些小鱼子需要父母抚养与陪伴,人们常说"劝君莫打三春鸟,子在巢中望母归"。

叉鱼,听上去比较残忍、野蛮,但过程中的紧张、惊险与刺激,是其他捕鱼方式无法比拟的。故乡的小河比较狭长,两岸芦苇茂密,很适合叉鱼,特别是夏天,鱼喜欢浮在水面晒太阳,人在岸边轻手轻脚地走,鱼不容易被惊吓逃走。

我们弟兄三个都是叉鱼好手,三人又各有特点。弟弟最有耐心,为追踪一条鱼静静候上几十分钟甚至一个中午,都不厌倦;哥哥叉鱼下手比较勤,一般来说,拎着鱼叉出去大大小小都会有收获;我叉鱼准而狠,青鱼、黑鱼甚至甲鱼等等,都是我的猎物也常常是囊中之物。

第一次叉鱼,我才上小学,人还比较小,但第一次就有一个惊艳的开局。一天,我从邻居二伯家堂兄手里捡了一支旧鱼叉回来,在磨刀石上磨了又磨,安装在一根原来当锄头柄用的短竹竿上,整个长度不过3米左右吧。

那天中午气温较高,太阳火辣辣的。我手握鱼叉,猫着个腰,蹑手蹑脚在河岸巡视,由于芦苇比较密,我把眼睛瞪得像铜铃,注意力保持高度集中。

哎,不远处有棵芦苇动了一动,定神仔细看,一片折断的嫩苇叶正慢慢地、慢慢地被拖进水里,啊!不用说,肯定有青鱼。我轻轻往前挪动脚步,看见了,苇叶的尽头,水面上有只大嘴时隐时现在一口、一口地吞吃芦苇,青黑色的大头,好大一条青鱼啊!我的心跳不由加快了,呼吸也变得急促起来,脑门上、脖子里的汗不停淌下来,有蚂蚁爬一样。

我选了个位置,将鱼叉从芦苇间插进去,双手配合着将叉柄一寸一寸往前移,直到右手摸到叉柄顶端,用整个手掌握紧了,然后用左手调节鱼叉的角度与高度,瞄准,再瞄准,放叉,如运动员投标枪一样,"哗啦啦,哗啦啦",顿时水花四溅,叉柄不停颤动,中了!

赶紧拨开芦苇,我快步往下走,直到接近水面,抓住叉柄往下一摁,再直直地往上挑,好沉哪!使劲往上挑,出水了,乖乖!这么长一条大青鱼,起码有七八斤重。鱼叉刺穿了青鱼头部,无论水里水外,任它怎么挣扎也无法挣脱。首战告捷,看来我是个叉鱼的料子。

从此,我们兄弟三个的脚步就经常在河岸慢慢移动,一点儿都不怕太阳晒,久久而机智地跟鱼儿"捉迷藏"、比耐心。

取鱼的最原始方法可能是戽鱼,就是把河里的水戽干之后取鱼。一般在春节之前,为了让全家人吃上鸡鱼肉蛋,也为了实现庄户人家年年有余(鱼)的愿望,父亲会和河东的方大伯商量后一起来戽鱼。

凭经验选取鱼群可能集中的河段,挖土、打坝,然后用水桶和脸盆等工具来戽水。

大人们用长长的麻绳或尼龙绳将水桶捆扎起来,由两人或四人分别站定在坝的两端,拉着绳子将水桶操弄得像魔术师玩道具一样:桶口朝下舀水、水桶向上翻转、越过坝埂倒水,一二三、一二三……上下翻飞,循环往复,富有节奏,像华尔兹舞蹈似的,很有美感。

戽水讲究的是配合与协调,两边的人必须在方向、力度与节奏等环节保持高度一致。

我们在河段另一头的坝旁边用脸盆一盆一盆地戽水。开始的时候很来劲,戽得也快,甚至一盆紧接着一盆地"人来疯",但不长时间之后就没了力气,速度也就慢了下来。

水快干之前,眼见很多的鱼露出了脊梁在浅水里慢慢游动,我们就无比兴奋与激动,恨不得立即跳进去捉鱼;待到水基本戽干,各类鱼儿在泥塘里翻滚、跳跃时,我们情不自禁地跟着跳跃起来,享受着收获的喜悦。

另有一种纯属意外收获的取鱼,就是在进行冬春农田有机肥储备的时候,从小河里挖淤泥往专门的小池塘里装,过程中经常挖到甲鱼,而且几乎都是很大的甲鱼。冬天的甲鱼处于冬眠状态,发现了之后很容易捉住,几乎就是"瓮中捉鳖"。

5

成长的过程中我们会遇上一些困难和意外,在风雨中奔跑,即使脚步泥泞也风雨兼程;农家孩子常常跟大人一样劳累、辛苦,劳动强度有时远远超过自己的承受能力。故乡的小河里,也流淌着我们的汗水、泪水甚至鲜血。

作为农家孩子,做农活是"家常便饭"。有时候清早起床后直接到地里去劳动,俗称"打早工",比如拔蚕豆(秆)、拔黄豆(秆)以及给棉花苗浇水等等。

干完后回家吃早饭,吃完早饭再去上学,因此时间就显得十分仓促。

吃早饭的时候,薄薄的采子粥(糁子粥)特别烫,一时半会儿根本吃不下去,怎么办?我们就开动脑筋想办法。

"粥太烫了,我到外面去吃。"姐姐一般是头一个提出想法。

"嗯,就是,粥确实很烫。外边有风,可以凉得快点儿。"哥哥跟上。

"我们也到外面去吃了。"我和弟弟不会例外。

我们一边走着,一边将碗斜斜地转起来,好让粥快快凉下来,同时故意"呼哧呼哧"大声喝粥,那是表现给父母看的。慢慢地走到河边,悄悄回过头看一下父母有没有出来,没有!赶紧将粥直接倒入河里。肚子饿自己可以克服,而迟到挨老师批评那是很不光彩、令人沮丧的事情。

"吃完喽,上学去。"放下碗,我们立刻风风火火地拿起书包,赶路上学。

就这样,码头边的鱼儿吃成了习惯,我们往河里倒粥的时候,它们就成群结队地来抢着吃食,成了一道特别的风景。

农村家庭几乎家家户户都养家禽,猪、羊、鸡、鸭等等,我们家也一样。

鸡一般比较自觉,到了晚上就主动上窝;鸭却比较贪玩,有时候晚上很迟了还赖在河里不上岸,故乡的小河那么长,赶鸭子常常赶得我们心急火燎、筋疲力尽。

姐弟几个拿起竹竿,沿两岸兵分两路,一边用竹竿敲打着芦苇和水面,一边"嗨""嗨"地大声吆喝。

有时候鸭子们似乎故意逗我们玩儿、寻我们开心,一会儿东、一会儿西,一会儿前、一会儿后,赶了个把小时甚至更长时间都赶不上来,气得我们拼命地敲竹竿,并在心里骂着:"笨鸭子,呆头鸭,死鸭子,你们这样呆玩没事,上窝之后反正是睡觉,最多屁股一埋生个蛋,可我们还要吃晚饭,还得做作业呢!"

实在心急了,会恨恨地想,都是小河惹的事,要是没有这小河,我们就不用经常赶鸭子、受这罪了。再转念一想,不对呀,不养鸭子,我们就没蛋吃了,立夏的时候也没有大鸭蛋可斗;没有小河,我们也没水喝了,那不得干渴死?

那是一个冬天的夜晚,我们又在着急而匆忙地赶鸭子。"哎哟,没得命!"听得姐姐一声喊时,她已沿着河坡翻滚下去。那时候刚刚收割了芦苇,低矮的芦苇根像一根根竹签,非常锋利。

当我们手拉手将姐姐拉上来时,姐姐的手和脸全被戳破了皮,流着血,十分恐怖。

"妈妈常说姐姐太忠厚、老实,这样子将来恐怕找不着婆家,现在脸上又可能留下疤痕,估计更难嫁人了。"我心里暗暗为姐姐担忧。

幸运的是,姐姐长大后顺利嫁出去了,还嫁了个挺像刘欢的帅哥,而且不是后来头发长、脖子短的刘欢,是当初唱《少年壮志不言愁》时头发短、脖子长的刘欢。恐怕是应了那句话,"呆人有呆福"。

我小时候不太喜欢烧饭做菜,但杀鱼、切肉之类也不在话下。一天晌午,杀好鱼之后,我一手拿着装鱼的盆子,一手拿着菜刀,到小河边去洗。

噫,水下有只大龙虾,我得把它捉上来,然后跟鱼一起煮了。我用右手轻轻地、慢慢地接近它,这只龙虾可能在码头上呆久了,狡猾得很,我把手伸出去,它就往后退;我把手收回来,它又慢慢往前走;我再把手伸出去,它将两只"钳子"举得高高,如此这般,搞得我心里犯了急。

"不信抓不住你个狗东西!"我快速地将手伸到龙虾背后抓它,可它转身比我还快并一下子钳住了我的手,我用力甩手并迅速将手从水中抽上来,"啊!"突然感觉一阵钻心的疼痛,原来是右手撞在左手拿着的菜刀的刀口上并且向上拉了一下,顿时血流如注,鲜血染红了面前的河水。

我赶紧用左手使劲地捂住伤口,跑回家告诉父亲,父亲立即用自行车带着我到村卫生室去处理。

医生用酒精清理完伤口后告诉我,这么长而深的伤口必须缝线。当医生拿出一套工具的时候,我发现,哎,这个缝线的针比较有趣啊,就像钓鱼的鱼钩一样,只是针尖处没有倒刺。

医生用一只镊子夹着"鱼钩"小心翼翼地给我缝线,我在心里默默数着,缝一针就算钓着了一条鱼,一条、两条、三条、四条,嗯,一共四条,够煮一顿了。

我家的小菜地和责任田都在房屋四周,给庄稼和蔬菜瓜果等打药水(喷农药)的时候,就用小河里的水。

最初的药水机(喷雾器)是一种很原始的机器,就像给自行车轮胎打气的气筒一样,使用时需要先捆绑固定在药水桶一侧的"耳朵"上,由两个人一起抬着药水桶。前面的人负责挥杆喷药,相对轻松一点;后面的人压杆抽药水,比较吃力。

那是暑假中的一天,哥哥和我一起给棉花苗打药水。哥哥虽然长得浓眉大眼、双眼皮、高鼻梁,比我帅气得多,但他的身体却也比我瘦弱了很多。这块棉花地就在我家屋前,位于小河西侧,是比较大的一块地。

我身体壮实,就主动选择在后面压药水。

"不行,我是哥哥,当然应该我在后面。"哥哥倒挺像哥哥的样子。

"可是你太瘦了,没什么力气啊。"平时家里拖塌车、搬粮食袋等重活我干得比哥哥利索。

"瘦归瘦,有肌肉。"哥哥还捞起袖子比划了一下。

"我看你那胳膊,差不多皮包骨头。"我忍不住笑了。

其实哥哥小时候比较受父母宠爱,吃得比我好,吃糖块吃得牙齿都被蛀坏了,怪不得俗话说"吃头子、养猴子"。

两人抬着药水桶一行、一行地喷药。开始感觉都还算好,后来哥哥在不停地压杆过程中担着扁担的肩膀明显吃不消,只能通过频繁地左右换肩膀来坚持,再后来得用一只手使劲地托举着扁担。

一桶一桶又一桶,用了整整半天时间终于喷完了。收工的时候,我扒开哥哥的衣领看他的双肩,啊!简直不忍直视,哥哥的左肩上水泡一个连着一个,摆上了"水泡阵";右肩上水泡已经磨破,汗水、血水染红了哥哥的衣服。我轻轻抚摸着哥哥的肩膀,泪水湿了眼眶。转念一想,要是哥哥曾经吃掉的那么多糖块给我吃,我的肩膀一定会结实有力得多,那就由我在后面压杆抽水了。

后来,喷农药用上了背式喷雾器,由一个人独立操作。

同样是暑假中的一天上午,弟弟和我一起给小河东面的水稻田喷农药。

我们用水桶从小河中拎水,慢慢注入药机(喷雾器)中,然后拧开农药瓶,以瓶盖作为计量器具,按需要倒入农药,再用喷杆搅拌均匀。

帮弟弟将药机背上肩后,我蹲下来将两个背带套上肩,然后使劲站起来。可能由于药机中的水装得太满,人又无法直直地站起来,溢出来的药水从脖子流到后背,再顺着后背往下,一直流到脚跟。

那天天气十分闷热,临近中午时弟弟说感觉头晕、恶心、浑身乏力。我们回家换了衣服,我骑着父亲的"二八"自行车,让弟弟坐在后面,快速骑到村卫生室。医生看了之后说不是农药中毒,是中暑了,并开了药水给挂上(打点滴)。

"弟弟啊,你年龄小,下次还是别跟我们一起出来劳动了,就在家里烧饭、洗衣服。"我坐在病床边,对弟弟说。

"不,哥哥,越是吃不消越要多做,我不怕吃苦。再说,我不能做你们眼里的'乖宝宝',你们能做的事情我也能做。将来,我还想到外面的世界去闯荡呢。"

听了弟弟这番话,我的内心不由一阵欣喜,真是"穷人的孩子早当家""少年壮志当拿云"。

果然,弟弟长大后,考取了本科大学,毕业后到北方一个大城市工作并逐渐成长为一个大型国企的董事长。

6

"我思恋故乡的小河,还有河边吱吱唱歌的水磨,哦,妈妈,如果有朵浪花向你微笑,那就是我,那就是我,那就是我……"

故乡的村庄后来实施了土地整理项目,老家的屋子已经搬迁,高高的墩子地不复存在,故乡的小河一部分填平了,留下了一段作为排水的水渠。

如今,故乡已成为名闻遐迩的省级旅游度假区——斗龙港旅游度假区,正全力开展"双创"即创建国家级旅游度假区、度假区内的著名景区荷兰花海冲刺国家5A级景区。落地荷兰花海的王朝歌导演作品《只有爱·戏剧幻城》,融合花卉、创意、爱情等创新主题,展现了全年龄段中国人的爱情观和爱情故事,填补了江苏省大型文旅项目的空白,成为长三角地区独具特色的文化新地标。

故乡的小河依然像妈妈一样,永远是我的挚爱,让我魂牵梦萦。如果有一天,我化作了一抔泥土,我愿再次投入你的怀抱,融入你的躯体,和你永不分离!

二〇二二年五月十九日

二、水苑风荷

诗人说,
水在水之上,风在风之畔。
想想那年,我在哪里呢?
在运河边上,在水枕人家,
记着故乡的嘱托,
风是我的行走,
而水终于成了我的文字,
交融于氾水的荷塘月色……

水乡荷塘

人们常说江南小镇美,如周庄、同里、乌镇等等,它们都有着"小桥、流水、人家"的水乡美景。其实苏中水乡也十分美丽,且不说闻名遐迩的"东方威尼斯"溱潼古镇、"田无一垛不黄花"的千垛油菜花田,单是被誉为"运河古镇、亲水小城"的盐城新水源取水口所在地——扬州市宝应县氾水镇,一年四季都有自己独特的美丽。

苏中水乡最美莫过于夏季,而夏季最美的风景当属成片的荷塘。宝应地处苏中里下河地区,是著名的"中国荷藕之乡",有着完整的荷藕产业链条和独特的荷藕文化。氾水镇属于宝应县,位于京杭大运河畔,自古凭借水运优势,商贸活跃,在民间有"金氾水、银宝应,铜打的高邮,铁做的界首"的顺口溜,足以见得氾水镇昔日的繁华程度。

我们一起来欣赏唐代诗人储嗣宗的一首《宿氾水》,感受氾水这座千年古镇的魅力——

行人倦游宦,秋草宿湖边。

露湿芙蓉渡,月明渔网船。

寒机深竹里,远浪到门前。

何处思乡甚?歌声闻采莲。

这首《宿氾水》展示了1100多年前氾水镇先民织布采莲的生活景象。

在我童年时期,老家河塘里也有荷。印象最深的是二叔屋前一方河塘里,长着半塘的荷。夏天,和几个弟兄一起下河游泳,游到有荷的地方时,身上立刻被荷茎上的小刺刺得生疼;用力往荷叶里泼水,看一串串"珍珠"四处滚落;挑特别大而完整的荷叶,摘下来当帽子倒扣在头上,遮阳而有趣;放养的鲢鱼和我们一样爱闹腾,不时有跳到荷叶上再滑落水里的,甚至冲撞到我们身上……

今年三月以来,频繁在盐城至宝应的盐徐高速与京沪高速上行走,沿途两旁成片的荷塘较多。

随着季节的转换,从"小荷才露尖尖角",到一两片嫩荷叶稀稀疏疏躺在水面,接着一把把绿色小伞撑起来,再到满塘荷叶葱葱茏茏、密密麻麻。

高速公路上不可以驻车停留,只能在疾驶的汽车上贪婪地睁大双眼盯着看,可这样穿过树林看荷,犹如用手握沙子,握得越紧漏得越快,往往把眼睛看花了却什么也看不清。

从走进氾水的第一天起,就留意我们寝室周边是否有大片的荷塘,却一直没能看见。

"众里寻他千百度,蓦然回首,那人却在灯火阑珊处!"一场大雨过后的一个清晨出来跑步,顺便到农田边用手机拍些田园风光。当目光投向一块刚插上秧苗的水田远处时,一大片翠绿翠绿的荷叶映入眼帘,哇!太意外了、太棒了!原来渴望见到的画面离我们寝室仅仅千把米远。

可是奇怪,此前为什么没发现呢?细想一下,应该是给麦子遮挡住了,麦子矮的时候荷尚未长成;现在麦子收割完,荷塘与满塘的荷就露了出来。

快步走到近前,面对成片的荷塘,我无法用自己粗拙的文笔来细细描绘,只想说,这满塘荷叶绿得壮观、绿得层层叠叠、绿得生机勃勃!这点缀其间的荷花白得清纯、粉得雅致、红得娇艳!荷塘、荷叶、荷花、荷茎……没有一个部分不是一道风景,没有一个细节不楚楚动人!

"何处思乡甚?歌声闻采莲。"水乡荷塘,荷叶翻动,荷花飘香!

天青色等烟雨,我在氾水等你!

二〇一六年六月二十六日

紫藤花又开放

早晨到氿水人民公园跑步时,蓦然发现紫藤花又开了。

清楚记得四月初,公园里的紫藤花逐渐开放,紫色的花儿一朵朵、一串串,围绕着古朴的木质棚架开得越来越旺,开成长长的一大片。那时叶子尚未长出来,只见花,近看似一群群紫色蝴蝶,分外美丽;远看似云彩,仿佛从天上掉下一片片落在长廊上。

怎么时隔三个月又开了花?百度了一下,方知紫藤花一般于夏末秋初再开一度(季)。

可现在刚刚小暑,已有部分花再度盛开了!

紫藤花的传说,凄美、动人!从前有个穿紫衣的女孩,每天向月老祈求遇上心爱的人,月老被女孩的虔诚感动,对她说:"春天到来,在后山的槐树林里你会遇到一个白衣男子,那是你的情缘。"春暖花开时,女孩来到槐树林,等了很久白衣男子没有出现,女孩反而被草丛里的蛇咬伤了脚踝。正慌乱时,白衣男子出现了,上前用嘴帮她吸出了被蛇咬过的毒血。两人相爱了。可白衣男子来自他乡,他们的恋爱遭到了村里人的强烈反对,无奈之下双双跳崖殉情!后来,悬崖边长出了一棵树,树上缠着一根藤,并开出朵朵紫色花儿,后人称之为"紫藤花"。

紫藤的生长有其独特的方式。那一根根虬劲有力的主干,像男子的四肢,肌肉发达,线条分明;蜿蜒曲折的枝蔓恰似一条条血管,里面仿佛流淌着沸腾的热血,生机勃勃!

自古而今,描绘与赞美紫藤花的文章很多。《花经》记载:"紫藤缘木而上,条蔓纤结,与树连理,瞻彼屈曲蜿蜒之伏,有若蛟龙出没于波涛间。仲春开花。"李白有诗:"紫藤挂云木,花蔓宜阳春。密叶隐

歌鸟,香风留美人。"李德裕的《忆新藤》则曰:"遥闻碧潭上,春晚紫藤开。水似晨霞照,林疑彩凤来。"这些诗句,都形象地表现了紫藤的美态。

说到这儿,耳畔仿佛响起了动听的歌声——"山中只见藤缠树,世上哪见树缠藤;青藤若是不缠树,枉过一春又一春!"

那树,是白衣男子、是梁山伯、是阿牛……那紫藤花,是紫衣女孩、是祝英台、是刘三姐……

无论他们相爱是甜还是苦,无论结局是悲还是喜,他们的爱情故事永远为人们所传诵!

我熟悉紫藤花,是比较早的时候了。在大丰,知青农场、施耐庵公园以及二卯酉河风光带等地方,各色各样的长廊上每年都会盛开灿若云霞的紫藤花。也许因为见多了,反而熟视无睹,渐渐忽视了身边的美丽。

然而,当身处水乡小城氾水,在公园见到盛开的紫藤花时,感觉真是不一样,如一首歌所唱的:"再见你,依然是那种心跳的感觉!"

二〇一六年七月八日

稻花香里

早晨和往常一样,从氾水镇水务站出门沿红旗北路向南跑步。

走到稻田边,习惯性地看看水稻以及叶尖上的露珠,这一看,哎,有了新发现:稻花开了!仿佛就在一夜之间,随着水稻抽穗,稻花在稻穗上悄然盛开,星星点点、若有若无……白色的花,是那种极小极小的芽儿,细细的花柄似白丝线一般。

稻花,那么不起眼,那么普通,作为花简直可以忽略不计,但在我眼里却格外美丽,一朵稻花就是一粒稻谷啊!

"稻花香里说丰年",我似乎闻见阵阵香味了,这是稻花的香味,是新鲜米饭的香味。

今年三月初,根据组织安排,我到扬州市宝应县氾水镇开展盐城新水源地与引水工程建设工作。

从我们的住处氾水镇水务站向南不过200米就是一片稻田。每天晨跑经过,我都要停下脚步看一看,常常拍些照片留作纪念。

秧苗在插上后的二十多天内,处于返青、分蘖期,矮矮、细细又嫩嫩的,它们都应被称作"秧苗"更合适。

此后,水稻身子会较快长高,叶子逐渐厚实起来,整棵儿也真正"发"开来,就进入了拔节孕穗期。这时候完全可以称作"水稻"了。

清晨,太阳慢慢升起来,阳光普照大地,这时的稻田绿油油的一片,每棵水稻都欣欣然张开了眼,并将腰杆挺得笔直,一派生机勃勃的景象。

近了看,每根叶片的顶端都似针尖一样,所有"针尖"都顶着一颗露珠。露珠在阳光下晶莹剔透,闪闪发光,让整个稻田亮丽、灵动起来。

二、水苑风荷

恰巧,路边两棵香樟树的影子平铺在稻田里,仿佛两个相爱的人儿,刚刚睡醒又情不自禁相互凝望。

不远处农舍的门儿陆续打开,公鸡"喔喔"打鸣,狗儿拉长身子伸着懒腰……

稻田如此美好,大自然如此美好,生命如此美好!置身其中,跑步时我觉得身轻如燕了。

当夜幕降临,月亮升上了天空,稻田又是另一番景象。秧苗刚刚栽下时,水田里白花花的,到处是水的反光。千万不要以为月光下的稻田"静谧、安详",事实上这里是"歌声"一片、热闹一片。是谁在大声喧哗、在纵情歌唱?是青蛙,"稻花香里说丰年,听取蛙声一片。"

南宋词人辛弃疾有一首著名的吟咏田园风光的词《西江月·夜行黄沙道中》:"明月别枝惊鹊,清风半夜鸣蝉。稻花香里说丰年,听取蛙声一片。"

作者笔下群蛙在稻田中齐声喧嚷,争说丰年。这"蛙声"不是一两声,也不是十声八声,而是"一片",遍布了稻田,铺满了大地,填满了夜空。

我想告诉大家的是,词人所描绘的"稻花香里说丰年,听取蛙声一片",在时间、空间上与实际情况都是有出入的。其实最响亮、最喧闹的蛙声不是出现在"稻花香"时,而应该是在秧苗刚插下不久,秧苗矮小,水田里的水较多。真到了"稻花香"的时候,蛙声已经弱了很多。

词人之所以这样写,想必是为了起势,而不拘泥于写实了。

出乎意料的是,黄昏时分的稻田同样十分有趣而生动。

那天黄昏,从氾水镇水务站向北礼送前来参观的领导至淮江路,回头经过一片稻田时,隔着车窗,看见稻田里有好多白色的影子在晃动。起初以为是自己眼睛发花或者是幻觉,揉揉眼睛,定神看,没错!是鸟,白色的鸟,很多白色的鸟!

掏出手机拍摄。担心惊吓到它们,没敢放下车窗玻璃,可是这样无法拍出清晰的图片。放下车窗,它们似乎浑然不觉;驱车至田边,它们依然轻松自在。

这些鸟身体纯白,体形修长,活动起来显得轻盈、灵巧。它们的大半个身子露在水稻上面,左顾右盼,神态自若,相互之间非常友好。那一刻,它们分布在整块稻田,令人目不暇接。

原来读王维的《积雨辋川庄作》,其中有"漠漠水田飞白鹭,阴阴夏木啭黄鹂"两句,总以为古时候才有这么好的生态环境和这样美丽的稻田,没想到在宝应、在氾水就亲眼看见了。

二〇一六年九月二十日

看秋

秋天的感觉越来越浓了。

天空是那样的蓝,蓝得像无垠的大海,不用跳进去,你的心、你的魂一下子就融化在里面。

白云,像魔术师手中的道具,不停地变换着模样。看着,看着,不由入了神、发了呆。

索性找一田埂,用刚刚枯黄了的狗尾巴草做垫子,坐下来,像童年时那样,慢慢看。只是身边没有了小伙伴们来给一朵朵白云起名字:狮子、老鹰、仙女、大山、棉花垛……而那些像极了导弹轨迹的白云,小时候又是怎么称呼的呢?

气温逐渐下降,早、晚凉比较明显了。清晨起来跑步,出门的感觉和盛夏时颠倒了过来。那时出门,似一步跨进桑拿间,热浪扑面;现在走出去,丝丝凉意轻抚肌肤,令人神清气爽。

当年辛弃疾"欲说还休,却道天凉好个秋!"诉不尽满腹愁绪。如今太平盛世,天气渐凉,只有欢喜,只有心旷神怡。公园里的向日葵、硫华菊、美人蕉……约好了似的,开得特别旺盛,远远望去,一大片、一大片的金黄!

农家小院里的丝瓜花、南瓜花依然拼命地从叶子间探出金黄、金黄的身子,不愿早早与人们告别。

银杏树上密密匝匝的叶子,似一把把精致的小扇子,悉心照料着自己的银杏宝贝。待到银杏成熟,不再需要呵护时,这些叶子也将以一地的金黄完美谢幕。

它们,让"金秋"名副其实!

水稻已经抽穗,稻花香随风飘散。待到九月重阳你再来,黄澄澄的谷穗好像是狼尾巴。

荷塘里随处可见莲蓬,大的、小的,成熟的、鲜嫩的,直直朝天翘的、调皮地歪着脑袋的……让人直想走近了,摘一个,先细细看个够,再慢慢剥开了吃。鲜藕刚刚上市,雪白雪白的,细腻、光滑,看着就特别舒服。炒着吃,虽然还不十分甜,但又嫩又脆,绝对是天然的绿色食品。

晚熟的木梨,充分汲取了日月光华,个头特别大,黄灿灿的,惹得馋嘴的喜鹊也飞过来分享。满树的柿子沉甸甸的,将枝条压弯了腰。远远望去,似一树树的"红灯笼"。圆溜溜的"灯笼"和果农的脸一样,满是笑容、满是喜庆。

秋天的黄昏分外美丽。夕阳西下,红彤彤的一片,油画一般。蛙鼓尚未响起,秋蝉在深情歌唱,"听我把春水叫寒,看我把绿叶催黄……花落红、花落红,红了枫、红了枫……"

二〇一六年九月六日

2016年冬天的第一场雪

1

今天是2016年11月22日,小雪。

古籍《群芳谱》中说"小雪气寒而将雪矣,地寒未甚而雪未大也。"

晚上,透过窗户看见雪花在飞舞。想起早晨发到微信朋友圈的链接《小雪,陪你看雪到永远》,赶紧打开窗户拍了棵已经披上薄薄雪衣的桂花树,并与朋友们分享。有诺必践!

清晨醒来,推开窗户,哦!树白了、稻子白了、农舍的屋顶白了……整个一个雪白的世界。稠密的雪花仍飘飘洒洒、漫天遍野。

刚过小雪节气,就迎来一场大雪。

2

穿好衣服,带上手机,一头钻进大雪中。不愿使用任何遮雪工具,这样迎风冒雪更痛快淋漓。

沿着原来晨跑的线路,一边欣赏,一边用手机拍照。

路边尚未收割的稻子成了连片的"雪雕"。白雪呈带状堆积在金色稻穗上,本已沉甸甸的稻穗将腰弯得更厉害了。黄中夹绿的稻叶倔强地将头伸出"雪被",尽情地与飞雪亲吻、嬉戏。

"有田皆种玉,无树不开花!"眼前不正是唐代诗人李商隐笔下的雪景吗?

这大雪来得早,稻子收得晚,雪覆盖着农田里的稻子,我好像还是第一次看到。但愿大雪之后天气迅速放晴,稻子的收割不至于受影响。

农舍屋顶铺上了厚厚的"棉絮",红红的砖墙显得更加醒目。农舍的门已打开。鸡在雪地上用爪子频频拨开积雪与草屑,似在觅食,又似在打雪仗。鸭和鹅为了避寒早早下到了河里,一边欢快地游泳,一边"呱呱"叫个不停。

一会儿,到了与氾水人民公园一路相隔的别墅小区旁。花池里平素开得热烈、张扬的"一串红"犹如穿上了纯白的狐皮大衣,又似披上了洁白的婚纱,一改平日的大大咧咧,羞涩地低下了头,脸儿绯红,含情脉脉。

高大的银杏树在这场大雪中,终于落尽了身上的叶子。金黄的银杏叶躺在洁白的雪地上,平静而舒展,依旧保持着原来的形状。落叶归根,化作春泥,为来年的新生命献出余热。生命原来可以这样从容、优雅而美丽地走过。

3

步入"小镇客厅"——氾水人民公园。

白雪覆盖下的假山长廊、楼台亭阁、植物造景都分外美丽。

环卫工人手拿大扫帚在清扫积雪和落叶。他们穿着并不算厚的环卫服,头上还冒着热气。

"今天的雪景可真好看啊!"见我蹲在面前拍照,一位看上去六十岁左右的大哥主动跟我寒暄起来。

"是的,雪下得大,雪景真漂亮。可是,你们打扫起来更辛苦了!"我收起手机,专心说话。

"你是外地人啊?"听我说普通话,他问道。

"是的,我是盐城大丰的。"

"哦,你们是来建设引水工程的吧。我是附近戈店村的。"

"巧了,我们的输水线路经过你们村呢,麻烦你们啦!"我完全发自内心。

"镇上、村里宣传得多啦。说你们那儿的水质不好,现在从我们这儿引大运河的水过去,取水口跟泵站全在我们村呢。村干部说了,这个工程省里挂了号的,水是引到盐城去,但建设工程也是扬州和我们宝应的事。据说盐城有五百万人喝这个水,整个工程要花六七十个亿。我们村的人个个晓得呢。"

他边扫雪边说。

如数家珍啊!外面虽然寒冷,我心里却似燃起了一团火。

"大哥你贵姓?我明白了。你对我们工程这么熟悉,谢谢你的关心支持!"我连忙道谢。

"免贵姓陈。其实我还要谢你们呢,替我那苦命的兄弟谢谢你们!"他停下手中的活看着我。

"这从哪里说起呢?"我深感意外。

"我的堂兄弟四十岁出头时得了癌症去世了,丢下父母、老婆和一个女儿。女儿去年到南京上了大学。虽然村里千方百计帮助他们家,但家庭还很困难。听说你们工作组挂钩帮扶,他们家是其中的一户。中秋节前你们送去了现金和月饼,还有食用油之类。前几天又给老人送了棉大衣。你们外地人,做得这么周到,叫人过意不去呢。"说完,他又忙着低头扫雪。

我明白了,原来是我们盐城新水源地驻宝应工作组开展的"两帮一挂"(帮助困难户、帮助老党员,挂钩相关村)活动,恰好帮到了他兄弟家。

正是"同饮一江水,两地一家亲!"

为不影响他干活,我们互相留了电话号码后,就道了再见。

4

从人民公园回头时,特意往右拐了几十米远,来看看荷塘。

雪中的荷塘,似一幅写意的国画,富有情趣且给人以无限的想象空间。

纵横交错的荷茎上面,堆积着厚薄不匀的雪。有的像拐杖,有的像烟斗,有的则像小小拱门……一律给镶上了"汉白玉"。

看那莲蓬,俏皮地歪着脑袋,成了精致的银铃铛。不少是两只靠在一起,正好结成一对。少数依然昂首挺胸,头顶小白帽,以优雅的姿势与脱俗的气质"笑傲江湖"。

虽然因漫天飞雪而生动起来，但冬季的荷塘还是难免萧条，枯瘦、破败、折断了的荷叶、荷茎与莲蓬，无不令人感受到一种凄美。

荷的一生短暂而美丽。当青春逝去，身形憔悴时，香甜的莲藕已在泥土中悄然长成。生长在景区或路边的荷，它们的倩影有幸留在了人们的脑海里、留在了相机的镜头中；而那些生长在偏僻池塘、偏远水田中的荷，无论碧叶、红花还是莲蓬，可能从来没有人好好看过它们一眼，更没有留下半个身影。

愿我们能像荷一样，出尘离染，清纯一生、优雅一生。即使不在舞台中央，也有精彩和闪亮。

二〇一六年十一月二十二日

氾水长鱼面

氾水是扬州宝应县的一个古镇，氾水最有名的莫过长鱼面。

长鱼学名叫黄鳝，维生素A含量高得惊人，所含的特种物质"鳝鱼素"能调节血糖。中医认为，长鱼有补气养血、温阳健脾、滋补肝肾、祛风通络等保健功能。

里下河地区的长鱼数宝应最好，宝应又数氾水的最好。氾水境内河湖密布，生态环境良好，为长鱼的生长提供了得天独厚的条件。

氾水人喜欢吃长鱼，也爱吃长鱼面。氾水长鱼面馆生意都很好，顾客络绎不绝。

为了解各家面馆长鱼面的口味和面馆的情况，我特地起了几个大早一家一家去吃，并和面馆老板及服务员进行了比较深入的交流。氾水人普遍朴实善良、热情好客，防备心不强，我提出的问题他们基本有问必答。几个早晨，几碗长鱼面吃下去，情况也了解得差不多了。

氾水长鱼面有其独特的做法。长鱼经开水烫过后，划肉剔骨。划开的长鱼肉被分成鱼腹和鱼脊，鱼腹主要做油炸长鱼面，鱼脊主要做水煮长鱼面。将去骨后的长鱼切成相等大小的块，放入油锅内炸至金黄，捞出控油，然后放在鱼汤中煮。这样不仅保留了原先的美味，还增加了特别的香味。

面汤制作非常讲究。将长鱼骨洗净后，用沸油炸，冷却后和配料一起压在汤锅底，大火猛煨六个小时以上。此时长鱼骨头里的胶质和营养全煨在了汤中，乳白色的汤汁稠稠的，绝非其他汤料所能比。

对面条同样有较高要求。选上乘面，劲道十足，不容易形成烂面。白水下面，起锅后放入装有鱼汤的碗中,配以绿色的韭菜,再撒上少许胡椒粉。

长鱼面的吃法和一般的盖浇面不同。长鱼肉用小碗装,满满的一碗。面用大碗盛,乳白色的浓汤上点缀着翠绿的韭菜。两只碗同时端上,绝对是味觉和视觉的享受。一般是面先吃一会儿,再放进长鱼肉拌均匀了吃。搅动面条时,长鱼的鲜味伴着韭菜、胡椒的香味扑面而来。

氾水镇上现有四家长鱼面馆,分别是胡家长鱼面、胡三长鱼面、氾水长鱼面以及宝扬长鱼面。其中胡家与胡三是亲姐妹俩开的。

长鱼面每天都只做一个早市,晌午一过,想吃面,门都找不到。夏天凌晨两点、冬天凌晨三点,面馆的厨师就开始翻汤和做其他准备工作。清晨六点半左右开门营业,做到上午十点半左右结束。一般每天做到三百碗左右的量。

四家面馆中最有名的一家当属胡家长鱼面馆,在大运河堤公路边,身后就是大运河,门朝东对着整个氾水镇。1994年开店,到现在已经二十三个年头。

胡家长鱼面馆的前身为胡家饭店,掌门人胡启顺今年已年近八十。胡启顺最早时在镇供销社食堂做厨师,后来自己开了胡家饭店,可以说下了大半辈子的长鱼面。如今店内的事都撂给了女婿孙红余。

我曾经问过孙老板几个问题,他的回答既自信又大度。

"氾水镇上现有四家长鱼面馆,镇上人及外地客人对于谁家最好评价不一,你的评价是怎样的?"

"虽然长鱼面做法大致相同,但四家口味各有特点,应该说没有好坏之分。当然,我们胡家长鱼面馆的历史最长,原来老的政府招待所有长鱼面时,我们胡家也有了。时间最长,生意不错,口味应该差不了。"

"现在每天做的量有多少?跟过去相比,价格变化大吗?"

"说得保守一点,每天一二百碗的量吧。要说变化,1994年刚开店的时候,五元钱一碗,每天只做到五至六斤的面,现在的量比过去大多了。价格现在是二十元一碗,这个价格已经保持了三四年时间。"

"生意看上去比较红火,有其他连锁店吗?"

"没有。开连锁店说起来容易,真要每个店保持食材进货渠道一致、质量一致、口味一致,难以做到。我们宁可少量,不可降质。"

"听说凌晨两点多就要起床,觉得辛苦吗?"

"要说不辛苦肯定不真实,但赚钱本来就不容易。时间长了,习惯了,也不觉得太苦。"

氾水长鱼面声名远扬,从地方媒体直到央视都进行了广泛的宣传报道。南京电视台的微电影《等你在柳堡》介绍了氾水长鱼面,并且在胡家长鱼面馆取了景。《扬州晚报》《宝应日报》等媒体都曾做过专门报道。2016年9月4日,央视中文国际频道《远方的家》栏目摄制组来到氾水镇,就大型系列节目《远方的家·一带一路》进行采访拍摄,摄制组在宝应采访了一周左右的时间,重点聚焦荷藕、针绣、长鱼面等文化和美食特色。

氾水长鱼面争创的品牌真不少。胡家长鱼面馆的"江苏优质诚信特色美食""媒体特别推荐上榜品牌美食",氾水长鱼面馆的"58同城推荐诚信商家""江苏优质诚信特色美食"等等。

氾水长鱼面,又鲜,又香,好吃!

二十元钱,可以吃到一碗长鱼、一碗面条,划算!

还不赶快来尝尝?

二〇一六年十二月九日

遇上你是我们的缘

"工作上的师傅,生活中的兄长",这是我们盐城新水源地工程驻氾水镇工作小组全体人员对氾水镇人大主席杨发俊同志的真实感受与评价。

在氾水镇,盐城新水源地工程建设这一块工作由他牵头负责。

杨主席是地地道道的氾水人,五十出头,中等身材,身板硬朗。

第一次见面,给我留下最深刻印象的是他的眼睛,特别明显的双眼皮,目光坚定而柔和,透着一股自信与真诚,让人产生一见如故的亲切感。

虽然一直在乡镇工作,但杨主席十分讲究仪表。工作时间着装都比较正规,即使下雨天参加重要会议与活动也穿正装、皮鞋。

我们工作小组进驻氾水镇之后,杨主席不止一次向我们表示,一天二十四小时的任意时间,随时可拨打他的手机。

五月份,宝应县拆迁动员大会召开之后,他安排建立"每天报进度、两天一会办"的工作机制,逢星期六、星期天也不例外。拆迁进入扫尾阶段时,他经常废寝忘食、加班加点,深入拆迁户做耐心细致的思想工作。

由于工作抓得紧、抓得实,我们小组在一个月内完成了全部拆迁协议的签订,并很快完成了房屋的拆除,在盐城市各小组中名列第一。

为最大限度缩短输水管道长度、减少输水沿途水头损失,根据盐城工作组的要求,设计方对管道线型做了较大幅度的调整,为此,已经完成的工程放线、房屋及附属物丈量评估等工作,有较大一部分需要重做。

说老实话,在跟杨主席沟通之前,我们心里是有些顾虑的。令人意外的是,当盐城工作组的领导和技术人员带着修改后的图纸来氾水镇协商时,杨主席二话没说,当即表示理解与支持,并迅速安排人员办理手续。前后不到半个小时,全部手续就办结了。

在输水管道沿线房屋拆迁过程当中,杨主席充分表现出办事果断、勇于担当的工作作风。遇到特殊情况,既对照政策、执行政策,又实事求是、特事特办。

石桥村有一拆迁户,家中人口多,其中二人有智障、一人手有残疾,家庭确实困难。杨主席当即召集相关部门负责人会办,查找政策依据,通过社会保障和拆迁特殊事项两条线提出解决办法,使拆迁难题得以顺利解决。

刚来氾水镇不久,我们工作小组的一辆汽车在靠边停车时,与一辆超速行驶的电瓶车发生了刮蹭,骑车人摔倒在地,脸上给擦破了皮。不巧的是,这人比较难沟通。当时,围观的人群中就有人悄悄地说:"碰上这个人,你们麻烦了!"

杨主席听说后立刻主动跟派出所、交警中队联系,要求公平、公正并迅速处理,保证不让身在异乡的我们产生憋屈感,更不能影响工作。

处理过程中,他多次亲自到派出所、交警中队和医院了解进展、协调矛盾。

由于他的关心与协调,事情较快处理完毕。整个过程没给我们造成任何不良影响。

我平时比较爱运动和摄影,早晚跑步时习惯随手拍些氾水镇街头、田野的小景,同时做些简单介绍,发到微信朋友圈与伙伴们分享。杨主席看了后,比较喜欢并为之感动。

一次,在镇领导班子会议上,他极其慎重地向镇党委主要负责人提议:"人家大丰人这么认真研究氾水、介绍和赞美氾水,我们一定要把他们的事当自己的事来干,在各方面加大支持力度,让盐城人民早日喝上长江水!"

一席话,说得我们心里暖暖的!

我们小组最初跟杨主席打交道时,他就主动谈起严格执行财经纪律问题,并与我们约定:"君子之交淡如水",我们都做君子,确保工程竣工时资金和人身都是安全的。

只要谈到资金,杨主席都不忘记叮嘱我们无论什么款项均必须汇至镇财政专户。

五月中旬的一天,大丰海洋科教城的同事们到氾水镇来商量事情,适逢拆迁工作会办会,见到杨主席后热情邀请他到大丰港参观考察。

当时我们小组一名成员热情介绍说:"科教城在大丰港区,港区有五星级大酒店呢。杨主席,您到那儿,一定住大客房,接待工作包您满意!"

氾水镇人大主席杨发俊

没料到,杨主席一脸严肃地回应:"有机会我一定到大丰港参观学习。但吃、住必须严格执行相关规定,保证不超标。五星级酒店肯定不住,否则我不可能去。"

杨主席就是这样的人,把盐城新水源地工程建设当作自己分内工作,把我们小组所有人员当作自己的兄弟。做工作时既积极主动、勇于担当,又依法办事、严以律己。

氾水镇是盐城新水源取水口所在地,新水源地建成后,我们将同饮一江水。

杨主席,遇上您是我们盐城人的缘,也是推动我们继续努力工作的强大力量!

二〇一六年五月二十八日

最美不过夕阳红

他是我们盐城新水源地工程大丰驻氾水镇工作小组中年龄最大的成员,名叫朱绍辉,今年57岁,中共党员。我们平时都叫他"大辉"。

要说相貌,他最明显的特征便是那近1.8米的身高,魁梧的身材,健壮的体魄。看到他,人们往往会想起"汉子"两个字。

大辉"汉子"可不是个"粗大汉",散步时喜欢用手机听音乐,戴着副白色耳机,酷酷的感觉。在微信群里抢红包下手很快,"手气最佳"时发起来也顺溜!

我们团队是年初组建的。刚从区委组织部拿到小组成员名单时,有人向我介绍说:"这个朱绍辉可厉害啦,老水利,肯吃苦,尤其负责拆迁经验丰富。由他做思想工作,拆迁户往往主动要求签协议。"

这么神!我听了不由心中窃喜。我们驻镇小组的重点工作之一就是组织拆迁,有这样一员得力干将,岂不快哉!

多年的基层摸爬滚打,练就了一副"铁脚板",也养成了吃苦耐劳的好习惯。刚刚入驻氾水,大辉便走田埂、爬圩堤;量田亩、插彩旗……没几天时间竟把皮鞋底跑得脱了胶。把鞋拿到镇上修鞋师傅那儿用尼龙线缝上一圈,修鞋师傅说可包穿两年。嘿,难道满街人都知道我们新水源地工程是两年的建设期?

大辉做事认真仔细,有一股子拼劲和倔劲。清明前输水管线沿途的坟墓需要迁移,当时村里上报的表格中显示有几个暗坟已迁走。复核时,大辉坚持到现场核查到每个坟头,硬生生把几个不是本次迁移的暗坟给核减掉了。用他的话说:"迁一个坟补偿三千元不是大钱,但情况不实就是大事。咱得对集体负责,对自己负责,也是对迁坟的人家负责。"

五六月份的重点工作是拆迁。面对这项被称为"天下第一难"的工作,大辉想到的不是"软硬兼施""打疲劳战"之类生硬办法,而是带着政策、带着感情与耐心来开展工作。

一个多月的时间,他挨家挨户一次次地登门,宣传盐城新水源地工程对于解决五百万人口饮水安全问题的重大意义,讲解当地的拆迁政策,同时,深入细致了解拆迁户的人员结构、经济状况、个人习性,耐心听取他们的想法。

到后来,连拆迁户家养的小动物如猫、狗以及八哥等等,见到大辉都显得特别熟悉和亲热。

大辉走田埂飞快。我不止一次叮嘱他:"年纪不小了,走慢点儿,多注意安全!"他回答说:"我爷爷就是个老水利。如今自己有机会参加盐城新水源地建设,这么重大的民生工程,就是搭上老命也值得。"

他经常认真而诚恳地说:"作为新水源取水口所在镇,我们工作小组的任务是重了点儿。可盐城工作组及镇上领导对我们如此关心与支持,我们的队伍多团结、多和谐啊。我真是太幸运了!"

一个已经57岁的老同志,孩子在上海工作,大丰城区的房子宽敞舒适,如今身在异乡工作,住的是两人一间的普通寝室,吃的是食堂的大锅菜,换下来的衣服全需自己手洗……却常常发自内心感慨自己是多么幸运。令我想起诗人艾青的一句诗:"为什么我的眼里常含泪水?因为我对这片土地爱得深沉!"

自从工作小组开展"惜光阴、勤读书、促建设"活动以来,大辉便珍惜分分秒秒,业余时间手不释卷。他不止一次说过:"年少时上学不多,过去读书不系统,现在有好书、有时间、有氛围,再不加紧读就太可惜了。"

几个月下来,他已阅读了《毛泽东的读书人生》《有梦不觉人生寒》《做忠诚干净担当的好干部》等十多本书。

吃饭时间经常是大家交流读书心得的时候。大辉总爱跟伙伴们分享书中的内容和他的读书体会,尤其是介绍起书中的人物来,口若悬河,一套一套的。

  由于大辉工作积极认真且富有成效,今年6月份大丰区水利局党委任命他为水利局老干部支部书记。谈话后,回到氾水镇,大家闹着要他请客,他憨厚地笑着说:"我先到微信群里发个红包。"

  这就是朱绍辉,一个永远奋力奔跑的水利人。

  最美不过夕阳红,温馨又从容!

二〇一六年六月八日

一分辛劳一分财

1

2016年3月10日，正式入驻盐城新水源地工程所在地——扬州市宝应县氾水镇刚满一周时间。

夜晚，洗澡、看资料。约十点半，准备休息。

往衣柜里挂衣服时发现春装带少了。不犹豫，到街上看看。

没走多远，看到"雪中飞男装专卖店"门还开着。

试穿，询价，搞定。

没料刷信用卡时给卡了，服务员上拉下拉不成功。出门时匆忙，没带现金。

"我明天再来吧。"比较迟了，加之春寒料峭，不愿回房间取了现金再过来。

"请稍等，我打电话请我们老板过来看看能否刷成功。"服务员说。

打完电话，服务员一脸自豪地介绍说："我们老板在氾水镇上开了两家专卖店和一家旅行社营业部呢。"

哦，不错。想必这老板应该是有点实力的。

我不由怀疑，都这么迟了，当老板的，会为这四百来元的生意赶过来？

大约过了一刻钟，一个衣着整齐、颇为精干的男士赶到，拿起信用卡，利索、有力地一拉，"嘀嘀……"刷卡成功！

想必是服务员刷卡的方法有点问题。

"这么晚了，已经休息了吧？"我问老板。

"刚刚躺下，电话响了，就赶来了。"说得那么不经意。

二、水苑风荷

"谢谢你！睡下了，还起身过来。"

离开店铺时，我心有感慨，一分辛劳一分财！这么勤快、肯吃苦的人不当老板才怪。

2

后来，和团队的伙伴们又到"雪中飞男装专卖店"以及"蜘蛛王皮鞋专卖店"去过几次，并且慢慢熟悉了老板其人及其创业故事。

老板名叫华继胜，1972年出生，是土生土长的氾水人。

和传说中的浙江小老板有点相似，华继胜上学不多，但经历丰富，敢尝试，能吃苦，不服输，有韧劲。

"白天当老板，晚上睡地板"，这精神在华继胜身上体现得尤为明显。

十七岁初中毕业后走上社会，干过的行当大大小小不下二十种。我给梳理了一下，主要是两大类，一类是开车、开船，搞运输与经营；另一类是开店，搞销售。

先说开车、开船以及经营的业务。先后曾开拖拉机，为乡镇窑厂运泥土；开机动船，到氾光湖贩运柴草；开三轮车，送客、送货；开卡车搞货物运输等等。

再说开过的店。燃气钢瓶与灶具店，中国联通手机店，美的空调销售店，电动车销售店，蜘蛛王皮鞋专卖店，雪中飞男装专卖店等等，店址均在氾水镇。

还有其他行当，经营旅行社、从事美国青蛙养殖、承包农田种植粮食与经济作物之类。

这样的经历，说令人眼花缭乱可能有点夸张，但一定可以说类型繁多、内容丰富。

3

冰心有一首哲理小诗："成功的花，人们只惊羡她现时的明艳。然而当初她的芽儿，浸透了奋斗的泪泉，洒遍了牺牲的血雨。"

华继胜所走过的路，同样洒下了他的汗水、泪水甚至鲜血。

二十多岁时,开三轮车送客、送货。夏天,汗流浃背,衣服湿了又干、干了又湿,常常是起了一层盐霜,为此深颜色的衣服索性不穿。冬天,寒风像刀子一样割得脸上都是老皱疤。下雪天,雪在头发上都结了冰,还得咬牙坚持下去。

经销电动车需要搞好售后服务。有一次,由于来店里修车的人较多,修理工忙不过来,华继胜就亲自帮助修理。可能因为太急了,一不小心磨光机切到了小腿上,顿时,皮开肉绽,直看到白花花的骨头……腿伤尚未痊愈,他又一瘸一拐地赶路去武汉考察车篷项目了。

为找到适合在乡镇销售的知名品牌皮鞋,除了在宝应当地调研,他先后去盐城建湖、泰州兴化、淮安金湖、安徽天长等地考察。有的地方去了三趟以上,历时整整半年,走过的路程超过五万公里。

有一年的腊月二十八,华继胜用自己经营的中巴车去各零售店送糕点,不巧遇上大雪天,气温低达零下十摄氏度左右。糟糕的是清晨上路没多久,中巴车刹车的油管出了故障,没法开了。天寒地冻中怎么也找不着维修的店铺与人员,可一家家小卖部预先订好的糕点不能不送到啊!无奈之中,只得自己取出工具,用大衣铺在雪地上,钻到车子底盘下修理。个把小时的时间,始终躺在雪地上,虽然人因为着急与忙碌并没感觉冷,但整个身上包括内衣全部被雪水浸透了。就这样,顶风冒雪、马不停蹄地一家家送货,从早晨八点多钟一直忙到夜里十二点。

那年春节,人家在欢天喜地过新年,华继胜却因感冒发热躺在医院的病床上打点滴。

4

谈起华继胜,他爱人脸上总是满溢着幸福与满足。

"他特别善良,非常有责任心,肯吃苦。我们二十岁时定的亲,定亲那天,他还去了氾光湖运柴草。我们父母在农村,没能给我们任何财产,家里的一碗一筷、一根螺丝钉都是他赚来的,他太辛苦了!"说到动情处,他爱人眼里泛起了泪花。

"无论何时何地,只要勇于尝试、善于总结、不怕吃苦,总有适合自己的路走,日子一定越来越好!"华继胜说话声音不大,却十分坚定与自信。

对于明天,他的愿景是将两个专卖店与一个旅行社营业部经营好,适时扩大规模。同时,希望老婆和儿子生活得更加幸福。

一分辛劳一分财,华继胜勤劳、勇敢、肯动脑筋、百折不挠,他们的明天一定会更美好!

二〇一六年十二月七日

"他山之石,可以攻玉。"为进一步了解、熟悉新水源地建设的做法和经验,增加感性认识,盐城新水源地与引水工程宝应工作组及各驻镇小组负责人到徐州骆马湖新水源地工程现场参观学习。

骆马湖位于江苏省北部,跨宿迁和新沂二市,湖水面积260平方公里,被江苏省定为苏北水上湿地保护区,又是南水北调的重要中转站。

骆马湖新水源原水输水一期工程规模为每天80万立方米。工程于2014年10月全面开工建设,2016年6月完成工程建设并调试运行,当年9月份正式投产运行。

到了窑湾镇,我们乘坐一艘机动船前往骆马湖取水口。经过一段较浅的河流后,迎面而来的是一望无际的开阔水面。微风轻拂,湖面泛起轻轻、柔柔的波纹。湖水清澈无比,深不见底,透着幽幽的暗绿。

随着行驶速度加快,船的两侧激荡起层层浪花,似一串串跳动的音符。

碧蓝如洗的天空中,有成群结队的鸟儿在自由飞翔。

不远的前方,湖面出现很多大大的、橙黄色的"球",它们被绳索穿在一起,成为一道靓丽的风景。据工作人员介绍,这是专门建设的水源地保护工程,以取水口为中心,设立一个半径500米的保护区,用钢索浮筒保护起来。保护区内禁止各种水产养殖,以确保水质符合要求。

"从骆马湖的西岸到湖中央的取水点,铺设了2.1公里的引水管道,分沉管施工和顶管施工两种方式,将引水管从岸边铺设到湖中取水点。其中约1.4公里采取顶管施工,管道从岸边土层20米深处穿过水下,

问渠哪得清如许

与湖中沉入水下的总长为700米的沉管连接,最终将湖中心的优质原水引入管道。"工程负责人介绍说。

靠近取水口了。一座造型美观又颇具气势的取水标志建筑呈现在眼前,标志由水塔和风帆造型构成,寓意直接明了。靠近水塔上端有一只特大的水碗造型,代表着清清湖水源源不断地供应到千家万户,广大百姓喝上了安全水、放心水、优质水!

取水口参观结束,接着参观取水泵站。泵站位于新沂市窑湾镇五墩村,占地面积19.21亩,规模为每天80万立方米。从今年7月6日开始,五台机组轮番试验,开始向管网供水。

当汽车驶上归途,我不由从内心深处赞叹:这里的风景真美,这里的水真清,这里的百姓真幸福!

徐州新水源工程已投产运行。我们盐城新水源地与引水工程建设正加快推进。

问渠哪得清如许,为有源头活水来!

二〇一六年九月二十二日

氾水人民公园,我们的"健身房"

1

来小镇之前,曾担心没有适合跑步、健身的地方。

三月初,和小伙伴们一起来到氾水并安顿下来之后,到镇上走了走,立刻被"小镇客厅"——氾水人民公园所吸引。

据了解,公园始建于2003年,2015年进行了升级改造。整个公园融入了假山长廊、楼台亭阁、植物造景等扬州古建与园林风格的元素,集文化、娱乐、健身为一体,布局合理,功能完善,堪称"小镇客厅"。

这里的人们,生活在小镇,享受着城市的福利。

2

请随我来,到"小镇客厅"走一走、坐一坐。

从东园路南侧进入公园,是喷泉水景区。喷泉池内,若干颜色相近、形状各异的块石簇拥着一块灰褐色的巨石,巨石上"人民公园"四个红艳艳的大字,格外醒目。喷泉池边设有亲水平台,游人可以零距离欣赏喷泉以及戏水。

健身步道起点的两侧是景墙。白墙、黛瓦、镂空窗,一下子把人们带回到明清时期的古镇,令人想起那个让氾水声名大噪的故事:乾隆皇帝第四次下江南,龙行氾水时停舟歇息。在品尝各种当地特色小吃之后,发现古镇繁华异常,不禁龙颜大悦,欣然御笔题写"氾水"镇名。

进入墙内,是面积较大的树阵广场区。左侧密度较高的石榴树连成一排,右侧高大粗壮、树冠超宽

二、水苑风荷

的合欢树热情地迎接着八方客人。数量最多的数香樟树,这儿的水土适合香樟树生长,枝条舒展地伸张开来,叶子一年四季都绿油油的。

往南走,是六角亭台区,由一个六角重檐亭和一片竹林构成。红色木结构的亭子,双层重檐,六个角上翘得高高的。亭子后面,稀稀疏疏的竹子与亭子共同组合成一个"清心"主题景观。

转过弯往东,是公园的南入口。假山、怪石、古榆树、乌桕树、桃林……设计精巧,造型独特,景色宜人。

沿健身步道往北,到了健身休闲区,这儿是广大市民锻炼身体和休闲的好地方。除了大量的户外健身器材,还有一条50米左右的紫藤长廊、几处蜿蜒曲折的亭廊。亭廊里有座椅、小方桌,供小镇的老人们在这里休憩、喝茶和打牌。

亭廊北侧,一条景观河贯穿东西。河两岸杨柳婀娜多姿,枝条随风摇曳,河面波光粼粼,树木倒映成趣。

最北侧,是市民广场。广场中央是个大舞池,四周的台阶可当座位。我观察过,晨练的人们跳广场舞,姑娘、大婶们排着长长的队伍,跳起来劲抖抖、齐刷刷;晚上,主要是中青年,他们跳交谊舞,"嘭嚓嚓、嘭嚓嚓",舞步轻盈、裙裾飞扬,你潇洒、我漂亮!

小镇的人们既在强身健体,又在展示自己的风采。

3

人民公园既是一个景观公园,又是一个中国传统文化主题公园。

围绕培育和践行社会主义核心价值观,将中国传统文化、公民道德、文明礼仪、廉政文化等元素融合在一起,贯穿公园设施建设和景观布局全过程。

表现形式丰富多样、生动活泼。

在卧石上刻字。大大小小、形状各异的卧石遍布整个公园。有一个字的,如"礼""善""和";有两个字的:"慎独""自律""诚信"等等。行书字体,大红颜色,十分醒目。

小型宣传牌。不规则的形状,精巧的设计。内容由名人名言、谚语、主题标语等组成,如"上善若水""宝剑锋从磨砺出,梅花香自苦寒来""创文明卫生城镇,建宜居宜业氾水"。

在立石上写标语。"不以规矩,不成方圆""莲因洁而尊,人因廉而正"等等。立石与周围景观有机结合,成为一个整体。

大型宣传栏。如:社会主义核心价值观宣传栏,氾水好人宣传栏。

通过亭廊展示。主要表现形式是给亭廊命名及在亭廊大门两侧挂楹联。比如"清心亭""竹枝挺直能修骨,莲水清澄可鉴心""博爱轩""东西南北善风盛,春夏秋冬爱意浓"。在亭廊内的横梁上挂宣传牌匾,介绍宝应与氾水的名人及"氾水好人"。

寓教于景、寓教于绿,社会主义核心价值观和中国传统文化像空气一样遍布公园每个角落。

4

公园的健身休闲区,就是我们的露天"健身房"。

粗略统计了一下,户外健身器材大大小小有30余件。供成人运动的主要有吊环、肋木、天梯、单杠、双人坐蹬、太空漫步机等,儿童拓展训练器械则有攀岩、云梯、爬绳、滚筒、秋千之类。

每天早晚来锻炼身体的人非常多。节假日,大人小孩齐聚,更是热闹非凡。

我们常来这儿做运动,渐渐熟悉了不少人和事。

首先介绍一位独腿先生,他今年38岁。8岁时遭遇了一场车祸,失去了一条腿。可他做运动丝毫不比正常人逊色,其中最惊艳的要数单杠。将拐杖轻轻放一边,沉稳地抓杠,翻身上杠,腹部贴杠,接着就是令人眼花缭乱的绕杠旋转,1、2、3……20,一组20个! 一条腿,身体保持平衡要比正常人难得多。做完绕杠,再做引体向上,十多个一组,完成一组后,休息会儿做第二组、第三组……和众多身体健壮的人一样,他喜欢赤裸上身秀肌肉。胸大肌、腹肌、肱二头肌等等,都特别发达,好性感! 8岁时就失去了一条腿,可见所有健身动作都是在身体残疾之后练成的。难怪他在单杠上飞舞时,他的孩子边听着音乐,边用崇拜的眼神看着老爸。

　　夏天,一个两岁左右的光屁股男孩,给我留下了较为深刻的印象。那天晚上,父母带着他在一组儿童高低杠那儿玩耍。因为天气太热,孩子又小,就光着屁股。他爱双手抓杠,身体悬空挂着,那逞强的样子特别可爱。恰好我打算拍摄一组关于人民公园的图片。"宝宝,抓紧杠子,我们拍照啦!"听我喊他,他很兴奋地笑着配合。因为是晚上,光线不足,可我手机闪光太慢,孩子吊在杠上坚持不了多久,往往光还没闪就掉落下来。掉下杠时站立不稳,总要跟跟跄跄地往前冲几步,吓得我赶紧伸手去扶他。我说:"宝宝,我们下次再拍吧。"可他就是不服输,很快又吊到杠上,并仰脸朝我笑着,期待闪光灯亮起……由于他的积极配合,几张较为理想的照片终于拍摄完成。估计该宝宝也是用尽"洪荒之力"了。

　　吸引我们眼球的,不光是健身器材上的能人。有一位总爱悠闲地坐在一边的老人,七十左右的年纪,高高的个子,硬朗的身板,轮廓分明的脸。无论什么季节,太阳帽、墨镜、音乐播放器、香烟等"四宝"不离身,酷酷的感觉。早在三月份,天气乍暖还寒的时候,就见他每天早早地到来。坐在健身器材边的一张长条椅上,上身前倾,边听音乐,边抽烟。当太阳升起来,阳光洒在身上,他就像一尊雕塑!他经常听的戏曲比较通俗,大多为传统民间小调。日复一日,月复一月,他就这样很有规律而又怡然自得地出现在这里。

5

　　氾水人民公园,我们休闲的好去处,更是我们的"健身房"。虽然从三月初到现在仅仅近十个月的时间,但我们已深深地爱上了这里。

二〇一六年十二月十日

让无常成为前进的力量

有一首歌名叫《醒来》的歌曲,歌词颇有禅意:"从生到死有多远,呼吸之间;从迷到悟有多远,一念之间;从爱到恨有多远,无常之间……"

盐城新水源地与引水工程取水泵站和输水管道的施工,按照设计图纸放线之后,我们的工作重点是与镇村干部一起动员村民迁坟。

按照风俗,迁坟得在清明前、大寒后,时间耽误不得。

控制线范围内,几乎每个镇都有或多或少的坟墓需要迁移。氾水镇的数量不多,也不涉及集中的公墓,主要是在一片树林中静静地立着一个个小小的坟头。

为核实坟墓的个数,我们和村组干部一起走到墓地上。我们轻轻地走着,默默地数着。

虽然我不知道这些坟墓建了有多久,也不知道这些坟墓里安葬着什么样的人,但能够确定的是躺在这地下的都曾经是一个个鲜活的生命,一个个在自己的啼哭声中降生、在亲人的痛哭声中离去,一个个曾经在这人间写下了属于自己的故事。

人生看似很长,但生命无常。我们总觉得来日方长,但当无常到来、生命突然被强行画上休止符,也许才会惊觉有太多的来不及,来不及多孝敬父母,来不及多陪陪孩子,来不及兑现对朋友的承诺,来不及完成尚未实现的梦想……

感恩此刻的我们健康地活着,有创造价值的能力,有实现梦想的机会。

珍惜每一天,让无常成为前进的力量!

二〇一六年三月十三日

三、见字如面

美的花海、领跑的伙伴、
亲亲的乳名、微笑的力量,
一个人游走于故乡的田园与村落之间,
我永远像一个充满好奇的孩子。
在故乡,我的叙述便是我的人生,
一段拥抱的青春,一首飞扬的歌,
站在故乡芬芳的土地上,
面朝大海,见字如面,春暖花开……

荷兰花海,一个奇迹

"荷兰花海"的郁金香花开了,那些极具震撼力的画面与丰富多彩的活动刷爆朋友圈。

精彩不容错过!今天是个星期天,和爱人一起去游览。

开车,一会儿工夫就到了。还没到八点半,现场已有很多人,场面完全是长假的感觉。昨夜刚刚下了场雨,环卫工人忙着清扫积水和垃圾。向他们致敬!

路旁做小生意的已经出摊。卖花环的、卖丝巾的、卖小吃的……大家放开嗓子吆喝着。

"卖花环啰,纯手工的花环!戴上花环比鲜花还美咧!"卖花环的大哥见我没有买的意思却拿手机对着他拍照,就故意沉着个脸。这不会影响我的兴致,我把他的反应理解为一种营销策略。大哥,你不笑,我笑,哈哈!

有卖麦芽糖的,忍不住多看了一眼。小时候用坏鞋子、塑料布及牙膏壳等物品换麦芽糖的情景立刻浮现在眼前。

"买一袋吧。这东西最叫人怀旧了。"爱人轻声说。

"好的,一袋就行。"我很想尝尝。10元钱一小袋,真不贵。

卖缙云烧饼的大哥热情又开朗,见我拍照立刻回过头咧着嘴笑,绝对是友善、由衷的笑。

哪有不开心的理由呢!这样的旺季,无论卖什么,每天收入均有大几千,几年前做梦也想不到的事儿。

路边的巨幅宣传牌吸引了众

人的眼球,这是"郁金香文化月"的活动安排。

重磅!中央电视台《四季音乐会》栏目4月1日在"荷兰花海"现场演出,并将录制《春季音乐会》,4月4日晚在中央电视台音乐频道播出。春季的荷兰花海,无疑是中国最美的地方。

再看其他演出安排,央金兰泽、胡杨林、张靓颖……大咖云集。

广场活动有花车大巡游、快闪、欧洲风情文艺演出……精彩不断。

还有影响深远的"世界外交官一带一路中国行之走进花海""中国郁金香论坛""2017荷兰花海郁金香大学生音乐节暨第二届江苏省大学生音乐新势力大赛"等等。

可以说,其中任何一个活动都能把小镇点燃。来吧,请到盐城大丰来!请到荷兰花海来!

这是一个对当地来说具有特别重大意义的故事。1917年近代实业家张謇创办大丰盐垦公司,以"兴垦植棉"取代"煮海为盐",奠定了新丰镇盐垦历史文化的基础。1919年张謇聘请荷兰水利专家特莱克,来这里规划农田水利工程,建立了区、匡、排、条四级排灌水系,因此,新丰镇在当年获得了"中华民国村镇规划第一镇"的美誉。

打造荷兰花海项目就是为了深度挖掘"中华民国村镇规划第一镇"的历史底蕴,以"田园、河网、建筑、风车、花海"等为设计元素,学习荷兰先进经验,与城乡统筹发展、农业结构调整特别是农民增收相结合,着力打造集观光旅游、餐饮娱乐、种植研发于一体的具有荷兰风情的郁金香花海。

荷兰花海占地3000亩,已形成郁金香300个品种、3000万株的规模,是国内种植郁金香面积最大、品种最多、业态最全的"中国郁金香第一花海"。

从启动建设到大放异彩,仅用了短短两三年时间,堪称一个奇迹!

进入大门,"荷兰花海"巨石前留影的人流一波接着一波。我和爱人站在外围看着,不时会意一笑。不用说,我明白爱人的意思:这哪像苏北小镇,这和外面的大城市有什么区别?

位于大门左侧三面环水的哥特式建筑,是圣劳伦斯文化中心。今天,一场盛大的集体婚礼将在这里举行,海豚公主张靓颖来为新人们证婚与献歌,江苏卫视《非诚勿扰》著名嘉宾主持黄菡现场送祝福。参加婚礼的一对对新人们无疑是最幸运、最幸福的。

花市门前大型舞台上的演出已经开始,演职人员以荷兰人为主,歌曲演唱、器乐演奏、模特走秀、荷兰木鞋舞……演员和观众频频互动,气氛热烈,热闹非凡。大音箱发出的声音响彻云霄,振奋人心。

沿着游览道路往前走,一步跨进郁金香的世界!

红的、黄的、粉的、白的、紫的、黑的……五彩缤纷,目不暇接。

成行的、成片的,平铺的、起伏的;单瓣的、重瓣的,纤瘦的、丰腴的……似彩色的飘带、似跳动的音符,似片片祥云、似阵阵波涛,令人心旷神怡、思绪飞扬。

走近了欣赏,既有我们熟悉的"高脚杯",又有"牡丹""玫瑰""虞美人"……不少品种的花瓣上镶了金边、银边。

还有一种名叫"旋转木马"的,当风儿吹过,花儿摇摆起来就像小小风车一样,我们的心随之摇荡、旋转!

300多个品种,花名有众多音译的洋名字,如拉利贝尔、班雅、金阿帕尔顿、阿德瑞姆、罗塞雷、德马克,也有很多传神的中国名字,如黄绣球、水晶星、人见人爱、粉色约会、持续的爱、神秘长安等,有的浪漫,有的俏皮;有的通俗,有的高雅;有的直率,有的委婉。

面对郁金香的海洋,怎能不留下美景?随处可见人们端着"长枪短炮",更多的人用手机拍、拍、拍。摆出各种造型,用上各种道具,排列各种组合。孩子们笑靥如花,姑娘们貌美如花,老人们心里乐开了花。

我同样举起手机一阵猛拍。恨不能脚踩高跷,好拍出这绵延无边的花海,拍出这波涛起伏的壮观!

这片土地,曾经是煮海晒盐的一片盐海;张謇带领移民来这里垦荒植棉,使这儿变成了一片棉海;特莱克规划新丰镇农田水利工程,成就了"中华民国村镇规划第一镇";如今打造荷兰花海项目,短短四五年时间在这片土地上建成了"中国郁金香第一花海"。

从盐海、棉海,到现在的花海,这是一个奇迹!

二〇一七年四月九日

满园春意扑鼻香

梅花湾的梅花开了,朱砂、宫粉、绿萼、江梅、龙梅、垂枝梅,红色、粉色、白色……又美又香!美得似一幅幅图画,香得引人寻踪而来。

"梅花湾",听上去就有浓浓的中国味道,典雅又浪漫。景区依托古老的斗龙港河生态水景和沿线自然风光建设而成,是国家4A级景区,占地面积3000亩,种植梅树近20000株,200多个品种,并有800多年的宋梅、500年的梅王与梅后。

去年,因新冠肺炎疫情的影响,梅花盛开的时候,梅花湾仍然按要求闭园。等疫情控制住,景区开放了,人们来梅花湾观赏的时候,梅花已凋谢,只能看到满地的落花。一天,我和妻子来到久违了的梅花湾,在铺着青砖的小路上小心翼翼地走着,不忍心踩到任何一片花瓣。当时,遇上一位大丰城区小学的校长,寒暄过后我们交流了内心的感受。校长动情地说:"花都谢了,真可惜!前些日子我因特殊情况来过这儿,那时花儿开得正旺,真是满园梅花满园香呀,可人们却不能来观赏,我睁大眼睛拼命看啊、看啊,怎么也看不够!情不自禁眼泪哗啦啦流不停。"

今年春节长假,由于疫情控制得好,室外活动场所均面向大众开放。大年初四一大早,我和妻子吃完早饭就兴冲冲地往梅花湾赶。

走进南门广场,立刻感受到浓烈的节日氛围,对联、道旗、小品,特别是随处可见大红灯笼,好看,喜庆!传统民俗文化活动主要集中在这里,舞龙、踩高跷、荡

花船、杂耍……锣鼓声、喝彩声响彻云霄。

过了装饰一新的红梅桥，就到了小吃街。有个店铺经营属于"非遗"的"糖画"，吸引了我的目光。我请师傅给我做个"羊"，因为我属羊。只见老师傅用小汤勺舀起烧融了的糖汁，一边浇在石板上，一边以手腕的力道飞快游走铸型，不一会儿，一幅好吃又好看的糖画便呈现在眼前，特别是那翘翘的山羊胡子，绝对栩栩如生！

正想请老师傅给我包起来时，一个孩子走了过来——

"羊！小羊！"孩子看着糖画兴奋地喊道。

"你属什么，喜欢吗？"我问他。

"喜欢！"孩子回答时眼睛都没离开小羊。

"他也属羊呢。"孩子妈妈告诉我们。

"这个糖画送给你吧，小小羊！"我将糖画递到孩子手里。

"谢谢、谢谢！"孩子连声道谢。

虹碟广场是景区内搭设了舞台的比较正规的演出区域，歌舞、戏曲、杂技等节目常常在这里演出。我们坐下来认真看了几个节目，演员跟游客频频互动，祝福语、俏皮话、夸张的表情，喜庆的歌、热闹的舞、惊险的杂技……让人捧腹又令人激动，有时笑着、笑着泪水就湿了眼眶。经历了严峻复杂的疫情防控，我们更加懂得幸福生活来之不易。

离开虹碟广场，沿着老斗龙港河往西走。河堤的垂柳已经吐绿，正是"万条垂下绿丝绦"！古老的斗龙港河，此刻娴静又安详，这些垂柳恰似长长的秀发，在春风里摇曳。不由想起去年前往武汉抗疫的那些女医生、女护士，她们在出征前为了工作方便，纷纷剪去心爱的长发。她们是新时代最美、最可爱的人！

说到这儿，且听我介绍一下斗龙港，可以说，没有斗龙港也就没有梅花湾。斗龙港，以"白牛斗青龙"传说留下的九曲十八弯而闻名，大丰人习惯称之为母亲河。我的老家就住在斗龙港西岸，在我小的时候，斗龙港河面碧波荡漾，两岸草木茂盛，四季美丽如画，芦苇、茅草、柳枝、槐花；老牛、牧童、帆船、纤夫；水草、鱼虾、鸬鹚、野鸭……还有跟小伙伴们一起乘渡船过河，沿河岸追着轮船奔跑、听响亮的汽笛声，夏天观看村里民兵组织的横渡斗龙港游泳比赛……这一切,都深深烙印在我心底。

步入精品"梅苑",就进入了景区的核心。5000株精品梅树集中在200亩的园子里,特别是随处可见数十年乃至数百年树龄的老梅树,各种花色,各种造型,一树一景,移步换景,堪称精妙无双、精美绝伦。用不着深呼吸,阵阵清香袭来,沁人心脾。"墙角数枝梅,凌寒独自开。遥知不是雪,为有暗香来。""早梅发高树,迥映楚天碧。朔吹飘夜香,繁霜滋晓白。"古代文人墨客赏梅、咏梅真是眼光独到、入木三分。

正走着,一条长达数十米的高杆丛生梅长廊映入眼帘,啊!太美了!两侧高杆丛生梅的枝丫在中间交错,层层叠叠,融为一体,各种颜色的梅花缀满枝头,清秀雅致,如梦如幻,令人产生穿越到千百年前的错觉,让人情不自禁发出"此景只应天上有"的惊叹。

走出梅花长廊,一幅美丽的紫铜画卷展现在我们眼前。古色古香的紫铜浮雕上,是毛泽东的著名诗词《卜算子·咏梅》。游客们纷纷驻足欣赏并大声诵读起来:"已是悬崖百丈冰,犹有花枝俏。俏也不争春,只把春来报……"梅花俊美、坚韧不拔的形象跃入脑海,鼓舞着我们无论面对什么样的困难和挫折,都要有威武不屈的精神和革命到底的豪情。

紫铜浮雕的右面是梅文化馆和茶楼。茶楼大院内的"梅王""梅后"尚未开花,外面用尼龙网罩着,避免鸟儿来啄食花苞。有人问,为什么"梅王"花骨朵不是特别多、枝干粗犷虬劲,而"梅后"则相当繁茂、花苞缀满枝头呢?可别忘了,"王"负责"征战天下","后"负责"美貌如花"呀。

往左前方走,就看到了梅花湾的镇园之宝:宋梅。这棵梅树极其珍贵,全国仅两棵,另一棵在无锡荣家。品种为宫粉,色为粉红,花色雅丽,可谓花中名品。当然,作为压轴出场的"明星",花儿也需到三月份才精彩亮相。

不知不觉已到中午,虽然内心依依不舍,但还是得伸出告别的手。

走出梅花湾大门,我和妻子不约而同回头凝望,"不经一番寒彻骨,哪得梅花扑鼻香""东风吹散梅梢雪,一夜挽回天下春",经历了一场突如其来的疫情之后,梅花湾正以更加美丽动人的姿态迎接八方宾朋的到来!

二〇二一年二月十六日

春天的门帘

梅花、玉兰花、紫叶李花，还有迎春花、连翘花等等，各种花相继盛开了，红的、白的、黄的、粉的、紫的……将春天装扮得姹紫嫣红、五彩斑斓。

然而，在我眼里，这个季节的柳树是最美丽、最生动的，每当萌发新芽、吐露新绿，鹅黄、嫩绿的柳枝排成一道道门帘的时候，春天就真的来了。

柳树，柳枝，是春天的门帘，她们用婀娜的身姿、曼妙的舞蹈向人们传递春的气息、报告春的消息。这时候，我们就可以脱下沉重的外套，穿上轻便的春装啦。

当春风吹拂，"春天的门帘"呈现在眼前，我必定沿着家门口两岸遍布柳树的二卯西河慢慢走，在每一棵柳树前驻足、停留，用心欣赏她们的丰姿、领略她们的风采。若是没从这些"门帘"前走过，感觉就辜负、错过了这个春天。

自古以来，描写柳树的诗词比较多，最为人们所熟悉的当数《咏柳》："碧玉妆成一树高，万条垂下绿丝绦。不知细叶谁裁出，二月春风似剪刀。"可不是，惊蛰过后，随着气温逐渐升高，原本淡黄色的柳枝开始发绿，一天天焕发出生机与活力。没多久，星星点点的嫩芽探出头来，尖尖的、黄黄的，紧贴着枝条，似婴儿离不开母亲。不经意间，小小的叶子长了出来，并慢慢舒展开，黄绿色的小船一般，一片、两片、三片……这时候，一根根柳枝变得越发灵动起来，柔柔垂下的柳条好像整齐的帘子一样，风姿绰约，楚楚动人。

春风吹来，长长的枝条随风飞舞，她们手挽手、肩并肩，跳起了一曲春天的芭蕾。看，和着春风的旋律与节奏，她们抬头、挺胸，"唰、唰、唰、唰"，整齐地

三、见字如面

踢腿,前、后、左、右……

当春风的旋律更加激昂、节奏更快、律动更强时,她们散开队形,尽情放飞自我,奔腾、跳跃,在空中翻飞;有的愉快地结成伴,托举、旋转、拥抱、缠绵。

河畔的柳树,更加温柔、多情,明净的河水是无边的镜子,她们纷纷放下长发,对镜梳妆,她们是"夕阳下的新娘",引得鱼儿跃出了水面,引得野鸭忘情地扑腾……

春天的门帘,婀娜多姿,风情万种!再看文人墨客的描写:"草长莺飞二月天,拂堤杨柳醉春烟""柳条百尺拂银堂,且莫深青只浅黄""杨柳青青江水平,闻郎江上踏歌声"……怎不令人美了心、醉了魂。

无疑,春天里的柳树是她们的高光时刻,但她们绝不是昙花一现。我仔细观察过,在我们苏北,落叶乔木中柳树的叶子是最早长出来的。夏天和秋天的柳树,同样别具风韵,特别是靠近河边的,可谓"有位佳人,在水一方"。到了冬天,几次寒潮、几度风霜之后,她们才落下变黄不久的叶子。即使在凛冽寒风中,树干与枝条依然以飘逸、洒脱的姿势把美丽带给人间。一旦飞雪降临,被白雪覆盖后,她们似洁白的瀑布一样,冰清玉洁,情趣盎然。柳树,堪称连接冬与春的使者。

柳树不仅形体优美,她们也是有用之材。在漫长的农耕时代,农家人用粗柳条做"泥兜"、用细柳条编柳筐,那是做农活与存放东西的好用具。自古而今,无数条大河小沟,是民工们用"泥兜"一担担挑出来的。夏天用带着叶子的柳枝做"诱蛾把",通过"诱敌深入",将害虫飞蛾"一网打尽"。千百年、若干季庄稼的好收成,都有柳树的一份功劳。

无论河道边、田埂旁,也无论盐碱地、荒滩上,只要有泥土的地方,她们就可以生存、成长。还有一个地方常常见到柳树,这个地方就是坟塚旁边。这里主要有两个说法。一说从周代就开始了,按照礼仪规定,天子的坟头要种松树,诸侯的坟头种柏树……老百姓坟头种柳树。另一说是为怀念介之推追求政治清明之意。晋文公火烧绵山,发现介子推与母亲抱在一棵烧枯的柳树上,后将介子推母子厚葬于绵山。次年祭奠介子推时,发现烧枯的柳树长出了新枝,指向介子推的墓地。晋文公便折些柳枝,插于介子推墓上,借以纪念。

早在南北朝《荆楚岁时记》就有"江淮间寒食日,家家折柳插门"的记载。唐朝诗人韩翃《寒食》诗云:"春城无处不飞花,寒食东风御柳斜",宋之问《途中寒食》诗云:"故园肠断处,日夜柳条新。"

回头说我自己的故事。我大伯家没有儿子,在我小的时候他总把我当亲生儿子对待,常常给我买书包、文具和帽子、鞋袜等用品,我上学后甚至给我做了一身当时连大人都舍不得穿的"的卡"衣服。大伯家门前的毛桃树就是我的大玩具,他家种植的馒头花(蜀葵花)总开在我的脸上。

可惜大伯英年早逝,四十二岁时因患食道癌不幸去世。在我刚刚七岁那年夏天的一个清晨,父亲将我从睡梦中叫醒,告诉我大伯快不行了,让我赶紧去见最后一面。当我站在大伯面前时,他用力张开眼睛看着我,嘴唇微微动了动,似乎要对我说什么,却终于没能说出来,我分明看见大伯流下了最后一滴清泪。那么爱我、宠我的大伯永远离开了我们!

按照当地的风俗,大伯入殓时,我为他披麻戴孝,并剪下我的一缕头发缠绕着棺钉为他"挽钉"。

在墓地,我虔诚地在大伯坟墓旁插下一根柳枝。后来,这根柳枝生根、发芽,并慢慢长成了一棵大树。每当我到墓地来祭奠,看见这棵柳树,看见随风飘飞的柳枝时,我感觉那是自己的头发,一直陪伴着沉睡在地下的大伯。

时光荏苒,日月如梭。又是一年二月时,春风吹拂下的柳树已是一片新绿,"春天的门帘"为我们带来春的生机、报告春的消息!让我们在春风中奔跑,在春天里耕耘,不负春光,不负流年。

二〇二二年三月十八日

银杏湖公园随想

今天晨跑"不走寻常路",到银杏湖公园转转。

大丰银杏湖公园,建于2008年,因紧挨着较大一片古老的银杏树林以及公园规划设计凸显银杏主题而得名。

大丰的银杏可能不算有名,不似本区境内的麋鹿和郁金香那样名扬海内外,但大丰有两处成片的古老银杏树林真的非常漂亮。

还没进公园大门,就被一旁小河边的蒲苇棒所吸引。如果你在农村长大,应该知道多数小河边都生长着蒲苇,而蒲苇棒就是蒲苇的种子,是从蒲苇中心长出的一根细细长长的棒子。

顺便介绍一下,蒲苇棒可以驱蚊,燃烧起来时烟的味道会把蚊子赶得远远的。蒲绒可做枕芯,柔软而耐用,据说有安神镇惊、清热凉血的效果。我们小时候喜欢在游戏中拿蒲苇棒当"炮弹"使,用它来偷袭"敌人",场面火爆而有趣。

进入公园,往右走,穿过一个运动区,径直来到公园的主景点:银杏湖。站在湖边,凉风习习,好舒服!宽阔的湖面上,湖水泛起阵阵涟漪,不时有白色、灰色的鸟儿飞过。我的脑海中不由闪现当年相关部门管理人员以及工人们建设银杏湖公园时抢工会战的情景。

那时,大丰的公园、景区还不多,如今已十分红火的荷兰花海、梅花湾等尚未建起来。银杏湖公园是2008年的市政府为民办实事工程,属于当时的"大手笔"。市政府对工程建设时间要求很高,建设过程中工程管理人员与工人都是起早贪黑、加班加点的。清楚地记得,那年大丰市委、市政府举行项目现场观摩,这儿曾经是重要的现场之一。

虽然才过去八年时间,但那批负责公园建设的管理人员大部分已经从工作岗位上退居二线。正所谓"前人栽树,后人乘凉",感谢他们!

环湖游览过程中,遇到不少晨练和游玩的人们,场面很温馨。

一位年轻的母亲,带着她六七岁的女儿一起游玩。孩子担任"摄影师",不停为母亲设计出各种pose,当母亲没能领会孩子的意思、不知所措时,孩子就"咯咯咯咯"笑个不停。

一对老夫妻,坐在运动广场边的看台上,边看风景边聊天。当我一时兴起请那位老爷子给我拍张照片时,老爷子显得有点不知所措,听我说是用手机拍摄后,立即踌躇满志起来。拍完了不停地问:"好不好?""好不好?"我当然一边道谢一边夸:"真好!特别好!"

一个年轻人,骑着辆"宝马"牌单车,从桥上经过时恰巧进入了我的镜头。见我在拍照,他在我身边停了下来,正以为他会要求我删除有他身影的照片,他说的却是:"哥们,请用我的手机给我拍几张吧!"

今天是个什么日子?人人都有好心情!

步入银杏林,感觉每一棵银杏树都是一道独特的风景。虽然初秋的银杏树叶还都是绿色的,不似深秋的一片金黄那么激动人心,但绿色充满生机,绿色令人心旷神怡。

树上一嘟噜、一嘟噜的银杏尚未成熟。看着它们,我的思绪已经飞回到童年和少年时期"跳白果"的快乐时光。

"跳白果"是我们小时候玩的一种游戏。"白果"是通称,其实作为玩具的白果不仅有白色的,染上彩色,就有了赤、橙、黄、绿、青、蓝、紫,七彩斑斓,捧在手里,极其动人。白果从形状上分,有"普通果""三角果""扒果"(特别扁的)等等。

简单介绍一下"跳白果"游戏。在地上画条线,玩的人一起面朝线站立,双脚并拢夹着一只白果,跳起来使劲朝远处抛,然后由抛得最远的朝近的回抛,称作"吃",一般以两只白果是否在约定距离之内论输赢。赢了的人将"吃"到的白果悉数收归己有。

如此简单的游戏,却令我们乐此不疲。不过,玩这游戏容易把鞋子跳坏了,要挨大人骂的。

待到深秋,银杏树叶子一片金黄时,请到大丰银杏湖公园来走一走、看一看,你会沉醉在那片金黄里。

有兴趣的话,我来陪你"跳白果"!

二〇一六年八月二十九日

家乡这片海

我的家乡盐城，东临黄海，除了广袤的陆地，还有美丽富饶的滩涂湿地、神奇迷人的辐射沙洲东沙岛以及浩瀚辽阔的海域。

传说北宋名相范仲淹用撒稻糠测定海潮水位的方法修筑了捍海堰，人称"范公堤"，也就是后来的204国道。可见，北宋时204国道以东仍是茫茫大海。

以前一直不明白，家乡有近600公里的海岸线，可我自小到大包括走上工作岗位之后很长一段时期都没见过我们濒临的黄海究竟什么样。后来才知道这儿的海岸大部分属于淤涨型的，走近人们所说的海边，看到的只是一望无际的滩涂，滩涂外边的大海究竟什么模样，只能靠想象了。

真正看见家乡这片海，是在大丰港码头全面开工建设之后。走过长长的引堤，来到延伸出去的栈桥上，面前就是一片大海了。看脚下，海水呈浅黄色，波涛汹涌，水流湍急，海浪不停拍打着桥桩，发出"哗哗"的响声；望远方，海水渐渐变清，远处水天相连、无边无际。

哦，终于见到了！这片海，虽然不似人们惯常描述的"蔚蓝的大海"，也不见歌曲中总会唱到的"沙滩"和"仙人掌"，可她气势磅礴、雄浑壮阔、粗犷豪迈，面对她，我们自然而然联想到了"海纳百川，有容乃大"这句话。看，她的波光和阳光融在一起，整个海面金光闪闪、光芒万丈，这是一片金色的海！

当年在淤积型海岸建设大丰港，仅论证就花了八年多时间，形成了近30项建港科研成果。从码头工程全面开工到港口正式通航，工程建设也花了八年时间，最初施工条件艰苦到用牛车运送变压器、用人力搬运吹沙袋等物资的程度。

国家一类口岸正式开放，苏北地区首家县级保税

物流中心封关运营……如今的盐城港"一港四区"产业集聚、港口繁华,已跻身全国亿吨大港行列。

盐城有"东方湿地之都"的美誉,境内也先后诞生了两个国家级自然保护区:中华麋鹿园江苏大丰麋鹿国家级自然保护区、沿海滩涂珍禽国家级自然保护区(盐城丹顶鹤自然保护区)。

说来有趣,两个保护区的主角麋鹿和丹顶鹤都是国家一级保护动物,但它们的生活习性尤其是爱情观却大相径庭、形成了极其鲜明的对比。

每年六至八月份,处于发情期的雄性麋鹿在鹿群中经过一轮一轮争霸,最终胜者勇夺桂冠,成为鹿王。此后,鹿王便"妻妾成群",拥有该群所有雌性麋鹿的交配权。如果在此期间到麋鹿保护区现场走走、看看,常常看到身上涂泥、角上顶草的鹿王忙碌的身影,更会不停听见鹿王牛叫一般低沉而有力的嘶吼声,它们在用各种方式显示与维护王者的权威。

丹顶鹤的爱情则是坚贞不渝的,它们一旦选中了配偶,就一生一世不离不弃。如果其中一只不幸先死去,剩下的那只绝不重觅伴侣,甚至会绝食跟随而去。看过一段丹顶鹤嬉戏玩耍的情景:两只丹顶鹤有着洁白的羽毛、修长的双腿以及鲜红的头顶,翅膀、脖子上还点缀着乌亮的黑色。她们时而快乐地嬉戏、追逐,时而温柔地凝望、对鸣,时而激动地跳跃、振翅,时而忘情地舞蹈、转圈……

2019年7月,盐城申遗成功,中国黄(渤)海候鸟栖息地(第一期)被列入世界自然遗产,填补了我国滨海湿地类型世界自然遗产的空白。和中国其他自然遗产不同,这一自然遗产的大部分遗产地为海域,本次申遗成功可以说是中国的世界自然遗产从陆地走向海洋的开始。

世界自然保护联盟IUCN的专家们实地考察评估盐城申遗提名地时,有几个现场我有幸陪同,一同欣赏了美丽的海洋、湿地风光,也收获了很多知识与快乐。

辐射沙洲东沙岛面积有一千多平方公里,主要是由黄河故道、长江流域携带的泥沙在潮汐动力作用下沉积而成。东沙岛最大的自然奇观在于涨潮时是一片汪洋、落潮时则成茫茫海滩。岛上海洋生物链十分丰富,共有各类动植物千余种,被誉为海上的"天然牧场"。

当专家们离开乘坐的快艇,蹚过浅水滩踏上东沙岛时,立刻被眼前的景色迷住了。

"哇!沙漠,恰似沙漠,这是大海中的沙漠!如此精致的波纹一波接着一波,一直向远处扩展,一望无垠。"这是男专家浑厚的声音。

"我觉得像梯田,从脚下往前看过去,多像大片、大片的梯田啊!这是大海中的梯田!"一位女专家大声赞叹。

"像瀑布,从远处一层层飞奔而来,完全不同于我们那儿的黄果树瀑布。"应邀前来助力申遗的贵州女专家发表了自己的看法。

沙漠、梯田、瀑布……都像,又都不像,大自然的鬼斧神工造就了东沙岛独特、神奇的自然面貌,实在难以用某一种比喻来描绘。

快看,什么小不点儿在这儿横行霸道?原来是小螃蟹,它在我们脚下走走停停,仿佛自己是无敌大将军;水塘里的小胖泥螺好可爱,慢慢挪动着身体,"我的地盘我做主",胜似闲庭信步。捉小螃蟹和捡泥螺,往往是来东沙岛上的人们最大的乐事。

当然,这里最多的动物还是鸟类,大的、小的,黑色的、白色的,长腿的、短腿的、尖嘴的、扁嘴的……包括常见的白鹭、苍鹭、海鸥以及极其珍稀的勺嘴鹬、黑脸琵鹭、中华凤头燕鸥等等。

这些珍稀鸟类的生存,非常依赖于大片滨海湿地。当潮水上涨、碧波荡漾时,它们便纷纷展翅飞翔、搏击风浪;当潮水退去,东沙岛露出海面时,它们又结伴进滩觅食、嬉戏玩耍。

去年十月份,世界自然保护联盟(IUCN)发布消息,《世界暗夜保护地名录》新收录了江苏黄海湿地大丰野鹿荡为中国暗夜星空保护地新成员,这是我国沿海地区首个暗夜星空保护地。这个区域平均全年可观察星空238天,所设的国家自动气象观察台是仰望星空的好去处。这里在夜空质量良好条件下,目视可以清晰看到夏季银河、冬季猎户星座及本天区主要星座。

美丽中国需要美丽星空。位于世界自然遗产盐城黄海湿地上的野鹿荡,建成世界级别的暗夜星空保护地，说明这儿生态保护措施得力，有效通过控制光污染保护了畏光生物与人类健康，促进了星空资源的探索研究，也向世界展示了黄海湿地独特的迷人风情和原生态文化。

据介绍，"十四五"期间盐城围绕将黄(渤)海湿地打造成为"共建共享、永续利用"的和谐遗产地，构建山水林田湖草生命共同体，大力推进世遗融入管理机制建设、世遗文旅开发活力提升、世遗品牌推广立体营销，打造"美丽中国"和生态文明建设"盐城典范"，为全球人口稠密、经济发达地区自然遗产文旅可持续发展提供"中国经验"。

说家乡这片海，不能不介绍一下海上风电。作为江苏海岸线最长、海域面积最广、海洋经济增长潜力最大的地区，盐城海上风电开发容量占江苏规划容量的一半以上，成为"海上三峡"的主战场。近年来，顺应世界能源变革新趋势，构建清洁低碳、安全高效的能源体系，努力打造成为世界智慧能源示范城市的样板。

站在海堤或者高处远眺，绵延的滩涂上，一座座风电机组似长龙列阵，高高耸立在蓝天白云下面，风车旋转飞舞间，绿色能源源源不断地输送出来。

走在道路上，如果看到运输车辆装载着巨大的圆柱形装备，请不要误以为是导弹，那是风电塔筒；如果见到一个车队均载着长长的"飞机翅膀"，哈哈，那一定是风电叶片。

经过多年努力，盐城已集聚国家电投、远景能源、金风科技、中车电机、龙马风电、海工能源等行业领军企业，形成整机及相配套的电机、叶片、海缆、塔筒、机舱罩、组件等研发、制造及运维服务的全产业链条。盐城新能源装机容量达1200万千瓦，新能源发电量占全社会用电量60%。

"中国风电看海上，海上风电看盐城"已然成为风电行业领域内的共识。面朝大海，向海发展，赋"能"未来，盐城守护独特生态资源，在"双碳"目标下竞逐新赛道，推动经济社会发展全面绿色转型，着力打造"两山"理论实践典范，一定能够续写新的传奇。

说到这儿，耳畔仿佛响起了《百里槐花香》的优美旋律：海风吹拂着海浪，鸟儿蓝天里飞翔，鹿鸣呦呦，百里槐花飘香……

二〇二一年八月二十二日

满城尽见"红灯笼"

中秋小长假,终于有机会像外地来丰游客一样,放松心情在小城到处走走看看。

S226、常新路、东宁路、G343、黄海路、南翔路,还有二卯酉河风光带、东方湿地公园、廉政主题公园等等,无论走到哪里都可以见到一种树,树冠上结满了红红的果子,似火焰、似云霞、似灯笼、似铃铛……

微风轻拂,"灯笼"随风飞舞,"铃铛"欢呼雀跃,这是在热烈欢迎四面八方的宾朋,这是在隆重庆祝万家团圆的中秋佳节呢。

清晨,照例在小区前面二卯酉河风光带跑步。随着朝阳慢慢升起,蓝天白云下面,"红灯笼"显得光彩夺目、美丽动人!

忍不住停住脚步,站在树下,静静地欣赏一番。一串串、一簇簇"红灯笼"挂满枝头,热热闹闹,轰轰烈烈。大部分"红灯笼"向上伸展,仿佛被高高举过头顶;一部分挂在四周,如小伙伴们展开双臂提着灯笼。

有些"红灯笼"被风吹落,静静躺在树下。我捡起几颗捧在手心,仔细端详:哦,这是折叠着的小灯笼,有三条美丽的棱线、三个精致的凹角,正好可以用三只指头轻轻地将它捏起来。不由想起小时候玩的一种游戏,那是用白纸折叠,折成连在一起的"指套",在不同侧面写上有趣的文字,然后通过手指操作"揭晓"最终显示的文字。这种在物质匮乏时代玩的小游戏,料想现在的孩子根本不屑一顾,甚至难以理解这有什么玩头。

"红灯笼"里面有什么?好奇心驱使我轻轻剥开了它,哇!三粒圆溜溜的籽,洁白、光滑,三个小"房间"恰好一间一粒,合理又有趣。

"红灯笼"的红,有多种不同颜色呢。最易于想象且颇具浪漫色彩的,是酒红,有如红酒倒在高脚杯中,透过玻璃看过去的颜色;比较正规的称呼,是褚红,通俗地说就是红褐色,给人以热烈、温暖的感觉。也有些品种是赭红色的,比较接近咖啡的颜色,浅浅的咖啡色,接近大地的色彩,也显得更加沉稳、宁静。

说了这么多,还没介绍结"红灯笼"果实的树是什么树呢,它是栾树。据资料介绍,栾树也叫木栾、栾华等,俗称灯笼树、灯笼槐,为落叶乔木,在我国主要分布在黄河流域和长江流域下游。树高可达20米,树冠呈圆球形。春季枝叶繁茂,初秋黄花满树,当花还未落尽时便已有红色蒴果挂上枝头,是庭院、公园和行道树的优秀树种之一。

在我们这儿,大约白露前后,栾树开始开花。是那种细碎的黄花,比米粒大不了多少,四枚花瓣开在一边,基部还带着胭脂红色,十分可爱。起初是"小清新"的嫩黄、浅黄,一段时间之后变成了金黄色,整个树冠就变得金灿灿的。当秋风吹过,花儿纷纷飘落,树下的地面上就铺上了一层"碎金"。这里非常适合借用辛弃疾的诗句:"东风夜放花千树。更吹落、星如雨。"

赏栾树的花,我们既可以抬头仰望,欣赏一团团、一簇簇的"云霞";也可以"守株待兔",静静地观赏坠落在地上的小花。

这时候花的汁液也非常丰富,而且有一种黏黏、稠稠的感觉。若有人从树下经过或者有车辆停在树下,哈哈,请等着享受栾树特制"花露水"的垂青与厚爱吧。

"碎金"纷飞的同时,小小"红灯笼"开始登场。一露脸就异常惊艳,在周围枫树、榉树、银杏树等还都一片碧绿的时候,"红灯笼"一枝独秀,渲染了人们还未感受到的秋意与秋色。

台湾美学家蒋勋在《此时众生》里写过栾树:"普通植物大多是花儿极尽妖艳诱惑之能事,待结了果实之后则像怀孕了的妇人,仿佛所有的躁动平静了下来。然而像栾树这样的植物则相反,它的花儿是害羞谦逊的,它所有的力量和美貌都在彰显着孕育的喜悦。"

真正熟悉栾树,是从2017年开始的,当时,全区植树造林工作由我具体负责。那个时期,盐城市委、市政府将"一片林"建设作为"五个一"战略工程进行部署实施。

我区积极策应全市沿海百万亩生态防护林建设工程暨创建国家森林城市、森林小镇、森林村庄推进要求,按照珍贵化、彩色化、效益化和视觉效果、生态效应、经济效益"三化""三效"标准,学习弘扬塞罕坝精神,强力组织推动"一片林"建设与创森工作。2017年、2018年连续两年取得全省县(区)级人工造林面积第二、盐城市人工造林面积第一的优异成绩,被市委市政府表彰为绿化造林综合先进县(区)。

栾树,和榉树、中山杉、白蜡及薄壳山核桃等一起作为主推品种,在栽种的面积和数量上,栾树是比较领先的。印象深刻的是大中街道在陈李线打造"十里栾树风光带",将陈李线两侧都栽上了成片栾树。如今,当年米径(地面朝上一米处的直径)本就达五六厘米的栾树已经长大,"十里栾树风光带"一到深秋便火红一片,令人流连忘返。

再回首,盐城"五个一"工程我深度参与了其中两项,"一桶水"工程我有幸在宝应县氾水镇带领大丰队伍参加建设,"一片林"工程我区贡献份额最大。

"前人栽树,后人乘凉",今天,满城尽见"红灯笼",善哉!快哉!

二〇二一年九月二十一日

"黄马褂"报告秋的消息

前几天高温,中午气温达35摄氏度以上,出门感觉热浪扑面,仿佛回到了盛夏时节。

田野里,水稻已经抽穗,稻花香随风飘散;夏玉米长得齐齐整整,少女般亭亭玉立;大豆、赤豆、绿豆等枝叶蓬蓬勃勃,快速向上、向四周伸展……

农家小院的围墙上,丝瓜、紫扁豆的藤和花交织成一道道彩色的"幕墙",它们"明明可以靠颜值吃饭",却连续不断地为主人奉上鲜嫩、香甜的果实。

二卯西河滨的榉树、槭树、枫杨树、白蜡树,还有乌桕树、银杏树等等,叶子都还一片碧绿,银杏宝贝也绿得跟叶子没太大分别。

倒是栾树开黄花了,仿佛一夜之间在枝头开成一束束、一丛丛,嫩黄、嫩黄的,令人期待着它魔术师般变成"红灯笼"的表演。

虽然白露节气临近了,可一切似乎还停留在夏季,直到我走进二卯西河滨的张謇文化广场,直到我发现广场四周那片鹅掌楸林已经黄叶纷飞,哦,"黄马褂"在向我们报告秋的消息!

鹅掌楸,是落叶大乔木,高可达40米。它不仅可以作为风景树、行道树用来观赏,它的木材质量也特别好,用来做家具棒棒哒。

该怎么描述才能让人产生印象呢?我觉得鹅掌楸与梧桐树有点相像,嗯,像"表姐妹"吧。它的树冠没有梧桐树那么宽大,躯干比梧桐树要挺拔,高度则完全可以达到甚至超过后者。

为什么被称作"鹅掌楸",依我的理解是因为它的叶子像鹅掌。前些年我尚不认识鹅掌楸,一天跑步时发现一片金黄色的叶子从空中飘落,正落在我的面前。噫!这片叶子真有趣,像古装剧中皇帝、皇后出行时宫女在后面举着的扇子,也像燕子,像飞鱼,还像小小褂子……像太多!

究竟它叫什么?我赶紧掏出手机用识别花草的软件来辨识,"鹅掌楸",哎,生动形象,瞧这叶子多么像鹅掌啊!而一个"楸"字,又让它显得质朴而浪漫。好一个"鹅掌楸",叫我如何不爱它!

后来,比较完整地查了些资料,也时常在树下仔细观赏,了解到鹅掌楸又名"马褂木",因为鹅掌楸的叶子像一件件小马褂。看,叶片的顶部平截,犹如马褂的下摆;两侧平滑或略微弯曲,好像马褂的两腰;侧端向外突出,仿佛是马褂伸出的两只袖子。很传神,挺有意思。

鹅掌楸属于珍稀植物,是中国二级保护植物。由于其花朵极像郁金香,又被称为"中国的郁金香树"。花朵盛开时精致淡雅,像只矮矮的酒杯,虽然不如很多艳丽的花儿那么吸引眼球,但有它独特的韵味。

现在,鹅掌楸叶片渐渐变黄,微风拂过,好似若干只小鸟翩翩起舞,又似一件件小马褂迎风招展,美丽动人。

"黄马褂"最先报告秋的消息,告诉我们收获成果的金秋马上就要来到啦!

二〇二一年九月六日

归来的麋鹿

周末,虽然春寒料峭,但天气晴好。

我们一家三口来个自驾游,到大丰国家级麋鹿自然保护区看麋鹿。

近几年来,在创建5A景区过程中,大丰麋鹿保护区新建了不少项目,特别增加了游客与麋鹿零距离接触的互动环节。

经过228国道时,两侧成片的水杉林及高大的风力发电设备吸引了孩子的眼球。"真美!真壮观!"孩子不由赞叹起来。爱人则立即当起了义务讲解员,不厌其烦地介绍风电的有关知识。

没多会儿,麋鹿保护区到了。景区升级后,我们全家还是第一次同游。

我到游客服务中心买好门票后,回到母女俩身边。

"给我一张门票吧,我要留着。"孩子说。

"留住乡愁啊?"我开玩笑。孩子不久要出国读书。

"贴日记本里。"孩子笑着回答。

进入景区,首先观看由中央电视台拍摄的专题片《归来的麋鹿》,对麋鹿及其回归过程有个较为全面的了解。

麋鹿俗称"四不像",角似鹿非鹿,脸似马非马,尾似驴非驴,蹄似牛非牛,为中国所特有。

殷末周初,是麋鹿繁盛时代。秦汉时期,由于气候条件的变化和人类滥捕,数量急剧减少。到了元朝,麋鹿仅生存于皇家猎苑之中。清代,北京南郊皇家猎苑仅存200多头麋鹿,是当时世界仅有的麋鹿群。1900年八国联军攻陷北京,麋鹿被抢劫一空。1901年,英国的贝福特公爵用重金从法、德、荷、比四国收买了世界上仅有的18头麋鹿,集中养在乌邦寺庄园内,麋鹿这才免于灭绝。

大丰,是世界珍稀动物麋鹿的故乡。1986年8月14日,在世界自然基金会和林业部的共同努力下,39头麋鹿从英国回归故土。截至目前(2022年3月),大丰麋鹿大家庭的成员已达6100多头,占全球麋鹿总数的60%以上。

　　为方便游览,我们用200元包下一辆电瓶车前往保护区内。包车游览,不受时间与地点限制,想看多久就看多久,想在哪儿停留就在哪儿停留。

　　曾经较长一段时期,游览车是完全敞开的,气温较低的秋冬季,游人往往被冻得直打哆嗦。现在都是全封闭的,四周是玻璃窗,暖和又亮堂。

　　整个麋鹿园重点游览区域有四个:麋鹿野生放养区、麋鹿圈养区、鹿王苑、麋鹿文化园。我对情况比较熟悉,可以为爱人和孩子当导游,这就省下了60元的导游费。节约是美德。

　　出发了。沿途满眼枯黄的狼尾巴草,勾起我对孩提时候玩狗尾巴草的回忆。小时候,每当夏天狗尾巴草长得茂盛时,我们就会折下长长的"狗尾巴",将有尾巴的这头衔在嘴角,另一头则撑着眼皮,做出各种搞怪表情。

　　电瓶车缓慢行驶着。路边有很多倒伏着的树,这是由于夏天台风影响形成的。为保持自然风貌,一般不进行人工处理,形成一道独特的风景。上次听省林科院的一位教授介绍,这叫"风灾迹地",任树木自然倒伏着,目的是让人触景生情,更加珍惜每一个平安、幸福的日子。

　　沿途不时看到鹿群,少的二三十头,多的上百头甚至二三百头。大多静静地站着或躺着,悠闲地享受春天暖阳。也有慢慢地踱步的,完全是闲庭信步的感觉。

　　由于雄性麋鹿刚刚换角不久,新长出的角还是短短的、毛茸茸的,虽然缺少了刚毅、威猛的感觉,却更显可爱。

　　想想当年回归时只有39头,经过30年的努力,已经达到全球总数的60%以上,真不简单!

　　靠近一座大桥时,进入了一个与麋鹿互动的区域。

　　请司机停车,打开车窗,拿出事先购买的胡萝卜,对着不远处的鹿群挥舞起来。

　　特别灵验,好多麋鹿走了过来。它们一点儿也不害怕,靠在车窗边,扬头、仰脸向我们讨吃的。我们用手抓着胡萝卜,将手伸出车窗外,立即有麋鹿张开嘴凑上来,一口叼了过去。

以前听导游介绍过,麋鹿的下颌门齿发达,却没有上门齿,仅以硬皮上唇咬合取食。只见馋嘴的麋鹿急乎乎地将胡萝卜一口叼了过去,可吃起来并不很快,尤其不小心掉地上后,再用嘴捡时不会十分麻利,动作有点怪怪的,很有趣。

眼见更多的麋鹿围了过来,我们拿起胡萝卜加紧喂给它们。

有几头块头大、个子高的"帅哥"很不自觉,连吃了几根胡萝卜还不肯走,总挤在最前面,耍赖皮。我们把手缩了回来,并大声吆喝:"走开,请走开!让后面的过来吃。"可它们不仅不予理睬,还把头伸进车窗里来,口水滴落到车座垫上、滴在我们的衣服上。用手轻轻触摸那毛茸茸的鹿角,它们也不害怕、不躲避,一门心思想着吃的……

以往很多年,资料上宣传的、我们所看到的,麋鹿都是特别胆小的动物,尤其害怕人靠近;游览时,只能远远看着,想将电瓶车开得靠近一些,麋鹿立刻给吓跑了,留下一个惊慌的背影,有时跑很远了还要回头警觉地观察一下。想好好拍张照片,可隔着几十、上百米的距离,根本无法拍清晰。至于亲近麋鹿、与麋鹿零距离嬉戏,那是想也不敢想的事。

动物是人类的朋友,人类真正把它们当朋友,它们就一定会丢掉戒备心,与人们一起玩乐,共享大自然的美好。

接下来,游览麋鹿圈养区。这是一个最早建成的景点,与往日相比,通往观鹿台的道路两侧多了一些宣传栏。比如:"炫耀自己的鹿王——在短短的三个月的发情期内,成年公鹿特别好动,经常把一些杂物,尤其是一些杂草挑挂在角上,然后一边走一边叫,不断地与其他公鹿比美。"这些宣传标牌确实起到了科普与娱乐的双重作用。

在圈养区,我们只能隔着铁栅栏看麋鹿。刚才在散养区内,鹿群随处可见,且可以与麋鹿亲密接触,再来看这些圈养麋鹿,就没有太大吸引力了。

但我们还是饶有兴致地隔着栅栏将刚才省下的胡萝卜送至麋鹿嘴边。出乎意料的是,这些麋鹿并不领情,懒洋洋地眯着眼睛,安闲享受日光浴,根本不来吃上一口胡萝卜。仔细观察了一下,食槽里有精细饲料,游客还在不停地扔着各种食物。条件实在太优越了,这里的麋鹿已经没了胃口。

想起一段话,是说幸福的,"对于口渴的人来说,喝上一杯水就是幸福;对于生病的人来说,健康就是幸福;对于在外漂泊的人来说,回家就是幸福……什么都不缺的人,没有幸福!"

可不是吗?这里圈养着的麋鹿,养尊处优惯了,什么都不缺,它们已经懒得动弹。

怀着期待的心情前往鹿王苑。

途经一条大道,路边梅花绽放,空气中弥漫着清香。这是隐喻鹿王"不经一番寒彻骨,哪得梅花扑鼻香"吗?

每年的六月份前后,上演鹿王王位的争夺大战。按照强者为王的规则,通过多轮决斗淘汰进行筛选。

自由选择一个对手角斗,获胜者进入下一轮。一轮一轮地淘汰,最后一轮的获胜者就是"鹿王"。鹿王享有与本群所有雌性麋鹿交配的权利。

可今天在偌大的鹿王苑,只看到两头曾经的鹿王在铁栅栏里面。

那头写下神话、连任两届的鹿王,随着观看的游人的增多而显得局促不安,顺着最外侧的栅栏不停地来回跑动。对于人们抛来的食物都不敢停下来嗅一下。

虽曾战无不胜、"妻妾成群",但在人类面前,它还是胆怯的。正如专题片结尾部分总结的:真正决定麋鹿命运的,是我们人类。

最后一个景点是麋鹿文化园。

麋鹿群雕、麋鹿在世界和中国的分布图、麋鹿本纪书法石刻、麋光角影……内容十分丰富,表现形式别具一格。

给我留下特别深刻印象的是"里程碑"和"听嗷坡"。

站在"里程碑"雕塑前,我的内心油然而生敬意。如果没有这些曾保护过麋鹿的"里程碑",麋鹿可能早已在地球上消失了。

第一座里程碑是清朝的乾隆皇帝,他对麋鹿情有独钟。麋鹿的数量在商周时期达到了顶峰,后来逐渐减少,到了乾隆年间野外的麋鹿几乎所剩无几,大部分聚集在北京南海子皇家猎苑里。乾隆皇帝为了保护麋鹿,改造了南海子的围墙以及内部设施,设专人管理,颁布相关的法律法规和奖惩制度。第二座里程碑是麋鹿的发现者阿芒·大卫,是他把麋鹿从自然保护和科学的角度推向了全球。第三座里程碑是英国贝福特公爵,他们家族在保护麋鹿方面做了巨大的贡献。第四座里程碑便是我们大丰麋鹿保护区,麋鹿的种群在此得以发展壮大。自麋鹿回归以来,保护区创造了三个"世界之最":占地面积最大,野生麋鹿种群数量最多,建立了世界上最大的麋鹿基因库。

"听嗷坡"安息着1986年回归中国的39头麋鹿。它们完成了祖先回家的夙愿,在黄海滩涂上扎根、繁衍,使麋鹿家族香火不断。如今保护区内6100多头麋鹿都是他们的后裔。当初它们当中年龄最小的2岁,最长的7岁。它们的生命都已圆满画上了句号。这座墓碑可以称得上是人类为共同生活在地球上的同伴——野生动物建造的最大的纪念碑。

1986年,从英国归来的39头麋鹿就是在这儿走下卡车,呦呦几声,奔向一望无际的黄海滩涂的。因此,这儿有一个好听的名字叫"听嗷坡"。

结束了游览,我们漫步走向停车场。

"脑筋急转弯,请听题。"我故作神秘,"世界上最没有方向感的动物。"

"麋鹿(迷路)。"爱人和孩子几乎异口同声。

哦,麋鹿,迷路!古代王侯贵族围追猎杀你,你惊慌恐惧,仓皇逃命,怎会不迷路!近代八国联军掳掠抢夺你,你离乡背井,颠沛流离,怎会不迷路!如今,你生活在故乡母亲的怀抱里,大家都喜爱你,都来保护你,绝不会让你再迷路!

麋鹿,归来的麋鹿!不再迷路的麋鹿!

二〇一七年三月十一日

奔跑在晨风与花海中

本次"风中足迹"半程马拉松赛是第三届了，征求意见时我和前两届一样毫不犹豫地报了名，当然，也一样参加"迷你"4—5公里项目。重要的是参与嘛！

虽然只是"迷你"，但我的目标是始终跑在第一方阵。

早晨起床，拉开窗帘，只见天空湛蓝湛蓝的，东方有彩虹一样的朝霞。顾不了外面寒气逼人，赶紧开窗拍了张照片。这么好的天气，不能辜负！

稍做准备，按照活动手册上的规定程序乘坐公交车赶到出发点。

进入倒计时，现场的氛围越来越浓，道路旁舞台上有暖场表演，音乐节奏明快，演员们着装简洁、漂亮，更跳得劲爆而有韵律。

很多穿短袖、短裤或其他薄款运动套装的参赛人员在做着各种热身运动，轻柔的、大幅度的，默默地、较夸张的，形态各异，精彩纷呈。单位或团队的选手们则挥舞队旗，整齐地喊起精心编排的口号，并纷纷摆出各种造型拍照留念。

我穿了一身运动外套，里面是统一发的橙色短袖T恤，随着人们一起在原地奔跑、跳跃。吸取上届的教训，尽可能轻装上阵，连小布包都没背。

不停有欢呼的声浪响起来，从前往后，一波又一波，响彻云霄，激动人心！这时候，疲倦与寒冷仿佛被抛到九霄云外去了。

开跑了，我看到右侧舞台上有大丰籍奥运冠军骆晓娟和於秀敏等运动员、我区领导、活动承办方负责人等在向人潮挥手致意。霞光中，他们亲切而自信的笑容极富感染力，连运动外套上金色的拉链与

三、见字如面

口袋线都令人感觉帅爆了。

我也努力举高手臂挥了挥,估计冠军和领导们根本看不到人流中的我。

按照导向牌箭头指示,跟随"迷你"组人群向淮海路分流后,我就集中注意力跑起来。甩开双臂,迈大步伐,调匀呼吸……偶尔跟熟悉的人打声招呼,鼓励一下慢慢停下来的人们,跟人群中的小孩子开个玩笑,在感觉特别有意思的节点拍张照片。

一路上,给我留下极其深刻印象的是队伍中那些孩子们,他们随着大人的节奏跑得有模有样。有个小男孩,过一会儿就要用手匆匆提一下裤子,挺有趣却叫人不能不为他着急,也许因为大人给他新买的运动服腰稍嫌大了点儿。

从淮海路拐弯后,进入了226省道辅道。一对父子始终跑在我前面,背影看上去有点胖乎乎的小男孩跑得很轻松,父子俩几乎没什么对话,偶尔互相看一眼。这架势,估计他们属于"老运动员"了。

沿途不时有送水的、打鼓的、欢呼鼓劲的各类志愿者队伍,他们似冬日暖阳,鼓舞士气又温暖人心。

离开226省道就进入"荷兰花海"大景区,正创建国家5A景区的冬季花海别有一番韵味。《只有爱·戏剧幻城》的"如月"剧场13140片幻彩金属板流光溢彩、熠熠生辉,景区的干部职工在剧场旁边挥手、打招呼,凸显了东道主的热情。

往前跑,啊!是《只有爱·戏剧幻城》剧组的强大阵容,他们穿着演出服,站在路边侧石上为经过的选手拍手鼓劲。这里面有没有我喜欢的"14岁恋爱"的男主角以及他迷恋的钢琴老师?有没有在"相见不如怀念"音乐声中理性分手的那对情侣?心里非常想停下来跟他们合影,可是我不能,要坚持跑在第一方阵,就不能分神、掉队。

最后一小段路程跑得比较吃力,想冲到最前面去,腿还有劲,可心跳得"怦、怦、怦、怦"的,有点吃不消。听见身旁有人说:"感觉要岔气了!"要命,估计同样是平时运动量不够大的人。

到达终点时,现场氛围浓烈又暖心。拍照留念,是少不了的环节,彼此只要有点儿面熟,不用邀请就默契地站到一起合影,纷纷摆出酷酷的造型。还有惊喜,每位选手均领到一块精致的纪念牌、一条洁白的毛巾以及几样好吃的食品。

　　追梦,在晨风与花海中奔跑,这里有蓝色的天空与大海,有橙色的热情与活力,有芬芳的鲜花和爱……

二〇二〇年十一月二十九日

为大家及自己点赞

阳光总在风雨后

1

下午五点左右,我正在区信访接待中心接访,外面下着大雨。

感觉手机在震动,掏出来一看,是区委主要领导的电话,立即走出接访室接听。

"有件事将交给你负责,这是个特别重要的事情。"书记对我说

"书记您安排。"我心想,可能是将有特殊天气,领导让我加强防范,也可能需要我直接进驻区防汛抗旱指挥部值班。

"根据市里统一安排,我区将在半岛温泉酒店(以下简称酒店)增设一个隔离点,接受扬州的隔离人员,人数不少于300人。这个隔离点交给你负责。"书记放慢语速,明确告诉我是什么工作任务

"你是总点位长,还会有点位长具体负责,建立完整的工作班子。你马上赶到酒店来开会。"书记接着说。

放下电话,我将接访的问题安排妥当,立即往酒店赶。

说实话,当时心里的直接反应是这样的:有点意外,毕竟我是分管农业农村工作的;感觉很自豪,这么重要的工作交给我,组织信任我;绝对有信心,去年我们农口系统防疫任务具体而繁重,而当时我的手掌骨骨折才十来天,经过大家共同努力,圆满完成了各项任务。现在,我相信自己能够胜任,不会辜负各级领导的期望。

开会之后,我明白了自己的工作任务,就是负责

酒店隔离人员的全方位服务保障工作。具体来说就是迅速组建包括管理、医务、食品卫生、消防、公安等人员的工作班子，保证按照规范要求接收与服务好扬州来我区隔离的人员。

由于酒店尚无某一幢大楼有400个左右的房间，只能安排两幢楼，那就必须组建两套完整的班子。

根据卫健部门提供的人员要求，我和区政府办公室的同志一起通知相关部门安排具体工作人员，并迅速来酒店报到。

区委组织部很快将两幢楼的正、副点位长安排到位。我直接与相关部门主要负责人联系，产生了卫健、食品卫生、消防、公安等部门人选。

最早到酒店报到的是正、副点位长。八点半之前，他们就拉着行李箱来到了酒店大堂。

当人员完全落实好，并报给区委主要领导时，时钟已经指向了凌晨一点。

第二天进行培训，学习、熟悉关于隔离点的文件规定，培训怎样正确洗手、戴口罩，以及穿、脱隔离服等等。

不看不知道，看了吓一跳。"七步洗手法"要求很高，穿、脱隔离服十分烦琐，尤其是脱隔离服每一个步骤必须洗一次手，而且需要从后面慢慢往下卷，那个难度实在太大了。

一遍、两遍、三遍……不计其数，不厌其烦，直到完全熟练掌握为止。

终于，扬州的兄弟姐妹们来了！

每人一个单间，配置了水果、坚果、矿泉水、温度计、体温贴，还有消毒酒精、慰问信、书籍等等。严格按照规范进行核酸检测、测体温、送餐、房间消毒、垃圾处理等。

为缓解大家的紧张情绪，工作人员每天通过微信群发送音乐，开展语音聊天。对于少数情绪烦躁的人员，由心理专家一对一聊天、安抚，千方百计让他们放松心情、安心隔离。

刚入住的头几天，工作人员24小时不休息或者只能合眼一会儿是常有的事，其中一位医生的老婆生孩子他也没有离开工作岗位。

扬州的隔离人员也表现出高度的自觉性与奉献精神。一位同志的父亲去世，他忍痛没有回去尽孝；一位家长，在家人告诉他孩子在扬州走失时，他也没有匆忙回家。当然,经过各方努力,孩子终于找到了。

这样的例子很多、很多。一位点位长后来深情地说:"我们全体工作人员不仅是有求必应,而且只要我们想到的、能够服务的事情,哪怕再细小我们也用心、用情做到位。半岛酒店留驻工作人员的表现,我给他们打满分!"

正是这样,众人舍小家顾大家,齐心合力共克时艰。隔离期满,没有发生一起事故,没有一人感染。

2

一辆引导车、一辆大巴,从隔离点大丰半岛温泉酒店驶出后,经过通港大道、新时代大道,左转弯进入淮海路。

这是最后一批离开的在大丰隔离的扬州人,共20人加上工作人员。昨天,270余名在大丰半岛温泉酒店隔离的人员已经回到了扬州。

车近了!更近了!我们排队站在荷兰花海景区大门口的淮海路边,朝着大巴车里扬州的兄弟姐妹们挥手致意,为他们送行。

车速较慢,我看见大巴车里靠前站着两个穿隔离服的人,无疑他们是扬州的工作人员。接着,看见座位上的人群在向我们挥手,或者举着手机在拍照。

哦,在大丰这片土地上生活了二十余天的扬州的兄弟姐妹们!我情不自禁高高举起双手,用力而快速地挥动,再见了!虽然隔着玻璃与口罩我看不清你们的脸,但我相信你们的内心一定百感交集,一定对这片土地充满感情,再见了!

荷兰花海景区的干部职工,以及景区演出团队的演职员们,高举横幅,齐声呼喊:"郁金香和琼花的守望,只有爱!""盐扬一心,'丰'与同'州'!""'疫'过天晴,相约重逢!""瘦西湖与斗龙河的约定,再相会!""同饮一江水,盐扬一家亲,中国郁金香第一花海欢迎您!"整齐的声音响彻云霄,激动人心。

再见!扬州的兄弟姐妹们,欢迎你们再来大丰!疫情无情人有情,大丰、扬州一家亲!欢迎你们不久以后再次踏上大丰土地,轻松愉快地观光旅游,享受"花里大丰"美好景色。

3

隔离点收到若干封感谢信,这是其中一封:

亲爱的盐城(大丰)半岛温泉酒店的医生、工作人员、志愿者:

你们好!

我是来自扬州市朱自清中学初一的汤安琪。隔离期满,明天我就要回扬州了!

我怀着万分感激的心情用书信的方式感激你们!感谢医生、工作人员、志愿者,这么多天里面有你们的照顾和关心。每天早晨你们给我们送饭的时候会亲切说:"早上好!吃饭了。"做核酸的时候、帮我们买东西的时候……我都深深地记在心里。

我身体不适,是白衣天使每天打电话前来关心;那天房间不知道怎么进来一只虫子,我特别害怕,是工作人员帮我解决了它;在我最需要你们的时候,你们总会站出来帮助我。

今天我收到了来自酒店的礼物,我想这件礼物会一直铭记在我心里。

你们无条件地帮助我们大家,我只能用这种形式表达我内心的感激。你们每天身穿防护服、冒着高温给我们做核酸、送饭,每天晚上还要帮我们清理垃圾,你们就是我学习的榜样!

你们就是白衣天使,一身素白点染了清洁的灵魂;你们就是世间百灵,一声呵护减轻了病人的疼痛;你们就是温暖的太阳,温暖着我的心灵。

在此,祝你们身体健康、工作顺利!早日和家人们团聚!

2509号房间

二〇二一年九月六日

今天是个好日子

也许因为前面没留意,也许就是刚刚安装好,中午下班从区行政中心大院出来时,看到路边路灯杆上装上了红灯笼,一串串、一排排,红红的灯笼一下子将年的气氛渲染出来了。

我边开车边仔细瞧,灯笼是十只一组,以路灯杆为轴,两边各五只,完全对称;四周有不算太明显的外框,框内侧还有图案,很简洁的那种。

路灯杆一根隔一根地挂着灯笼,看上去密度并不高,倒是让人产生一种总也看不够的感觉。年,离我们越来越近了;年的味道,随之越来越浓!

冬柏路、幸福路、常新路、健康路,也许因为都是城区的主干道,一路一直到家,红灯笼没有间断过,我心里也一直喜气洋洋的。

停车时,见前面路边有一群鸟儿在跳跃、欢叫。哦,最熟悉不过的是喜鹊,它似领队一样站在最前面;然后是鸽子,有两三只;再就是好几只"黑子",它们全身乌黑,喜欢吃树上的黑种子,拉屎将停在树下的汽车"涂鸦"成"概念车"。有只"黑子"此刻嘴里正衔着一粒树种子呢,贪吃、爱拉的小东西!

在盐城,在大丰,现在见到鸟儿真不是什么稀奇事,可以说几乎随处可见。但当我从车上走下来,它们离我很近却没有惊慌地飞走,这倒令我感觉比较稀奇。特别是"喜领队",在我面前优哉游哉,我忍不住朝它"喳喳"喊了两声,它竟然扬起头来"喳喳"回应了两声,太逗了!

下午上班后,我在办公室处理内部事务。近四点时,区农业农村局韦局长发来信息告诉我,在2021年全省乡村振兴战略实绩综合考核中,我区获得第一等次!

这消息太令人激动了,好开心啊！2020年我区也是第一等次。

农业农村工作中,全省乡村振兴战略实绩考核是最重要的考核,由10大类近40个分项指标构成,综合反映了我们农业农村工作的实绩。2020年是第一年考核,2021年我们取得了"二连冠"！

为确认一下消息是否准确,我向省农业农村厅一位领导求证,领导告诉我这是真的,并表示祝贺！

太棒了！今天是个好日子！出门就见红灯笼,喜鹊在面前叫喳喳……

数九寒冬,气温虽低,心里却感觉暖烘烘的；即使北风呼啸,天地苍茫,这世界仍是自有诗意！

二〇二二年一月二十日

走过四季

不经意间,进入了十二月份。

随着气温不断下降,冬天的感觉渐浓。

这几天朋友圈刷屏的图片是什么?银杏叶和梧桐叶。金黄色的叶子,挂在树上、飘在空中、落在地面,潇潇洒洒、慢慢悠悠、恬恬淡淡,让逐渐萧条的冬日变得耀眼而温暖。

于是,人们纷纷踏上小径,走进树林,一边欣赏美景,一边举起手机或相机拍摄。

我同样喜欢这样的景色,此时此刻,无论树还是叶,都显得成熟、从容而优雅。

大丰银杏湖公园西侧是一片较为古老的银杏林。

前些天来过,正是满树金黄的时刻,走在铺满落叶的小路上,感觉有些沉醉又有些恍惚。风儿吹过,落叶缤纷,掉落在头上、肩上、脚面上,让人不想再挪步。耳畔响起窸窸窣窣的声音,似小雨点轻轻落下,又似树叶在轻声呢喃。

今天再一次走进来,我知道坚持到最后的叶子也将和树告别。我来跟它们告别。

果然,除极少数银杏树还遍身金黄外,大部分已经光着枝丫在寒风中肃立,有些则零星地挂着些叶子。

地上依然躺着不少新落下的银杏叶,虽然不似前期那么稠密,却更显淡定、安详。

有成群结队的年轻人在跑步,不时停下脚步举起手机拍摄,叽叽喳喳地议论着。他们穿着大红、宝蓝、橙黄等各种艳丽颜色的衣服,脚步轻盈,笑声飞扬,飘零的落叶在他们眼里和春天的花朵一样,同是美丽的风景。

小路边的健身器材旁有老年人在晨练。无论

"太空漫步""太极推手"还是"牵引器",他们动作轻缓而专注,不急不躁,怡然自得,风景仿佛不在他们的眼里,而在心里。

一位老奶奶,个子矮小,背驼得厉害,穿着件印花中式棉袄,可她走路速度并不算慢,步履也比较稳健。看那架势,应该是天天来这儿锻炼的。

往前走,碰见位大爷自己推着空轮椅车,一瘸一拐地在小路上走着。

"大爷,要不要我推你一段?"我问他。

"不用,习惯了。这样走走挺好。谢谢你!年轻人。"他笑着回答。

"我也不是年轻人啦,五十多了。"

"五十多,就是年轻人啊。"

"那大爷您慢慢走啊!"

"没问题,谢谢你!"

突然觉得,无论乔木还是灌木,落叶的挺好。如这些银杏树,经历了春的萌发、夏的垂荫之后,尽情绽放着秋的炫彩。待到叶子落尽,将进入冬的栖息与孕育。

每个季节之间相互传承与延续,每一次转换与告别都是一次升华。

二〇一七年十二月三日

力争上游的"冲浪鱼"

有一种鱼,它们逆流而上,它们簇拥成群,它们欢腾跳跃,它们不知疲倦……

有一种鱼,它们体形优美,它们光泽鲜亮,它们身体健康,它们充满活力……

它们是力争上游的"冲浪鱼"!

这样的鱼儿哪里有?请到大丰沿海开发集团(以下简称集团)东方绿洲生态渔业园来!

近年来,集团积极响应盐城市沿海百万亩现代渔业产业带建设号召,在园区重点建设池塘生态养殖系统。目前,已建成50个养殖水槽,面积5000平方米。今年4月投入养殖生产,共投放草鱼鱼种12万公斤,黄颡鱼(昂刺鱼)种7500公斤。

6月中旬的一天,我有机会来到渔业园现场参观、调研。

从228国道拐个弯,汽车缓缓驶入东方绿洲生态渔业园。道路两旁高大的银杏树绿意盎然,不远处开阔的塘面碧波荡漾。彩虹桥、翠竹亭、芦苇荡……连管理用房都一律青瓦、白墙。虽不能说移步换景,但一个个节点造型独特,景致优美,置身其中令人产生进入了江南水乡的错觉。

"东方绿洲生态渔业园区规划面积2200亩,总投资7000万元。园区以生态渔业生产为依托、地方渔业文化为资源、休闲观光为特色,建设成集生产示范、旅游观光于一体的生态渔业示范园区。"在宣传牌前,集团总经理蔡永兴兴致勃勃地介绍说。

"我们的养殖规模未必是最大的,但我们的环境一定是最好的,渔旅结合一定是最优的。不远的将来,这里将是继荷兰花海、斗龙渔港、恒北村之后,我区又一个休闲观光农（渔）业胜地。"集团副总经理沈文静自豪地补充道。

据了解，智能化池塘生态养殖是目前国内最先进的水产养殖技术，增产增效，节地节水，环境友好，破解了常规养殖面临的诸多问题。

放眼望去，五十个水槽横向排开，长达百余米，一条宽阔的通道将它们连接起来，颇为壮观。228国道两旁郁郁葱葱的水杉树林、高耸入云的风电"风车"，成为渔业园最好的背景。

"冲浪鱼""冲浪鱼"，如何形成冲浪效果？我们带着好奇心观察起来。其实并不神秘，技术与设施也不算复杂，关键是造成较大的水位落差，使得进入水槽的水位高、流出水槽的水位低，加之机器充气推动水体流动，形成一波又一波永不停歇的冲浪。正是利用了鱼儿习惯于逆流而上的特点，让水槽里的鱼不停前进、前进、再前进。

看，几乎满槽的鱼儿你争我抢、力争上游，谁都不是旁观者，谁也不甘示弱，完全可以说是生命不息、冲浪不止。不时有鱼儿跃出水面，再以优美的姿势入水，激起无数晶莹的水花，令人赏心悦目。

五十个水槽，水流湍急"哗哗哗"，鱼儿跳跃"哗啦啦"，宛如一个个跳动的音符，汇成了一支支欢快的曲子。不到现场，真的难以想象原来养鱼的场景可以这么壮观。

流水养鱼，鱼儿外形好、鱼肉口感好，市场竞争力就强。目前平均亩效益比传统池塘养殖效益增加了约60%。同时，单位养殖水面平均减少了一半以上劳动力，用药成本降低，综合经济效益比普通鱼塘高得多。

更为重要的是，这种养殖方式大幅减少了农业面源污染。水槽下游建设污物沉淀池及吸污设备，对鱼类排泄物和残剩饲料进行物理提取、过滤与净化，净化后的水重新排回河道。水槽外的净水区栽种了具有吸纳功能与观赏性的水生植物，投放了花白鲢、螺蛳等"环卫工"，有效防止水质富营养化，净化水质，基本达到零排放。

从产出到治污，池塘生态养殖堪称水产养殖的一场革命。

听到这儿，你一定会感觉好奇而有趣吧？请到东方绿洲生态渔业园来！来欣赏这些力争上游、不同凡响的"冲浪鱼"，来领略苏北海滨小桥、流水、芦苇荡的风情。

可别忘记顺便带上几条"冲浪鱼"回去,用不同做法烧烧、蒸蒸、煮煮,感受一下"冲浪鱼"独特的口感与味道。

二〇一七年七月二日

年画，年味

"小孩、小孩你别馋，过了腊八就是年！"

可不，腊八刚过两天，仿佛一夜之间，我家门前工农西路南侧搭起了一个个长长的帐篷，开始卖年画啦。

年味，就这样一下子被渲染出来！

以往卖年画的地点在黄海东路老百货商场对面东侧，规模堪称宏大。每当我从那儿路过，都不由自主多看几眼，红红火火、花花绿绿、热热闹闹……令人心生喜悦，又让人心里痒痒的，特别想沉浸其中，感受浓浓的年味与乡情。

今年真好，年画摊摆在了家门口，过瘾！这不，站在阳台上朝下看，赤、橙、黄、绿……彩色的"长龙"尽收眼底。早晚跑步经过时，用手轻抚帐篷，让年味直达心底。

今天是"大寒"节气，又是个星期天，终于有机会利用白天、在各家开门营业的时间，去走走、看看，选选、买买，顺便问问、聊聊。

一脚跨进来，啊！帐篷是红的、年画是红的、地面是红的……空气仿佛也是红的，人被红色完全包围了起来！多么喜庆、多么祥和、多么美好！

品种真多，对联、灯笼、娃娃、中国结、福字、"鞭炮"串、"辣椒"串、红包……还有令我们60后及此前出生的人们特别心动的"开门大吉""挂落"等等。

百度了一下，我们俗称的"挂落"应该称作门笺，在不同地方有不同称呼，如花边、挂签、吊笺、门花等，是中国传统的春节门楣吉祥饰物。人们在除夕将门笺贴挂在门楣上，成为新春佳节一道亮丽的风景线，其用意是祝吉纳福。

猪年,年画自然少不了猪,大猪、小猪,肥猪、猪头,白猪、黑猪,儿童画猪、漫画猪、中国画猪、油画猪……各式各样的猪。

"网红"佩奇当然同样吸引人的眼球,大款、小款,简款、豪华款等等,一应俱全。

饱了眼福,吸足了年味,自然不能只看不买。来几款"佩奇",也是激励一下自己;来几套门笺,回味曾经的童年时光;来几串红灯笼,给孩子热闹热闹;来几个红包,装上钱,给老人奉上……

少不了跟摆摊的哥哥姐姐、弟弟妹妹们聊聊天,问一些情况。在这儿设摊,是经过城管部门备案了的,无须交任何费用;帐篷的尺寸都是统一的,不得私自放大,颜色除过去的老帐篷外,今年新增的一律要求是红色;年画都是网上订货,基本由家里孩子们操作,父母只负责卖;晚上较早收摊,主要因天气寒冷,夜里有人睡这值班。

"夜里睡帐篷里,不冷吗?"我问。

"多盖点被子,还行。当然比不上家里。"他们回答,似乎没觉得有多辛苦。

还是这句话,一分辛劳一分财!

美美的年画,火火的色彩,带来了喜庆的气氛,带来了浓浓的年味。这里提前祝福大家:新年快乐!猪年吉祥!

二〇一九年一月二十日

新春的门开了

"噼噼啪啪放鞭炮,红绿烟火升得高,人逢喜事精神爽……"清晨醒来,脑海里飘过这段曾在春晚响起过的旋律。

哦,新春的门开了!农历新年已经到了。

天增岁月人增寿,按传统算法,我们都长了一岁。

有人说,人到中老年以后就怕过年,过一个年又老了一岁。不对、不对!这说法不对,是过一个年又长了一岁,人长寿难道不好吗?

顺便介绍一下,我们大丰百岁老人正常超百人,"长寿之乡"这张名片金光闪闪!

照例出门跑步。远方、近处、闷声、脆响、间或、连续……爆竹声一浪高过一浪,淡淡的火药味在空气中飘散。不觉声音吵闹,也不觉气味呛人,倒是挺喜欢这种气氛,这是传统中国年的味道,这是家家团圆的氛围。

天气很好,太阳升起来了,阳光照耀大地。微风吹拂,卯西河面荡起清波,偶尔有身形较大的白色水鸟飞过。

毕竟是大年初一,出门跑步的人不多。无论几人结伴同行还是独自一个人走着,都步履轻盈、神态悠闲,不似平常脚步匆匆、行色匆匆。

昨天和今天我都值班。今天早晨出门时穿上新衣服、系上新围巾。

有人说,现在条件好了,吃的、穿的天天似过年,哪里需要在过年时买什么新衣服?即使穿了新衣,别人也不一定能看出来。其实,美与仪式感更多在自己心里。生活需要仪式感,我们需要善待自己。

小区里有环卫工人在打扫卫生。

"今天大年初一,这么早就出来工作了,不放假

三、见字如面

吗?"我放下车窗玻璃,问一位离我较近的男同志。

"哪能不尽快打扫呢?你看看地面的鞭炮、烟花纸屑,这么多。"他回答时,并没有停下手中的活。

"是的,是的。辛苦你们了!谢谢你们!"我是由衷的。

值班,在大院里转转,看看天、看看地;整理整理桌上的材料,读读书、做点笔记;通过微信、短信捎上或回复新春祝福……

泡杯热茶,让浓浓茶香和缕缕雾气包围自己。

"一年之计在于春",新春的门开了!春天已经到了。让我们一起来提振精神,张开双臂,尽情拥抱这生机勃勃的春天!

二〇一九年二月五日

难忘这一刻

先将红花轻轻挂上墙,再仔细将两侧绸带理平整。

一瞬间,在白墙映衬下,色彩鲜艳的大红花给人带来一种强烈的视觉冲击,我仿佛看见一名士兵戴着大红花站立在军营中,立刻,他成了营区的焦点!

接过"光荣之家"标志牌,我用双手托举至红花下面,目测处于正中的位置,然后努力将边沿与砖墙的缝平行对齐,再缓缓而有力地贴上去。

金属牌子摸上去应该是凉凉的,可我抚摸着却有一种滚烫的感觉。

小小光荣牌,尺寸虽不大,分量却很重,它记载着士兵及老兵们的光荣与梦想,凝聚着党和政府的褒扬与关爱,体现了社会对军人的尊崇与爱戴,引导着广大青年积极投身军营、报效祖国。

回过头,我看着军人的父亲与母亲,并跟他们交流起来。

他们的孩子是从一名在校大学生走向军营的,比我家孩子还小一岁。如果没成为一名军人,他可能还完全像个小孩一样,经常躺在沙发上玩手机、看电视,经常吃小哥送的外卖。可是,孩子已经是一名现役军人,在军营里和战友们一起摸爬滚打。

军人的父亲笑嘻嘻的,不时说些感谢的话,令人感受到父爱如山;军人的母亲久久凝视着墙上的红花和光荣牌,虽然脸上挂着微笑,但看得出眼眶有些湿润了。

触景生情,我不由想起了自己的父亲。父亲曾是一名军人,因此,我从小到大也经历过若干次村组干部到我家来慰问、送"光荣人家"牌匾以及年画、

三、见字如面

我给军人之家挂光荣牌

对联等慰问品的场景。那时候,远远看到敲锣打鼓的慰问队伍走过来,内心就感觉无比光荣和骄傲。

上初中时,我和哥哥还加入过村里的"文艺宣传队",也曾跟随队伍一起慰问过很多军人家庭。

给军人之家挂光荣牌,我还是第一次。

难忘这一刻!

二〇一九年六月十七日

领跑的人

D是我曾经的同事，年龄比我小几岁，人长得阳光、帅气，头脑聪明而且工作与学习非常勤奋。

挺有缘分，他和我基本同一时期进入县财政局。年龄差距的原因，他刚毕业时我已是单位中层干部。

早期在乡镇工作时，我没太重视一些常规考试，进入财政局后，就需要加紧补上。恰好与D成为同一茬考生，经常一起参加计算机、英语、职称等等考试。

印象最深的是那一年，我们单位报考会计师的只有我和他两人，而且当年《中级会计实务》取消了预算会计类，都只能报考企业会计类，还新增了现金流量表、合并会计报表等难度较大的内容。

由于财政局本身是个财务管理部门，兼具会计继续教育职能，且那些年大家都比较重视学习和考试，所以，当年本单位有哪几个人参加什么类别的考试，尤其是会计师考试，从上到下几乎无人不知、无人不晓。

我在学校学的是财政专业，企业会计并不是重点，加上在乡镇工作了几年，基层"七站八所"学习氛围显然无法跟县直机关相比。一时间，感觉压力山大。

先是和D一起参加培训，是那种周末才上课的短训，老师教学基本上是点到为止的。

感觉D接受新内容比我快，课堂提问也时常得到老师的肯定与表扬，甚至有时候他能发现老师讲错了的地方。

他的学习方法跟我不同。我习惯于先听课，再复习、消化，然后做练习题，属于按部就班的；他则在听完课之后直接做题目，遇上难题再回头看教材。

起初一段日子，我因他的突出表现而相形见绌、自惭形秽,把自己搞得手忙脚乱。因为我明白,到时候,无论面对多么难的试题、多么低的通过率,D肯定会勇过难关;而我呢,年龄比他大,还是个科室负责人,如果通不过,在单位领导和同事面前脸往哪儿搁呀?这个顾虑也是很现实的。

后来,边学习、边总结与反思,我逐渐认识到,面对这样一场考试,不该瞻前顾后、患得患失,只要把心静下来,做到认真、勤奋和有条不紊,我就一定能行!

接下来,我按照自己的方法和节奏,认真听、看、记、做,同时不懂就问,不仅问老师,有时还虚心跟D讨论、向他请教。

记得临考前我不巧感冒了,鼻涕流个不停,为了节省擦鼻涕的时间,我干脆用面巾纸塞住了鼻孔。当时给孩子看见了,还笑话了我一通。

当然,结果没什么悬念,尽管那年会计师考试整体通过率很低,但我和D双双告捷。

事后想想,如果当时没有一个强大的同伴始终走在前面,没有他给我压力和激励,自己真可能会失败。

值得一提的是,几年后我参加本单位副局长岗位公开选拔,笔试中有一道计算题是关于综合资金成本的,正是会计师考试财务管理中的内容,由于知识掌握比较牢靠,这10分稳稳当当就拿到了手。

谢谢你! D,你是我人生中这段路程领跑的人!

二〇一六年五月十九日

1

出乎意料

过年了,弟弟一家从北京回到了大丰老家。

父母的养老金照例给,多年来一直如此,变化的只是数额。弟弟比较讲究仪式感,用两个整洁、光滑的红包装了,态度诚恳地交给父亲和母亲。

弟媳从旅行箱里拿出买给老人的礼物,是两件羊绒衫。父亲的是绛红色的,母亲的是大红的,很喜庆。

"这是你们儿媳花了半天时间专门到商店挑选的,都是新款。"弟弟向父母介绍道。

"妈,您喜欢这颜色和款式吗?"弟媳拉着母亲的手,认真地问。

"喜欢,喜欢!我最喜欢大红的了。"母亲笑得合不拢嘴。

我看了看两件衣服的吊牌,都是三千元左右的价格。

"不是换季打折的吧?"我开玩笑道。

"你还别说,新款,一分钱没减。"弟弟回答。

进入新时代,父亲母亲的做派也发生了变化。第二天一起吃晚饭时,爸爸妈妈都穿上了弟媳给买的新羊绒衫。过去添件新衣,总要放了又放,老是舍不得穿。

绛红色、立领、面前有小半截拉链,父亲穿上新羊绒衫好精神,感觉年轻了很多。

母亲的也正合身,无论怎么看,都好!

"真好看!"

"到底好价钱,就是不一样。"

"爸爸、妈妈越过越年轻啦!"

我们一阵夸赞,由衷的。

"猜猜我身上羊毛衫什么价格。"趁着热闹,弟弟笑着开了口,并伸手拉了拉衣领和下摆,有展示一下的意思。

"四千?"

"不对。"

"六千?"

"不对。"

"难道过万?一万二?"

"还不对。你们猜不到的,四百八十块。"弟弟公布了答案。

"真的吗?"我不太相信。

"是真的,我们出国时买的。当时商场正搞促销活动,就是四百八十块。但衣服质量并不差。"弟媳解释了一番。

作为北京某国企的高管,过年穿的是四百多元的羊毛衫。出乎意料!

如是,朴素,甚好!

2

接到一位同样工作、生活在大丰的校友的电话,说约了几位从外地回大丰过年的南财大校友,再约几个在大丰的校友,一起小聚。

"学兄请放心,小店,一桌人,自费。不会违规,更不会让你为难。"临挂电话时学妹没忘记解释。

"新年好!""新年好!"到了餐厅,发现彼此都熟悉,只是有的有些日子没见了。

开席后,大家边吃边聊,工作、生活、老人、孩子……

有人提起我的文章,并介绍曾看过哪几篇、留下了深刻印象等等。我当然明白,捧场的话,不该全当假,也不能全当真。

"梅,你的歌词越写越好了!"静对梅说。

"写不少了吧?有二十首吗?"静接着问。

"完成谱曲、演唱与制作的近二十首。都由歌手演唱,不是我唱的。"梅平静地回答。

他们的对话让我颇感惊讶与好奇。也就近两年没见,此前从没听说过梅会创作歌词。

"梅写的歌你都会唱吗？你是不是她的经纪人？"我向一旁的春打趣道。春是梅的老公，也是校友。

"会唱一部分。这是我为她整理的歌单。去年曾计划在荷兰花海举办一场由她作词的歌曲专场演唱会，后因多方面原因没办成。以后一定有机会。"春将手机递给我，那上面显示的是一长串曲名。

"这些歌，'QQ音乐'上几乎都有。"春又补充了一句。

"作词的最基本规律或者说要点是什么，梅能给我们讲讲吗？"我的确想了解一下。

"歌曲分为主歌、副歌，这个你比我更懂。几个段落相对应位置上的句式应相近、字数大致相等，最后一字尽量押韵。表述故事与表达情感相结合，如同写散文。就这些了。"梅倒没客套。

"现在到KTV唱歌，我俩几乎都唱她的原创歌曲。请大家静下来，现场放几首听听吧。我来从'QQ音乐'上选。"春很自豪地说。

《如今的你到底在哪里》《花落相思梦》《爱的心窗》《念你在秋天》《南国情》……

梅在学校读的是会计专业，从事的一直是金融管理工作，没有任何音乐专业基础，短短两年时间创作出这么多歌词，且经谱曲、演唱及制作后推向平台与市场。出乎意料！

如是，追梦，甚好！

3

大年初二，小侄儿提议去看电影，考虑其乃十一二岁的少年，就预订了《捉妖记2》的票。

我和爱人平时较少看电影。上次应该是女儿在家时三人一起去看了《芳华》。

《捉妖记2》，顾名思义，料想是几个大师历经艰险，最终捉住了妖怪吧。妖怪，估计和《西游记》里的差不多，多为贪婪、邪恶且丑陋之徒。

然而,《捉妖记2》讲述的是一个想念、寻找和重逢的故事,诠释的是亲情、友情和爱情。

小妖胡巴善良、呆萌、调皮、可爱;胖妖笨笨有一对迷人的酒窝,会隐身、会做饭,号称"妖界第一暖妖"。

胡巴因自己妖王小王子身份遭遇追杀,四处流浪。宋天荫、霍小岚未曾停止对"儿子"胡巴的想念,不断四处寻找。在即将擦身而过的时候,他们心有灵犀地转身看到了日思夜想的对方,重逢的那一刻,胡巴和爸爸妈妈都哭了。

小刺妖和妈妈被抓进了监狱,可他们在牢里开心地玩耍、拥抱、大笑。"原来,只要跟妈妈在一起,就算坐牢也很开心。"

——这些讲述的是亲情。

女汉子霍小岚与傻傻的暖男宋天荫,女强男弱,一进一退,他们身世相似、人格平等,理想趋同、携手一生。

钱庄朱老板心甘情愿被自己心爱的人屠四谷欺骗。在撕掉记录被骗次数的那张纸时,她对侍女们说:"你们不懂爱!"

亭主对小岚一见倾心,除了尽善尽美地完成小岚的要求,还脑洞大开地制造了一些小浪漫。

——这些讲述的是爱情。

最打动人的当数友情。

笨笨跟随屠四谷生活,而屠四谷是一个十足的赌徒,欠债无数,人见人追,可笨笨依然对他不离不弃。笨笨看到胡巴被小孩追时,救了胡巴。屠四谷要卖掉胡巴,笨笨来求情。

在屠四谷意外成为魔术道具、身体在箱子里被"锯断"时,不明就里的胡巴以为他死了,哭得非常伤心;当魔术表演继续进行、屠四谷又完整现身时,胡巴立刻破涕为笑,笑得特别开心。

看到这里,我和大家一样,心瞬间被暖得要融化了。

捉妖记,捉的不是妖,而是情。出乎意料!

如是,温暖,甚好!

二〇一八年二月二十七日

微笑的力量

1

参加一项集体活动,活动结束后将一组图片发到朋友圈。

反响强烈得出乎意料,特别是其中一张照片,堪称好评如潮:"真帅""威武""帅到爆"等等,点赞的就更多了。

有些朋友甚至不厌其烦地将这张照片下载了,再通过私聊发给我,加上评论,令人感动。

热闹过后,我将一组图片重新认真看了一遍,寻找最受欢迎的这张与其他几张的区别之处或者说受欢迎的理由。

比对之后,我认为理由很简单,是微笑、洋溢在我脸上阳光般的微笑深深感染了大家;朋友们所夸赞的帅,不是我的五官和身材,而是我脸上的微笑。

2

从去年底开始,感觉牙齿总有些不舒服。

到不止一个牙医那儿看过,情形大体差不多。先问年龄,在我回答之后对我说:"五十岁,牙齿老化很正常。"然后让我张大嘴巴,仔细检查一番,会告诉我,右上方一个地方牙龈有点儿萎缩。以后怎么办?医生直言不讳:"牙龈萎缩不可逆,感觉不舒服也没办法。今后多用正确的方法刷牙,少用牙签。"

内心渐渐产生了对于人到中年的感慨。有人说,真正的人生从五十岁开始;我倒想说,感觉自己老了,是从五十岁开始的。

后来,一位医生改变了我的这种状态。

那次再去看牙齿时,这位医生始终微笑着,是那种令人觉得沉稳而自信的微笑。

在我介绍自我感觉以及前面看医生的经历时,她很少开口,大多时候微笑着听我说话。

仔细检查过之后,她认真对我说:"局部牙龈有点儿萎缩,但我可以负责任地告诉你,你的牙齿比多数同龄人好,很结实,没缺损,用到八十岁肯定没问题。"说完,又笑了起来。

"可是,有医生说没法治疗的。"我还是有点担忧。

"哈哈,肯定不是这样。你现在的症状应该属于牙龈过敏反应,除了用抗敏牙膏,我们也有脱敏治疗,进口药物效果不错。同时,还可以适当整理牙齿。今后刷牙注意竖着刷,别太用力,时间可以适当长一些。饭后尽量少用牙签,可以选择牙线。"说这番话时,她的脸上始终没有停止微笑。

哦,原来我的牙齿不是得了不治之症,我不必感慨年龄不饶人了。

3

蔡妈妈是我的长辈,是一个极其乐观的人,整天笑呵呵的。认识她二十多年,似乎从没见过她阴沉着脸。

虽然今年已八十五岁了,但说话声音洪亮,走路仍然像一阵风,骑自行车也是腰板笔直,骑得挺快。

我们都很喜欢她的这种爽朗性格和脸上富有感染力的笑容。

上次有个亲戚过生日,蔡妈妈和我岳母坐在一起。我岳母跟她年龄差不多,可在整个用餐过程中,都是蔡妈妈乐呵呵地夹菜、舀汤给我岳母,仿佛一个年轻人在照顾着老人。

邻里、乡亲哪家办红白喜事,基本上哪里就有蔡妈妈忙碌的身影。

蔡妈妈的爱人殷伯伯有一个时期身体不好,心脏装了起搏器。那段日子,蔡妈妈在悉心照顾老伴的同时,仍然每天脸上都挂着微笑,不时宽慰老伴别担心、不要着急,身体一定会好起来。

果然,乐观的情绪鼓舞、感染着殷伯伯,没多久,他的身体逐渐恢复了健康。现在,年近九旬的殷伯伯又能自如地骑着自行车出去打牌了。

4

转岗后,工作环境和工作内容发生了较大变化,有时我还真感到比较忙甚至有点累。

过去在政协,基本没有机要件需要我来处理,而现在则是常事,包括夜晚和清晨。

区政府办公室有个送机要件的年轻人,跟他接触一段时间之后,感觉他似乎精力一直那么充沛、心情总是那么好、声音始终那么清脆、笑容永远那么灿烂。

因此,无论当时事务多么繁杂、心情多么烦躁,只要是他打来电话或者将文件送到面前,我的心情一定不会差,人也会感觉更加轻松自如。

有时甚至暗暗想,人家年轻人都有这样一种又好、又稳的心态,始终保持笑口常开,我更应该积极、乐观地处理每一件事务。

一天,在机关食堂吃晚饭时遇见了,他立即放下碗筷,笑着说:"区长,您慢点儿吃,我去办公室将文件取过来给您签。"说完,一溜烟似的跑去拿文件了。

我还没吃完,他已笑嘻嘻地捧着文件站在我面前。

二〇一七年九月二十六日

喜欢的声音为我诵读

收听盐城广播882节目,每当听到《音乐私享家》栏目主持人赵彬的声音,我都情不自禁在心里夸赞:多么年轻而富有磁性的声音啊!浑而不硬、柔而不软,真的让人"一听如故,心有独钟!"

有时候,会心生感慨:光阴似箭,日月如梭,我也曾这么年轻过!年轻时我也喜欢朗诵,特别是爱诵读汪国真、舒婷等人的诗歌。

听着,听着,我成了赵彬的粉丝。开车时,经常打开电台收听《音乐私享家》,有时候也跟随节奏朗诵起来——"在薄情的世界里深情地活着;在多情的时代里真情地活着。世界很大,只有自己知道想要什么。"

慢慢、慢慢地,一个想法在我心中滋生:我要写一篇文章,写一篇自己比较满意的文章,然后请赵彬诵读。如果成功,这将是多么美妙的事!

如今,这个梦想已经成为了现实。2022年1月10日《盐阜大众报》客户端《听见》栏目推出了我的文章《聚了、散了,都留下祝福吧》,其中的音频就是请赵彬诵读的。

那么,我是怎么找到赵彬的呢?说出来就感觉一点也不复杂了。2017年以来,连续几年我和工作团队一起到盐城广播电台参加《政风热线》节目,牵头这一块工作的张台长接待了我们。张台长为人十分谦和,让我们县(区)的同志感觉亲切,没有什么距离感。

"我们区长平时爱写散文,文章也经常被做成音频由平台推送。"有一次,我们团队的杨主任向张台长介绍说。

"下次有机会,由我们电台主播来诵读和制作吧,效果保准你们满意!"张台长告诉我们。

"哪敢登这等大雅之堂!我随便弄弄的,都是小县城的水平。"那时,我真不敢想。

转眼两三年过去了,我在学习与实践中不断成长进步,同时,内心也比过去自信了很多。

这次我的文章,就是请张台长介绍给赵彬的。

我特别喜欢的声音诵读了自己的文章,梦想成真!棒棒哒!

二〇二二年一月九日

拥抱青春

1

读了一篇散文,题目很有趣:《青春的意思,就是我数学不好》。

数学不好,容易忘记数字,比如自己的年龄。

2

周末从宝应回来,一进门,爱人就笑嘻嘻地迎上来,"快看,我们财政局代表队太极拳比赛得了特等奖。"

接过爱人的手机,认真看起比赛的视频来,别说,还真精彩。

首先服装搭配别出心裁。清一色10位美女,身着传统的白色缎料太极服,外罩一件粉红色薄绸长衫,动起来,缥缥缈缈,亦真亦幻!

再看那拳打得,舒展手臂,宛若古典美女轻歌曼舞;抬脚踢腿,恰似江湖女侠力压群芳。一招一式,娴熟整齐,柔中带刚,刚柔相济。

两人似忠实的粉丝,把比赛视频看了一遍又一遍。

放下手机,不由想起今年三月份区体育局通知各单位人员报名学太极拳时的情形。很多人积极参与、踊跃报名,但也有不少人不愿尝试,或者知难而退,还有人说"怕丑"(害羞)。

学习过程中,又有人因难以适应教学节奏而退出,少数人因接受不了老师的批评而放弃。

现在看着美女们形神兼备的表演,回头想想,也就两个月的时间,坚持下来,收获颇丰啊。

生活中有不少人抱怨生活无趣,究竟是生活无趣还是自己无趣呢?既然无趣,何不找些事情让生活变得有趣起来?有人总能找到各种借口:说运动,天气太冷或太热,不适合;说旅行,无假期,走不开;说读书,看不下去,看了也没什么用……再说一些别的,他们叹一口气,说"你不懂!"

我运动,我健康,我快乐!

3

星期天晚上,应邀参加区文化广电局主办的全民广场舞大赛颁奖晚会。

晚会的节目,总体上都属于广场舞,但风格各异,精彩纷呈。

《啦啦操》《火火火》《叮咯咙咚锵》,动感十足,场面火爆;《茶香中国》《桂花香》《沂蒙情深》,清新优雅,凸显东方柔美;《绣满霞光的蒙古袍》《唐古拉风》《扎西德勒》等等,热情奔放,展现少数民族的风俗与风情。

顿时深有感触,跳广场舞的,是热爱生活的人们,是珍爱生命的人们!他们从田野走来,从工厂走来,从机关走来,从学校走来……男的、女的,老的、少的;高的、矮的,胖的、瘦的;自信满满的、略显羞涩的,前头领舞的、跟着蹦跶的……都沉浸在音乐节奏中,都享受运动的快乐,都努力秀出最美的自己!

4

青春,是一种不老的心态,是一个年轻的灵魂。

打太极拳、跳广场舞,即使这些被贴有"中老年爱好"标签的东西,只要能乐在其中,那也是拥抱青春。

二〇一六年五月三十日

往前一步是幸福

1

有一首歌叫《往前一步》。仅说这歌名可能多数人感觉不熟，但听了其中两句就会说：哦，原来是这个！

"往前一步是幸福，退后一步是孤独，在原地不动是为了看得更明白，爱情不能不清不楚。往前一步是幸福，退后一步是孤独，在纷纷扰扰之间我明亮了双目，找能与我相爱的人一起到老。"

记起来了吗？是江苏卫视《非诚勿扰》片尾曲。

2

涵是我侄女，准确说是姨侄女。在河海大学读的本科和研究生，很优秀的孩子。

跟我女儿关系特别好，互称大翼、小翼，意为比翼齐飞。

那是2015年春天的一个晚上，我正在北京回大丰的火车上。

"姨父，您在忙吗？我有个重要的事情，想听听您的想法。"侄女发来信息。

"不忙，在出差回丰的途中。是恋爱的事吗？"

"正是啊！您一猜就中。"

"好啊！说吧，简要点。我应该能听明白。"

这孩子研究生都毕业了，恋爱还是头一回呢。

"是这样的，有一个男生，也是河海大学毕业的研究生。我们在一项集体活动中相识，应该说互生好感。他说过请我吃饭的，可整个活动结束了也没请成。"

他们结婚了

"有他的联系方式吗?"

"有的。"

"那保持着联系吗?"

"有些日子没联系了。"孩子表现出些许失望。

"我问你,你从内心喜欢他吗?"

"真的挺喜欢,所以才纠结啊。他是一个话不太多却让人感觉可靠的人。"孩子倒也直率。

"联系他!就说'你还欠我一顿饭呢!'。或者,你直接请他吃顿饭。"我是认真的。

"要是他还有意,应该联系我啊。我一个女孩子,主动请他,若是被拒绝,那多难为情!"

"遵从自己的内心吧!只要真心喜欢,就勇敢去追求,不要让喜欢的人擦肩而过。至于他答不答应,那是他的事。他近期没再联系你,也许误以为你对他无意。"我将自己的观点和想法和盘托出。

"真可以这样吗?小翼也是这样说的呢。"找到了共鸣,孩子很开心,也似乎坚定了信心和决心。

"当然可以。加油吧!等你的好消息。"

3

后来,他们一起吃了饭,他请客的。

后来,他们一起游览了玄武湖,他接送她的。

后来,他到我们大丰来拜访长辈。我们见着了,近一米八的身高,修长的腿,上镜的瘦脸,的确挺帅。

由衷为孩子们高兴。

4

2017年7月17日,一个适合他们俩结婚的日子,他们登记结婚了。

侄女说,嫁给了爱情!

二〇一七年七月十八日

因为爱情

上回说到,往前一步是幸福!经过一段时间的恋爱之后,姨侄女涵和男友骏登记结婚。

一转眼,又半年过去了。

前些天我们一家受到骏的父母邀请,相约周末到他们家所在的靖江做客,同时商量一下办结婚喜宴的日子。

办喜宴是他们两亲家的事,由他们商量去。我们一家就去休闲观光、好吃好喝吧。

两小时的车程,并不觉远。

下车时,首先迎上来的是骏的父亲,热情又大方。见过面,一起吃过饭,不陌生。

随着较快节奏"噔、噔、噔、噔"高跟鞋底的敲击声,当涵挽着骏的臂膀来到我们面前时,我仔细打量了一下化了淡妆、穿着得体套装的她,脑子里迅速闪过电影《小时代》里面顾里的形象,同时想起歌曲《成都》里的两句歌词:"你会挽着我的衣袖,我会把手揣进裤兜……"小两口形象真不错!

"媛媛(涵的小名)哪,过去一年四季都穿平板鞋,冬天正常只见衣袖、不见手,而现在,变化好大呀!"爱人既是打趣,又说的实话。

"向小姨、姨爸爸报告,过去我是一个人,又是学生,穿着怎么舒服怎么来,现在不一样了,需要注意仪表,努力穿得漂亮点儿,希望这个人喜欢呢!他个子这么高,我穿高跟鞋感觉会好一些。"涵一边说,一边将目光移到了骏的脸上。

开饭了。菜肴很丰盛,除了较为清淡的淮扬菜,还有几道麻辣的川菜。

"媛媛,麻辣的你也敢吃?不怕脸上长痘痘了?"见涵夹着辣乎乎的金针菇往嘴里送,我女儿连忙提醒。

"没事的,现在我可以随意吃啦,油炸的、麻辣的,只要喜欢,都没关系。"涵夸张地将菜送进嘴里。

这孩子从进入高中以后脸上就容易长痘痘,为此没少去看医生,可效果都不怎么样。后来,大凡油腻、麻辣的食物一概不敢轻易去碰。

"现在不长痘痘啦?"女儿不解地问。

"是的,基本上不用为'美丽痘'而烦恼了。"涵轻松而自信地看着大家。

爱情来了,焦虑和痘痘都走了。

"媛媛,我专门敬你一杯,祝贺你注册会计师一次考过了三门!"女儿起身敬姐姐。

"我们一起来祝贺一下吧!"爱人附和道。

"我倒觉得应该敬两个人。媛媛读研时两年只考了一门,现在一年就考过三门,难道没有骏的功劳?媛媛,对不对?"我实事求是。

"这里面的确有骏的功劳,复习时他经常陪着我,包括几场考试来、回全是他接送的。明年还有两门,我一定确保通过,不辜负大家的期望与厚爱!"媛媛起身朝大家拱拱手。

这孩子,会计学本科读完时被保送读研,专业是财务管理。本以为以她的认真劲,读研期间考取注册会计师资格肯定小菜一碟,可她偏偏当作玩意仗,考过一门后竟然不再报考了,为此没少挨我们批评。没料到,边工作边学习,倒一年考过去三门。

这是爱情的力量!因为爱情,孩子们超乎寻常地进步、成长;因为爱情,一切都是快乐、幸福的模样。

二〇一七年十二月十八日

想唱你就放声唱

1

姐姐是我们姐弟四人中的老大。

20世纪六七十年代的农村家庭中,一个女孩后面接着有了三个男孩,这女孩很可能会受父母歧视,甚至吃苦、受累。

然而,平心而论,姐姐没这遭遇,虽然也没受什么特别宠爱。

姐姐有一个那个时代出生的女孩比较常见的名字:秀。

和名字一样,姐姐的确长得端庄、清秀,特别是遗传了父亲的大眼睛、长睫毛以及高鼻梁等等。有人说姐姐长得像电影演员龚雪,也有人说姐姐像唱歌的甘苹。

我姐像明星,那我就像明星的弟弟,嘿嘿,是不是这个逻辑?

2

听父母说,姐姐小时候身体非常瘦弱。

两岁时,有了个弟弟也就是我哥哥时,姐姐仍然要求睡在父母身边。父母不同意,姐姐央求说:"我只要一点点地方,就够了!"

"为不被赶走,总是缩成一团,小猫一样。"听了父母的介绍,觉得姐姐小时候可爱、又可笑。

可见,姐姐天性里是个重感情而依赖性比较强的人。

姐姐心地善良,为人忠厚老实。作为家中老大,又是唯一的女孩子,所扮演的角色与承担的压力都比我们兄弟三个要特别。比如我们弟兄之间,尤其我跟哥哥打起架来,姐姐怎么劝也劝不下时,她除了不停说"别打了,别打了!不然我告诉爸爸妈妈!"此外能做的就是急得哭个不停。可我们男孩子在激烈争斗中,哪会顾得上姐姐哭不哭呢。

还有一件容易让姐姐流泪的事,就是父母吵架之后母亲以不吃饭抗议。父亲年少时在东北当兵多年,脾气暴躁,嗓门大,父母吵架时,母亲总占不了上风。受了委屈的母亲会拿出自己的撒手锏:不吃饭。当然,不吃饭期间也不做饭。这时候,父亲依然高昂着头,可我们四个孩子就茫然不知所措了。姐姐一定是第一个去劝母亲的,母亲借机诉说心中的不平与气愤,姐姐总会被母亲的情绪所感染,跟着"叭嗒叭嗒"掉眼泪。

作家苏童在一篇回忆童年的文章中这样说过——"我经常遭遇的是这种晦暗难挨的黄昏,父母在家里高一声低一声地吵架,姐姐躲在门后啜泣,而我站在屋檐下望着长长的街道和匆匆而过的行人,心怀受伤后的怨恨:为什么左邻右舍都不吵架,为什么偏偏是我家常常吵个不休!"

苏童说出了我们的心里话。

3

虽有人说长得像明星,但姐姐没成为什么明星,倒是当了大半辈子的工人。

高考落榜后没有复读,下面三个弟弟都在上学呢。

姐姐步入社会后的第一份工作是绣花,不是手工,是用缝纫机。厂子是我们龙堤乡的绣品厂,地址在龙堤小街的北面。产品大多出口国外。

刚刚进厂学习阶段,家里凡成块的布,都成了姐姐的实习工具,给绣上了各种各样的花。尽管绣得不是特别工整和完整,可是在我们眼里,五颜六色的,都很好看。

记得绣花厂的车间是一幢仓库似的、长长的大平房,姐姐的位置固定在中间偏外一点。

那时候我上初中,偶尔有事去车间找姐姐,需要经过长长的通道,两旁清一色的女工会抬头看着,让人产生一种被审视的感觉。姐姐告诉过我,她那些同事夸我长得帅呢。有人夸,我听了心里还是挺高兴的。

读大专时,我有一件T恤,不知被什么利器钩了一下,胸前破了一个小洞。姐姐给绣了朵小花遮盖住后,问我:"满意吗? 看得出是补过的?"我回答:"绣得这么好,就是我有了女朋友,她把脸贴在我胸前,相信她也看不出这衣服是补过的。"姐姐开心地笑了。

姐姐后来离开绣品厂,成了邻近乡镇新丰镇地方国营淮南纱厂的纺织女工。

现在觉得纱厂纺织工人是多么平凡与普通,可20世纪80年代在我们这儿是比较走俏的岗位呢,何况淮南纱厂曾为新四军供应过棉被、制服等物资。

招工进淮南纱厂时,姐姐依然很瘦,体检那天拼命吃饭、喝水,可还是只称到84斤,差点被淘汰了。

自此,姐姐戴着白布帽、围着白围裙,在纱厂的纺织机器旁来回穿梭。春去秋来,年复一年,姐姐从单身女工直到成了外婆。

极为简单的人生轨迹。

4

"走过那条小河,你可曾听说,有一位女孩,她曾经来过……"这是歌曲《一个真实的故事》,叙述的是东北女孩徐秀娟来我们盐城养丹顶鹤,为救一只受伤的丹顶鹤掉进了沼泽地,献出了自己年轻的生命的故事。歌曲的演唱者是甘苹,有人说,我姐姐长得很像甘苹。

可是,很久以来,我似乎没听见姐姐唱过几首歌。

今年春节期间,全家人团圆,弟弟请大家去自助量贩式KTV唱歌。在大家的鼓励之下,姐姐也唱了两首。原来姐姐的乐感挺好,对节奏、音准的把握都挺不错。

后来,跟姐姐聊天时聊到了唱歌,姐姐说了件对她影响较大的往事。

姐姐说,其实她比较爱唱歌。然而,那还是在很年轻的时候,有一次参加一个较大规模的聚会,和其他热情的宾客一样,姐姐上台献唱了两首歌。没料到,回到座位上时,有位同伴对姐姐说:"你喝醉了吧?"姐姐被这话深深伤到了,从此不再在公共场合唱歌。

如果我是姐姐,这句话伤害不了我,我自有应对的办法。可姐姐实在太厚道了,而且不够自信和勇敢。

或许因为从小到大在父母面前就是"小棉袄",在弟弟们面前就是大姐姐,养成了总得看别人脸色、总要照顾别人情绪的习惯,可自己却从来不是主角、从来不是个重要的人。长期以来,倾听与劝慰别人,是姐姐做得最多的事。

5

令人欣慰的是,今天的姐姐完全走出了曾经的阴影,渐渐活出了自我、活出了精彩。

她不仅和众多姐妹们一起自由自在地跳广场舞,更经常快乐地唱歌。自从在"全民K歌"注册账号以来,姐姐公开发表的作品已近200首,等级达到了14级,属于"晋级实力唱将",有点吓人呢。

姐姐说,自己现在的感觉就和曾经流行过的一首歌《我多想唱》中表达的一样:我想唱歌我就唱,唱起歌来心情多么舒畅!

姐姐还说,等孙女稍大点、上学不需要接送时,自己会和身边中老年朋友一样,认真地去拜一位老师,正儿八经地学习一下唱歌的基础知识和技巧,那样,真正可以娱乐自己、也愉悦听众。

真好!特别高兴看到姐姐现在的状态,"想唱就唱,要唱得响亮,就算没人为我鼓掌,至少我还能够勇敢地自我欣赏。"

姐姐,想唱你就放声唱!

二〇一七年七月二十二日

泥土清香沁入心田

戴上耳机,打开"QQ音乐",点击"下载歌曲",这些都是已下载了的、不费流量的歌曲。

习惯于从前往后按顺序听。

突然想起换一种方式,从最后一首往前听。

《单人旅途》《半城烟沙》《庐州月》《清明雨上》……几乎全是许嵩的歌啊!

有些日子没听许嵩的歌了。

2013年上半年,许嵩的歌几乎天天要陪着我和孩子一段时间。

那时候,孩子上高三,很快将迎来高考。我每天能为她做的事情,就是在她下晚自习后去学校带她回来。

在校门口等待的时间一般在十五分钟左右,各班下晚自习时间有点儿参差不齐。

和众多家长一起站在大门外。熟悉的、不熟悉的,彼此之间偶尔寒暄几句,问问孩子所在班级、最近考试成绩如何等等,同时,不时朝大门里面看上一眼。

我家孩子总和一个文科班的女生一起出来。分班前俩人曾是同桌,似乎都是慢性子,走路也不算快,不过倒有女孩子的文静与温柔。

家长习惯在大致固定的位置等待,正常情况下孩子不需要四下寻找。

见孩子从校园里出来,家长挥挥手,相互笑一笑就算打了招呼。孩子走到面前时,有的家长会轻轻拍拍孩子或拉拉孩子的手。

校园里明亮的灯光、家长脸上慈爱的笑容、孩子们放松地叽叽喳喳……汇成一股暖流。

上车,打开音乐。

《星座书上》《断桥残雪》《情侣装》《单人旅途》《半城烟沙》……那段时期孩子比较喜欢听许嵩的歌，碟片也是我们一家人逛超市时孩子挑选的。

许嵩的歌，初听感觉可能一般，风格更不是多数人能接受，但的确越听越好听，尤其假声部分，虽然难度较大，但听上去自然、流畅。

一路上，我边开车边听音乐，孩子更是坐在旁边静静地听着。

从校门口到家，也就两三首曲子的路程。我们格外珍惜这最为轻松、自在的时光，只听音乐，不谈考试，不谈排名，不谈作业……

渐渐地，许嵩的那些带着淡淡忧伤的曲子也听不出忧伤了，倒是诸如《单人旅途》副歌部分"你……我……太多的不同"，那有趣的转音总令我们忍不住笑了起来。

多么难忘的时光！

"当美景都重叠，视线丢了焦点，车窗外面泥土清香沁入心田……"

二〇一六年八月十五日

请明月代传信

亲爱的孩子：

从春节后离开家到现在，我们仨还没团圆过，其中大多数时间是三人三地，这在你二十一岁的人生旅途中还是第一次。

马上就是中秋节了，我们暂时还无法团聚在一起，请明月代传信：爸爸妈妈很想你！祝你中秋节快乐！

台湾作家龙应台曾说过——"你站在小路的这一端，看着她逐渐消失在小路转弯的地方，而且，她用背影告诉你：不必追。"

作为父母，我们并不惧怕看着你的背影越来越远。一个人在外面学习、生活，渐渐拥有自己独立的思想、广阔的天地，正是父母所希望的啊！我们愿意看到你的步伐越迈越大、理想越飞越高。

孩子，你自小就是个善解人意的小精灵。呱呱坠地时，你的小脸红彤彤、皱巴巴的，没哭又没闹。你应该是小"肥猪"啊（属猪），可你分明是只小猫咪嘛。

按照当地风俗，你来到人世间"穿"的第一件衣服，是爸爸的一件紫色衬衫，柔软又厚实，我们一直保存着呢。

很小的时候，你一个人睡醒了，总是睁大眼睛寻找妈妈，同样安安静静。后来脖子有了力量，睡醒之后总把头拗起来，蛇似的，好奇地四处张望。

在你一岁多的时候，妈妈为了集中精力复习，迎接会计师资格考试，我们把你送到农村奶奶家，一过就是三四个月。有几天，由于农村房子里杂物多，你走路还不稳，接连摔了几次跟头，将眼角和额头摔破了。我们去看你时，你沉着脸，静静伏在妈妈肩头，小脸紧紧贴着妈妈的脖子，一声不吭。原来"猪"脑袋也很懂感情啊！妈妈抱着你到窗外，眼泪无声地落下来。你的"独立"换来了妈妈的好成绩，考试五门一次全部通过。

有件事我们至今没弄明白，那时你还在呀呀学语，我们时常播放音乐给你听，但只要一听到卓依婷演唱的《远山含笑》时，你便惊恐地大哭不已。虽然我们搞不懂那是为什么，但以后再也没播放过这歌。

有一次，你得了腮腺炎，不巧妈妈出差了，爸爸带你去医院，还在挂号时爸爸接到领导电话，需要立即到办公室加班，爸爸只能请来你大姨带着你看病。

有人说，孩子是上帝赐给父母的天使。正是啊！你带给我们的欢乐是那么多。

很小的时候，你唱歌就有模有样，几乎从不走调。有一次在外婆家，爸爸哼着《采红菱》做伴奏，你表演"划船儿"，划着划着瞌睡得快睡着了，"观众"们大笑起来，把你尴尬得！

刚学会拼音时，就拿了童话作家韦伟创作的故事书，看着注音，不用拼，一口气流利地读了下去，令人倍感惊奇。一个夏日的中午，你又读得起劲，爸爸要午休，叫你别读了，你还是"呱呱呱呱"不肯停，被我在屁股上打了两下。可你一边哭一边嘀咕："我就要读！"并独自转移到沙发上读去了。

你是那么热爱读书，一有空就捧本书，吃东西时要先端端正正地翻开一本书。爸爸总爱开玩笑说，将来谁娶了你，首先得到一个移动的书房。

你的心地纯洁、善良，总是那么爱集体、爱家人。班级组织捐款，你从来都主动拿出自己的零花钱，还要比别人多捐点儿；学校开运动会时，有些项目缺人，即使自己不擅长，也愿意顶上去；上大学后放假回家，首先要去看看外婆和爷爷奶奶……

孩子，虽然我们对你要求严格甚至苛刻，但爸爸妈妈始终深爱着你，一直在以自己的方式带着你成长。妈妈对你的饮食起居照顾得比较周全吧？没有老人在身边帮忙，妈妈也挺辛苦的。爸爸对你的鼓励与奖励可不算少，单单鲜花如百合花、栀子花、牵牛花等等，就为你"盛开"过多少次啊！

作为女孩子，虽然没能给打扮得花枝招展，但穿着从来都算整整齐齐、体体面面的。

爸爸妈妈在普通的农村家庭长大，局限性较大，可我们始终在努力，尽可能做到最好。

昨天看到一篇题为《努力很难，但不努力真的很舒服吗》的文章，有些话说得真好。这里摘下一部分与你分享："努力更大的意义不在于拥有多少财富、名利，而在于给人生多一些可能，多一些选择的机会。""不要怕努力了没有结果，你在路上看到的风景，不努力的人连看的机会都没有。"

亲爱的孩子，今年的中秋，我们远隔千里；明年的中秋，也许你已漂洋过海，我们远隔万里。

我们知道，无论你身在何方，无须回眸，爸爸妈妈永在你心里、亲戚朋友永在你心里、老师恩人永在你心里、家乡永在你心里！我们远隔千里万里，我们又近在咫尺！

今夜，你在凉爽的北方惠园，爸爸妈妈在美丽的卯西河畔，我们共一轮明月。

请明月代传信，爸爸妈妈永远爱你！我们一起加油！

二〇一六年九月十三日

远方的offer乘风来

喜鹊喳喳落井台，
远方的offer乘风来；
姑娘含笑把信看，
如愿将漂洋又过海……

孩子刚拿到了大学本科毕业证书和学位证书不久，接着就收到了英国利兹大学的无条件offer，可以去读研究生啦。

利兹大学，世界百强名校，英国名校联盟"罗素大学集团"的创始成员，英国12所精英大学之一。校史可追溯至1831年，至今共培养出6位诺贝尔奖得主、2位格莱美奖得主、3位国家元首。说几个我们熟悉的利兹大学的校友吧，张国荣、郎朗以及李娜等。

去年中秋节前，我曾在一篇文章中说："孩子，今年的中秋，我们远隔千里；明年的中秋，也许你已漂洋过海，我们远隔万里。"今天，"也许"不再是也许。

回首孩子近年来所走过的路，雅思、GMAT、积点、均分……说容易，似乎一切顺畅；说不容易，其实也没那么简单。孩子自己更清楚，曾经吃过的苦、流过的汗，还有等待中的焦急。

祝贺你！孩子，又一个梦想成真。

从小到大，你成长路上的一幕幕场景，历历在目，清晰如昨。

上幼儿园时，性格比较内向，有少数老师看不中你。不急，我们不急。后来，一位曾经担任过小学副校长的比较年长的老师很喜欢你，六一儿童节庆祝活动中安排你参加诗朗诵，你渐渐找到了自信。难怪古人说"千里马常有，而伯乐不常有"。我们永远感谢您！顾老师。

在利兹大学过生日

三、见字如面　197

小学阶段，一次在剑桥英语培训班文艺晚会上，我们父女俩合唱 Edelweiss（雪绒花），预先还正儿八经地编排了一套动作，现场效果挺不错哦！现在还经常有人提起呢。有趣的是，这首歌成为我后来接待外国友人时经常表演的节目。

刚升入初中的那个暑假，到老师家里上课的一天黄昏，因为我们没能准时去接，你独自从几公里外的镇南二村一直跑回我们所住的五金巷小区，到家时满头大汗、浑身湿透，让你妈和我着急又心疼。

穿着红色高领毛衣、黑运动长裤，演唱歌曲《至少还有你》，获得了大丰实验初级中学校园歌手比赛第二名的好成绩，老师还专门给制作了一张碟片，那可是"珍藏版"啊！孩子，在弱拍上起唱，你从不用数节拍，乐感比老爸强多了。

高三"冲刺100天"那段日子，傍晚妈妈送来晚饭，你经常趴在教室窗台上吃，还和同学们一起快乐地说说笑笑，有水果大家纷纷分享。临近高考，你们班的同学一点也不焦虑，所以能够全部考取一本院校。为你们点赞！为你们的老师点赞！

北京惠园，对外经济贸易大学的操场上，你一圈又一圈、一天又一天、一年又一年跑步运动。你告诉我们，教太极拳的老师说你可以成为太极高手。是因为性子慢吗？哈哈！

中学、大学都学英语的你，自学日语，参加等级考试一下子拿下一级。我还以为日语一级是最低级别，无知啊！

大丰—北京—利兹，孩子，你的背影就这样渐行渐远。可是，我们都不惧怕别离。

我们再一起唱首歌吧：

"我终于看到，所有梦想都开花，追逐的年轻歌声多嘹亮；我终于翱翔，用心凝望不害怕，哪里会有风就飞多远吧！"

二〇一七年七月十三日

1

孩子提前两天跟外婆及爷爷奶奶道别。

老人们千叮咛万嘱咐,万般不舍与不放心。能理解,毕竟孩子独自一人出国读书,有些日子见不着呢。

我们反复解释,孩子读大学时已经一个人在北京生活了四年,而且曾经完全自理出过国,请一百个放心。

奶奶(以孩子称呼,下同)要煮鸡蛋给孩子带着,怎么拦也拦不住。那就煮吧,代表着老人的心意。大家还趁热各吃了一只,嗯,正宗的草鸡蛋,真香!

爷爷说,要等收到孩子顺利到达学校的消息后再离开新丰小街,要去龙堤乡下老房子那儿住一阵子。明明手机随时可以接电话,我还真没弄明白这里面有什么逻辑关系。

2

孩子小时候没少在大姨家待着,大姨的表现比较夸张。

前些日子送来不少水果,有只大哈密瓜没及时吃,坏了。昨天又送来一袋水蜜桃,说是方便孩子路上吃,那么大的个,大姨自己肯定舍不得吃的。

今天一早来电话,说一夜没睡着,太想孩子了。想就想呗,电话里说着、说着,竟抽泣起来,且一发不可收拾。

3

二姨说要一起送孩子到机场,我和爱人一致表

我们用自己的方式深深爱你

三、见字如面

示不同意。

二姨这人，出门少、麻烦多，一起去，还不知谁照顾谁呢。更为要紧的是太情绪化，眼泪比大姨还要多，嗓门又大。要是去了机场，安检时与孩子"执手相看泪眼"，甚至"哇哩哇啦"地大哭起来，那表现力与感染力让人受不了。

大翼姐姐（二姨的女儿）特地从南京邮递了一条手链过来，并叮嘱妹妹别忘记戴上。

4

不知是不是由于头脑中词汇贫乏，姑姑喜欢说"真好！"

"这孩子从小到大学习成绩一直优秀，真好！"

"想做的事情总能做成，真好！"

"现在有智能手机，有微信，我想孩子了就发微信，还可以视频，真好！"

5

孩子的妈妈，这次真没少费心。

孩子接到offer后，能想到的、能提前办的事与孩子商量着全部办结。

杞人忧天地上网查了不少资料，这个、那个、还有……当然，很大一部分是有参考价值的。

昨晚母女俩将行李收拾停当后，放秤上称了一下，超重了。减负，再减负。正合我意，行李太重，路上太不方便。

一大早，接了大姨的电话后，也许是受大姨情绪感染，竟然跑到孩子房间，躺在孩子床上，嬉皮笑脸地对孩子说："就躺一小会儿。"

6

我不喜欢瞎操心，再说似乎也没什么需要我做的事情。

照例晨跑,在单杠上做引体向上。天气真好啊,蓝天白云,门前二卯西河风光带美若一幅画。

本想送孩子到机场的,可今天工作安排太紧了,同时领导也没准假。

"常言说得好,'两情若是久长时,又岂在朝朝暮暮',多打电话,老爸永远爱你!"没办法,只能跟孩子打招呼。

"没关系的,爸爸,我理解的。"孩子看着我说。

"那,再见啦!"

"爸爸再见!"

7

上班去。

一个人默默开着车,内心的离愁渐渐弥漫、扩散……

我这是干吗!孩子有经受锻炼的机会,多好啊!再说,人家清和涛的孩子都是本科就出国读的,年龄更小一截呢。孩子贸大的学兄学姐们,那么多来来往往穿梭于地球村。

用车载音响播放一首歌吧,鼓励一下孩子,更是鼓励一下自己——"小小竹排江中游,巍巍青山两岸走,雄鹰展翅飞,哪怕风雨骤……"

二〇一七年九月七日

因为乡愁

1

"爸爸,学校放圣诞节假了,一共有二十多天时间呢,我想回家!"孩子从英国打来电话。

"我和你妈都建议你这个假期不要回来。不是不想你,也不是为了省钱,而是机会难得,你可以约几个同学一起到附近城市好好走一走、看一看。"我和爱人讨论过,意见是一致的。

"可是我想回家!我想你们,我想外婆,我也想爷爷奶奶以及很多亲人,我真的很想回家。"孩子轻声却认真地说着。

"才离开三个月呢。在北京读书的时候,最长我们有近一年时间没见着,不也过来了吗!你再好好想想吧。"毕竟,有充裕时间"行万里路",这样的机会也不多,而且在国外。

"爸爸,你知道吗?在这儿,离家、离你们那么远,对时间以及很多东西的感受跟平常是不一样的。我还年轻,以后到哪儿旅行都有太多的机会。在北京有近一年时间没回家,是因为课程安排太紧,如果当时有二十多天假期,我同样会回家的。我要回家!我想你们!"孩子的声音有点哽咽了。

可不是!我还工作、生活在大丰呢,可每次途经盐洛高速公路大丰北出口,我都忍不住久久凝望南侧那块土地,那儿原来属于龙堤同玉三组,是我出生和长大的地方。

2

航班需要先飞抵荷兰的阿姆斯特丹,等待6小时后再起飞,经过11小时的飞行后,到达上海浦东机场。

然而,天公不作美,阿姆斯特丹下起了鹅毛大雪。

前一天的同次航班取消了,今天的航班会正常起飞吗?

爱人在不时通过网络查询的同时,还在微信上跟孩子保持着联系。盼望大雪快快停住!

然而,经过6个小时行程安排中的漫长等待、3个小时意料之外坐在飞机里的等待,孩子等到的却是"非常抱歉地告诉大家,因下暴雪本次航班取消"的消息。

明天会怎样,需要看明天的天气情况。

3

儿行千里母担忧。

"宝贝,可以出去转转吗?"

"没有荷兰的签证,那是不可以的。"

"有没有躺下休息的地方?"

"这个真的没有。"

"外面下雪,你感觉冷吗?"

"不冷,一点儿都不冷。"

"找点什么有趣的事,好打发时间。"

"候机厅不时有耗子经过,这个算比较有趣。"

……

见孩子还有心情搞笑,我和爱人的心情也就放松下来。

4

虽说年龄也不算很小,可毕竟还是个学生,尚未走出校门。

就那样在人生地不熟的候机厅坐着,而且,还不知道第二天能不能起飞。

令人欣慰的是,因为需要改签机票,许多国内的乘客不会讲英语,孩子立刻当起了志愿者——为他们做翻译。有事可做,就不那么无聊和孤单。

焦急又无助的大妈、大姐们得到帮助后非常激动,"好在有这个孩子帮忙,否则都不知道该怎么办了。谢谢!谢谢哦!"

"不用谢的。我们都讲中文,就是老乡!我们都想早点回家。"孩子这话真暖心。

还结识了一位带着个混血女儿的大姐,因为她家宝宝尚小,需要照顾,她们就一路相伴,直到上海。临别时,那位大姐十分动情地提出一起拍张照片作为留念。

"爸爸、妈妈,我的机票也改签好了!外面太阳出来啦,应该能正常起飞。30个小时!终于可以跟阿姆斯特丹说再见了。"孩子说得倒挺平静,可这一瞬,我感觉泪水在眼眶里打转。

5

下班了,快快驱车回家。

打开门,见孩子笑嘻嘻地站在沙发前。

"快让老爸看看,这次真的受苦了!"

"嗯,等得真有点着急。"

"没瘦掉吗!不过也没胖。西餐肉食多吧?"

"也就这样。反正没有妈妈做的饭好吃!"

听孩子说到自己,爱人跑了过来。"看她头发,刚才自己对着镜子剪的刘海!"

"好看!好看!"怎么剪都行。

这时候,还有什么比平安更重要,还有什么比团圆更令人开心呢!

"爸爸快看,这是我跟那位大姐及她女儿的合影。她女儿是中国和瑞典混血,真漂亮!"

"嗯,是好看。北欧人大多高大、帅气,孩子当然也好看。"

"这次独自经历了30个小时的等待,以后再遇上类似的情况,就小意思啦。书上说,苦难是人生的宝贵财富。"我趁机说教。

"是的。30小时,我前后一共打盹了20来分钟,后来在飞机上也没怎么睡着。可现在还不怎么觉得困。我回到家了!"孩子一脸的兴奋。

"我们一起来录首歌吧?爸爸今天真高兴。"

"好的。唱不好你可别怪我,旅途劳累嘛。唱什么歌?"

"不管唱成什么样,都好。就唱'我那可爱的小燕子回了家门'。"

"哦,好的!"

"在那遥远的小山村,我那亲爱的妈妈已白发鬓鬓。过去的时光难忘怀,妈妈曾给我多少吻!遥望家乡的小山村,我那可爱的小燕子可回了家门,女儿有个小小心愿,再还妈妈一个吻……"

真好!我那可爱的小燕子已回了家门!

二〇一七年十二月十四日

拉住妈妈的手

感觉有些日子没去看望父母了。

姐姐来电话说,母亲近来身体不太好,老毛病肠炎又犯了,虽然天气很热,但家里连空调都不敢开。

"不是吃着药的吗?"我问。

"妈妈说以为夏天气温高、身体不容易着凉,所以不仅把药量减到最小,还将原来的一天吃三次减成了两次。"姐姐告诉我。

药量不够哪来疗效,这钱可省不得。

中午给父母打了个电话,告诉他们我下午下班后过去。

下班后,立即到药店买了些药。爱人出差了,我一个人驱车往父母那儿赶。

进了门,看到饭桌上的盘子里有切成小块的甜瓜,赶紧洗了手抓起来就吃。真甜,我一连吃了两三块。

"甜吗?多吃几块,你爸爸下午刚买的。"母亲说。

削净皮,切成小块,整齐地码放在盘子里,可父母自己竟然一块都没吃。

抬头看母亲,母亲正满脸笑容地看着我。

"妈妈你也吃吧,真的很甜。"我把盘子端到母亲面前。

父亲在厨房里烧菜,我跟母亲一起坐下来说说话。

没开空调,还真有点热。见我用手揩了一下脸上的汗,母亲起身将电风扇转向我,我连忙站起来将风向往母亲那边调了调。

"妈妈,最近肚子不舒服吗?药不能一天只吃两次,剂量不够等于没吃的。别总想着省钱,以后我及时买。"我尽量靠近母亲。母亲听力不好,用助听器已十多年。

虽然离我很近,且静静地看着我,母亲还是没能听清我的话。

父亲见状,关掉灶上的燃气,搁下手里的活走过来,并凑近母亲的耳朵大声把我的话重复了一遍。

如此这般,我告诉母亲,药须按医生叮嘱或说明书上的要求吃,如果仍不舒服我们去医院检查一下。

总需要父亲大声重复我的话,母亲心里一定很难受。我看着母亲,心里也很难过。

"妈妈,你要多注意冷暖,同时心情要愉快,平时不要乱操心。"我了解母亲的脾气。

"毛毛(我女儿的小名)什么时候回来?孩子一个人在外面太孤单了。"本性难移啊,还让别操心,母亲哪里做得到呢!

这个周末我一定给母亲重新买一个助听器,即使用起来效果没有明显改善。

临走时,母亲拿出用玻璃瓶装着的南瓜子,说是刚炒不久。又拎起地上的塑料袋,让我把几只甜瓜带回去。

"瓜子我拿了,甜瓜你们自己吃,我们买起来更方便。"我执意不要。

下楼,过马路,打开车门上车,系上安全带,准备启动车辆。回过头,却见母亲已拎着塑料袋站在了车旁边。

"哎呀,妈妈,就不能留着自己吃嘛!"我边说边下了车,从母亲手中接过甜瓜。

"妈妈,我再送你上楼吧。"关上车门,我上前拉住了母亲的手。

回到车上,我从碟片包里取出刘和刚的一张专辑,选择其中一首听起来——"想想小时候,常拉着妈妈的手,身前身后转来转去没有忧和愁……妈妈的腰也弯了,妈妈她白了头,受苦受累的妈妈哟,我要背着你走……"

拉住妈妈的手,泪水往下流;拉住妈妈的手,幸福在心头!

二〇一八年八月三日

爱的代价

1

清晨起床，洗漱完毕，我和往常一样穿上运动服，准备到河滨公园跑步。

打开门，发现门边楼梯拐角处有一只装满东西的塑料袋，袋口还严密地盖着报纸。应该是老婆收拾的家里不要了的东西，如衣服、鞋子之类。习惯顺便带下楼，轻轻放在垃圾桶旁边，留给一早从垃圾桶里捡东西的人挑挑拣拣，废物利用，不至于浪费。

拎起塑料袋，好沉！都是些什么东西？我想打开塑料袋看一下。不能！老婆拿报纸遮盖了，也许不希望我看到丢弃了的是什么，或许有些东西还不算旧，她有意早点送给那些更需要的人。那就不看呗，一起生活这么多年了，老婆办的事我还能不放心！

于是直接将塑料袋拎下楼，轻轻放在了垃圾桶的旁边。实在比较沉，我真正做到了"小心轻放"！

2

"丁零丁零、丁零丁零……"手机响了，是老婆打来的。

"喂，你有没有看到门旁边的塑料袋？"

"看到啦，我已经带下楼了。"

"带下楼了？放在哪儿？"老婆问得比较急。

"垃圾桶旁边。怎么了？"我感觉有点奇怪。

"哦，没什么，你继续跑步吧。"老婆说完就挂了电话。

3

跑步结束，回家。

打开门,看到门旁边摆放着一束艾草和菖蒲,哦,马上就是端午节了。深呼吸,有点暗香,有点微苦,我闻见了童年的味道、故乡的味道,好过瘾!

过去,由于老婆不习惯闻艾草的味道,一般过端午节我家不买这些。

"太阳从西边出来了!你买的?你不是不喜欢艾草的味道吗?"我问,"怎么这么早起来了?"没等老婆回答,我接着问。

"下楼去找粽子的。粽子没找着,看到对面马路边有卖艾草的,就买了两把。"老婆回答。

"下楼找粽子?"我一头雾水。

"爸爸一早送粽子过来,说是刚刚煮好,还热乎乎的。怕影响我们休息,爸爸将粽子搁在门边就回去了。回到家时打电话给你,你应该在跑步,没听见。然后打电话告诉我,我开门没发现粽子。再问你时,粽子已被你带下楼了。我连忙下楼去找,哪里还有!"老婆一口气说完。

啊?我竟然将爸爸妈妈亲手包的粽子给丢弃了!我的父母一片、一片采芦苇叶,一样、一样地备好咸肉、赤豆、花生及红枣等等,一调羹、一调羹地舀糯米与配料,一只、一只粽子包起来;然后凌晨一大早起床,煮粽子,装塑料袋,骑着电瓶车十来里路送过来,悄悄搁在门边再往回骑……

粽子竟然被我丢弃了!

4

然而,这是爱的代价。

八十五岁的父亲一大早送来粽子,放在门口没敲门告诉我们,只为子女能多睡会儿。

我们习惯于将自己不再必需的东西装袋带下楼,只为需要的人能继续用上。

无论塑料袋有多沉,无论报纸遮盖得多么严实,都动摇不了夫妻之间的这份信任。

粽子没了,久违的艾草香却在家里弥漫开来……

二〇二一年六月九日

大兰今年正二八

1

家有三兰：大兰蟹爪兰，二兰吊兰，小兰君子兰。

按照进家门的时间算，今年大兰16岁、二兰10岁、小兰7岁。

大兰常年住阳台，阳光充足，空气清新，因此生长得最好，长年生机盎然，身高已达1米以上。

二兰住女儿的房间，面南靠窗，条件比较优越，长得枝繁叶茂，尤其是分枝多，藤蔓伸展得很开，似曳地长裙，风情十足。

小兰住书房，面北背阴，难见阳光。虽说几年未曾开花，但生性娇气的小兰却长成了"泼辣货"，特别是冬天不畏天寒地冻，即使随意浇水也不会生毛病，令人惊叹。

2

这里专门说说大兰。

十多年前，春节期间去亲戚家串门，见到了他家随意摆放在墙角的一盆蟹爪兰。块头不算小，但藤和叶看上去瘦弱、苍白，蔫了吧唧的。按理说，那季节应该有很多花骨朵儿，可事实上一个也没有。

那时，我家里就养着一盆蟹爪兰，虽然个头不大，但叶片厚厚的、绿油油的，片片叶子下端都坠着一个个红艳艳的小"铃铛"（花骨朵儿）。

我跟亲戚开玩笑："这蟹爪兰进了你家门，也是投错胎了！"他回答："蟹爪兰已属命大的，其他花草都已死光光，早进了垃圾桶。"离开时，他执意将这盆已"奄奄一息"的蟹爪兰送给我。

为了它不至于没几天就成为垃圾桶里的枯草,我没说一句客套话就接受了下来。

回来后,将家里阳台最好的位置腾出来,给它安家。

剪枯叶,施肥,浇水。过不了几天,就转换一下角度。

只半个月左右时间,大兰整个状态就有了明显转机。叶子慢慢转绿、增厚,耷拉着的脑袋逐渐昂了起来。

3

早些时候,我家住在五金巷小区。

下班时经过大新路边的花草市场,总忍不住瞅上几眼,一旦发现有喜欢而且价格合适的,就买上一两盆带回去。

吊兰、君子兰、龟背竹、橡皮树、袖珍椰子、虎皮兰、玉树、仙人掌等常见品种,先后养过不少。

另有一些如梅花、羊角铁、龙须木、"滴水观音"等等"大家伙",需用小水缸似的大号花盆,搬起来特别费劲。还有除虫问题,楼上空间小,不能用农药,为此没少费脑筋。事实证明,没有"脚踏实地"的小院子,这些品种是不太适合养的。

遇上下雨天,一盆、一盆地往晒台上搬,让它们"喝"上天然的雨水。雨停了,再一盆、一盆地往家里搬。

换土、换盆,干得熟练呢。用蛇皮袋从乡下装一袋熟土放车库里,再买些小包装的营养土。花草装盆时,在盆底部垫上瓦片,倒上点熟土,放入花草,将根须理顺,再轻轻倒入熟土和营养土,适当压实,浇水,用喷壶喷淋。完工!

这一算,我养花也二十来年了。

4

回来说大兰。

科普一下,蟹爪兰,仙人掌科,附生肉质植物,灌木状,茎悬垂,多分枝,无刺。

10月份,大兰开始孕育花朵。

起先在叶子顶端露出一点点芽儿,似红色的芝麻粒一般。随着时间的推移,小红点慢慢长大,长成"米粒",再长成"毛笔尖"。然后,从花苞的根部逐渐绽放,一瓣、两瓣、三瓣、一层、两层、三层……张开、翘起、翻卷,飞鸟的翅膀一样,凌空飞扬,美丽、动人。

花蕊同样特别精致。四周是若干根光滑细嫩的粉色"丝线",顶端有白色的花粉,中间是一根被"丝线"簇拥着的红色柱子,头部像小蝌蚪一样,活泼、有趣。

花完全盛开时,恰似一个个红色风铃,自在又潇洒,给万物萧条的冬天增添了无限生机与活力。

5

大兰身体庞大、枝条繁多。每年进入深秋,不夸张地说,孕育的花苞均在千朵以上。

花开之初很有新鲜感,我时常驻足观赏,并不时拍上几张图片,发送至朋友圈秀上一秀。

到盛花期,若干"风铃"挂满枝头,每天都有几十朵、上百朵花盛开着。天天如此,慢慢就熟视无睹了。

开到旺盛时,会有粉红色的汁液滴下来,黏黏的,别有一番情趣。

同时,每天有一些凋谢了的花朵掉落在地,我们并不急于清扫,让它们安静地躺这儿,陪伴着姐妹们。

6

有一年春夏之交,我突然想起来用豆渣做肥料,给大兰施肥。想象中豆渣是有机肥,应该效果不错。

于是,叮嘱爱人将磨豆浆的豆渣留下来。我不仅在浅表土里埋了一部分豆渣,还在面上盖了厚厚的一层。没料到,几天后阳台上开始有臭味。

怎么回事?认真想了想,应该是豆渣腐烂、发酵了。赶紧打开窗户,再用些土均匀地覆盖在表面。

以为万事大吉了的时候,突然之间,阳台上出现了若干只苍蝇,四处乱飞。

不用多说,都是豆渣惹的祸!立即去楼下超市买了瓶"必扑",关上阳台门窗,上上下下一阵喷。"必扑"一声响,苍蝇死光光!

为避免枝叶受损,又用喷壶装上清水,好好给清洗了一番。

7

还有一年夏天,差点将大兰给闷死。

这年夏天特别热,持续高温。中午下班回来,赶紧打开空调。为保持降温效果,将客厅与阳台之间的移动门关上。这一关不要紧,三面玻璃窗、一面移动门,热辣辣的太阳晒得面积有限的阳台里面不断升温。

可怜的大兰,就这样每天在高温中经受煎熬,粗心的我们浑然不觉。

后来,大兰的叶子发黄,接着大片、大片地掉落,就像化疗的人落头发一样。起初我们还不明就里,以为大兰生了什么怪病。后来,站在阳台上仔细观察,终于发现是我们自己充当了"刽子手"。知错即改,从此再也不关移门。

没多久,大兰就康复了。

8

随着时间的推移,我区城市建设越来越好,道路、广场、公园等均实施了立体式的绿化与美化工程,树木花草的品种与档次也越来越高。

单说我家楼下二卯西河风光带,樱花、桃花、海棠、红叶李、紫薇、桂花、百日菊、格桑花……每天跑步时,感觉所有的花草就在咱客厅里。

而近年来闻名遐迩的荷兰花海、梅花湾、恒北梨园等旅游景区,离我家也只有十多分钟车程。

好在大兰到我家来得早,如今二八年华,枝繁叶茂,眼下花儿正开得又多又艳。

如果换在近几年,大丰处处似花园,无论哪里都是一片鸟语花香,我还会把大兰搬到家里来吗!

二〇一七年二月十三日

我看见了彩虹

1

一场雪过后,就是严寒天气。

早晨开车时发现玻璃水给冻住了,怎么拉操纵杆都只能看到雨刮器在顽强地挥动手臂,并听见"吱吱、吱吱"着急地道无奈的声音。

2

也许因为生态环境越来越好,道路两旁女贞树上的果实吸引了众多鸟儿来啄食。

吃了就会拉,黑黑的鸟屎将汽车涂鸦一般搞得斑驳陆离。挡风玻璃当然也不能幸免,没有玻璃水冲淋,经过雨刮器干刮之后,似抹上了黑涂料一般。

每次开车时,均试试玻璃水能不能喷出来,但都是徒劳。倒是雨刮器从未罢工过一次,哪怕干刮得很费劲。

当然,需要借以观察前方的一小块,还是用毛巾给擦干净了的,安全第一嘛。

3

元旦小长假结束了。

早晨开车去上班,摁键启动,系好安全带,试着拉动雨刮器操纵杆,"吱……"三眼喷头中玻璃水喷涌而出,似喷泉,又似倒挂的瀑布。

雨刮器从中间向两边升起,划出两道美丽的弧线,稳当、从容、优雅……

三、见字如面

像雾像雨又像风,一遍遍在我眼前拂过!

4

出了小区大门,右转,迎着朝阳奔驰。

忍不住又拉了一下操纵杆,"吱……"哇!彩虹,我看见了三道彩虹!七彩斑斓,亦真亦幻。

张学友的《祝福》中有这么一句:"失去过,才能真正懂得去珍惜和拥有!"可不是,开车这么多年,雨刮器不知用过多少次,但今天的"雨"最美,还看见了彩虹。

貌似平常的东西,在关键时刻、特殊时期方能感受到它的珍贵。生活在顺境中的我们,要珍惜每一个平平安安、风调雨顺的日子。

二〇二一年一月六日

为霞尚满天

哥哥发了一段视频给我,是他参加"送戏下乡"活动到白驹镇的演出,节目为男声小合唱《打靶归来》。

其中有一段,他走出队伍做了表演。他的动作坚定有力,表情自然丰富,与其他演员的配合默契协调,真棒!

哥哥在教师岗位上工作了近40年,先后任几所中学校长25年。去年夏天退居二线之后,加入了我区一个老年合唱团,那是一个音乐爱好者群体,其中有不少退休的音乐老师。

年少时,哥哥就比较喜欢与擅长歌舞,会吹笛子,会拉二胡,常常参加村里的文艺宣传演出。

在老年合唱团经过一段时间学习、训练后,哥哥既可以唱高声部,也可以唱较低而且有一定难度的和声,听上去气息和韵味都比以往强了很多,连到歌厅唱歌也显得更加自信和自如。

同时,他又加入了区里一个老年舞蹈团,接受比较系统的舞蹈训练。那些舞蹈动作都有一定难度,常常需要奔腾跳跃、摸爬滚打。

今年六月底,我区举行的庆祝中国共产党成立100周年文艺演出活动,其中有个舞蹈《星火》,哥哥就是演员之一。当时,我在台下看到他全身心地投入到表演之中。

有一段舞需要在地上滚来滚去,只见他倒地、翻滚等动作做得迅速

哥哥(右一)在舞蹈中

而坚决,毫不犹豫、毫不畏惧。还有一段,众人捧起地上的一块块碎红布,那红布应该是代表点点星火。只见哥哥缓缓地、缓缓地,两手聚拢,将红布从地上捧起来,捧在胸口、捧至眼前;再有力地举起来、举起来,举过头顶、举向苍穹……当点点"星火"在空中闪烁时,我的心随之飞扬起来!

听哥哥介绍,有时外出参加演出或比赛,忙碌而辛苦。一次,到邻县东台参加一场市里组织的合唱比赛,中午在户外吃盒饭的时候,没有桌凳,大伙儿就倚在河边的栏杆上,任凭风吹、太阳晒,可谁也没有怨言,一起吃着、说着、笑着。这些老同志,大部分原来是单位中层以上干部,家庭条件也都不错,但在合唱队,大家的身份只有一个:合唱队员。

后来,哥哥又参加了拉丁舞的培训。国庆长假期间,有机会听他介绍了一些拉丁舞的基本知识与基础动作,比如拉伸,比如对抗,比如扭小胯、扭大胯等等。

他还耐心地一一做了示范。特别是有一种扭上身的动作,腰部以下需保持不动,只是上半身左右扭来扭去。比较有意思,只见他先伸直双臂,和小时候做广播体操"前排两臂直平举"一样,然后将身体向左扭、向右扭,向左扭、向右扭……仿佛有绳子在不停拉着左右手臂,令我想起霹雳舞的"擦玻璃",又类似于新疆舞的扭脖子,只是脖子换成了上半身。体现难度的是,在上身大幅度扭动的同时,腰部以下好像被什么无形的夹子夹住了,特别稳固、纹丝不动。

我暗暗试了一下,要么腰和臀一起跟着动,要么整个动不了。

我问他,现在可以跳一段给我们看看吗?他说,这怎么可能?基本功训练起码得半年以上,没有半年以上时间是不可能跳得起来的。乖乖隆地咚,动真格的了。

老有所好,老有所学,老有所为,老有所乐……有益身心健康,促进社会和谐。

莫道桑榆晚,为霞尚满天!

二〇二一年十一月五日

再唱《四季歌》

早晨开车上班时，照例打开盐城广播882，收听《晓露清晨》节目——

"清晨的第一缕阳光，穿过茂密的树荫，穿透每一滴晶莹的露珠，折射出多姿多彩的世界；清晨的第一缕歌声，穿过熙熙攘攘的人群，穿透喧嚣嘈杂的车流，带来一整天的活力轻盈！"

每次听到这段开头的话，眼前的景色就似乎更加明媚、靓丽，心情也随之更加轻松、愉悦。

说起来可能你都不信，为了不浪费时间、力求每个时点都能学到知识，曾经我在上下班路上，连盐城广播882都不舍得听，主要收听《央广新闻》等新闻广播。后来觉得，工作节奏已经够快，人已经够忙的了，路上有限的时间就放松放松心情吧。

于是，逐渐锁定盐城广播882，《晓露清晨》《有声书房》《音乐私享家》《咖啡时光机》《下班乐翻天》等等成了我的伴侣，这些栏目的主持人仿佛成了我的朋友。

后来，我的文章《报天气的晓露直播带货去了》被一位朋友转发给了主持人晓露，另一篇文章《聚与散以祝福为轴》则邀请了我喜欢的《咖啡时光机》主持人赵彬诵读。这能不能算是"你若盛开，清风徐来"呢？

今天早晨，照例收听广播节目。一打开电台，就听到一个久违了的旋律《四季歌》，不是民歌风格的那首，是达明一派粤语版的："红日微风催幼苗，云外归鸟知春晓，哪个爱做梦，一觉醒来，床畔蝴蝶飞走了……"

我曾经那么爱唱歌，也学过不少粤语歌曲，吐字、发音自认为还比较准确。怎么做到的？有句话，

三、见字如面　219

爱好是最好的老师嘛!

这首《四季歌》,让我想起了一段时光,这段时光有多长? 15年!

那时候,我在区财政局(当时称市财政局,下同)上班。读大专时,我学的专业是财政,因此各项工作容易上手,个人成长也比较顺利。

且不说工作上的事情,单说主持单位举办的各项活动,作为男主持,我先后搭档过四位女主持。

单位参加全区(当时称全市,下同)的大合唱比赛,《祖国颂》《在太行山上》《到吴起镇》等等参赛曲目我都曾是"助教",声乐老师没空的时候,由我来牵头组织教唱。

举几个例子,《祖国颂》中有一段女声的和声"啊……",对于我们没学过音乐的人来说,真的好难,教的时候,我一个节拍、一个节拍地数着、比画着,并跟她们一起唱。相信大部分当年参加比赛的女同志早已忘了怎么唱,可我记忆犹新,现在依然能一口气"啊"到底。

1997年夏天,我们单位参加全区(当时称全市)"迎接香港回归"大合唱比赛,除了一首主题非常鲜明的《香港大陆是一家》,另外一首是大家十分熟悉的《我的中国心》。

《我的中国心》由我担任领唱。这首歌旋律优美,歌词朗朗上口,从声乐专业角度看,歌曲难度可能不算大,但指导老师编排得恰到好处,富于变化,表现力比较强。

我们一起来欣赏:

"河山只在我梦萦,"我领唱主旋律,"啊……"全体人员唱和声,"祖国已多年未亲近,"仍由我领唱主旋律,"啊……"全体人员再唱和声,"可是不管怎样也改变不了我的中国心!"全体人员唱主旋律。

舒缓、深情、优美、动听,令人随之沉浸到歌曲所营造的情绪与氛围当中。

到了副歌部分:"长江、长城、黄山、黄河,在我心中重千斤;无论何时,无论何地——"全体人员合唱,雄壮、有力!

"心中一样亲!"在合唱停住后,我接上来领唱。我仿佛用了全身的力气、全部的激情以及最深的气息!

……

这些时光,终生难忘。

有一年的三八妇女节,当天下午单位全体女同胞搞庆祝活动,节目主要也是歌舞与朗诵。那天上午,我在从出差地南京赶回来的路上时,就接到单位活动组织者的电话,问我到哪儿了,说没我参加不热闹。我回答:"今天是女同胞的节日,我参加是不是搞特殊化了?"对方很干脆:"车开快点,快回来吧!你参加,是我们女同胞的一项福利。"

后来,我加入了她们的活动,一起主持,一起娱乐,并献唱了达明一派的《四季歌》——"红日微风催幼苗,云外归鸟知春晓……四季似歌有冷暖,来又复去争分秒……"

一转眼,这么多年过去了。在离开区财政局后,我的工作单位又调整了几次,一路上,同样收获了很多。

还有一首歌大家比较熟悉,就是《时间都去哪儿了》:"门前老树长新芽,院里枯木又开花,半生存了好多话,藏进了满头白发……时间都去哪儿了,还没好好感受年轻就老了……"

时间都去哪儿了?不知不觉我们就老了。在紧张工作的同时,一定要好好生活,别在辛勤忙碌中将快乐弄丢了,可不能真的"还没好好享受年轻就老了"。

"红日微风催幼苗,云外归鸟知春晓",眼下,春天已经来了。让我们再唱这首《四季歌》,快快踢踢腿、伸伸腰,到户外去,去踏青,去吹吹风,去晒晒太阳,不要辜负了这个万物复苏、生机盎然的春天。

二〇二二年三月四日

四、逝水年华

天空泛着蓝,门前花依旧。
在流水的时光里,
岁月包裹于故乡日志,
每一个脚印都是一种风景,
每一次感恩都表达对生活的挚爱。
逝水年华,一路同行,
唱着那些爱过的老歌……

最好人生是小满

1

见到邻居,我问他最近怎么难以见到他的身影,他回答说送亲家公去上海中山医院住院去了。

"你亲家公怎么啦?"我知道,他的亲家公年纪并不大,差不多五十三四岁。

"肝昏迷,大出血。好在送医院速度快,否则人就没了。"邻居说完,吐了一下舌头,我明白那是表示"好险"的意思。

"现在怎么样?"我听了有点着急。

"等待换肝。已经预约了樊嘉。"说出樊嘉的名字,邻居露出期盼而笃定的表情。

大丰人都知道,樊嘉是我区新丰镇人,中国科学院院士、复旦大学附属中山医院院长,是著名的肝外科专家。

"什么原因引起的有数吗?"我接着问。

"原因很清楚,酒精中毒。他正常喝起酒来是中午一斤酒、晚上酒一斤。瞎喝!"邻居说得似乎比较轻松,我却听得心惊肉跳。

中午、晚上各喝一斤酒,这什么概念!即便是自由职业者,不差钱,怎么喝可以任性,但身体总是自己的呀。

《菜根谭》有云:"花看半开,酒饮微醉,此中大有佳趣。若至烂漫酕醄,便成恶境矣。"

连歌曲《潇洒走一回》里唱的也是"留一半清醒留一半醉"。

爱喝酒,喝个五六成,就不行吗?放纵自己,酗酒,结果差点送了命!

2

四月上旬的一个星期天,我们一家人一起到荷兰花海去赏花。

按说,这时候尚不是赏花的最佳时机,盛花期应该在四月中下旬。可后面的休息日能否有空还难料,不如先睹为快。

进入大门,啊!这是郁金香的世界,赤、橙、黄、绿、青、蓝、紫,还有黑、白、粉等各种颜色,近300个品种,五彩缤纷,目不暇接。

观察了一下,整个花海的花应该有三分之一左右开了,其余的处于半开或尚是花苞状态。

近看,满园郁金香无论花朵还是枝叶,几乎没有一星半点斑点,更没有一丝丝枯黄,堪称娇艳欲滴、完美无瑕。

当时感觉略有遗憾的是,花未全开。

为弥补一下小缺憾,四月下旬的一个休息日,我们再次有机会去了趟花海。这时,整个景区的郁金香差不多全开了。

然而,现场感受跟预想的有不小差距,花是全开了,可无论花还是叶,均不如上次看到的那么娇嫩、那么水灵,部分花瓣的边缘已经有枯萎的痕迹,少数花瓣甚至脱落了下来。

这下更能理解为什么说"花看半开"了。

3

姐姐的亲家家住东台,近几年搞设施农业,搭建了大棚种植甜瓜,是那种个大、肉厚、味甜的品种,名叫"玉菇"。

每年到了甜瓜成熟的季节,外甥女婿总要用汽车从东台老家运来较多的"玉菇",更少不了给我家一部分。

前几年送过来时,总是刚刚六七成熟,又甜又脆。一蛇皮袋,可以吃上个十天八天。

今年,亲家开动脑筋:自己人吃的,让瓜在地里完全长成熟了,这样一定更好吃。

外甥女婿将瓜送来时,很自豪地对我们说:"舅舅、舅妈,我爸妈说,今年自家人吃的瓜特意留田里多长长,都熟透啦,一定比往年更好吃。"

当晚,我挑一只带着新鲜绿藤的瓜切开,打算吃个痛快。

噫?怎么回事?瓜肉的颜色不似过去那种浅浅的淡绿,而是一种深深的暗绿,有点儿水汪汪的感觉。用刀切的时候也没有那种"咯吱、咯吱"的脆响声。

我赶忙拿起一块,尝了一口,"哎哟,味道不对!"

"看这颜色,瓜应该是长过了。"老婆尝了尝,皱起眉头。

再切一只,依然如此。

结果,说实话,不少瓜只得给扔了。真对不起亲家!

岂止"花开堪折直须折",原来甜瓜也是如此,七八成熟采了,不仅可口,还耐放。

4

夏天的第二个节气是小满,这时候温度升高、降水增加,小麦逐渐成熟,但籽粒尚未饱满。"小满",意思是万物生长稍得盈满,还没有全满。

在二十四节气中,很多节气都是相对的,如"小暑"对"大暑"、"小雪"对"大雪"、"小寒"对"大寒",但是"小满"之后却是"芒种"。没有"大满"节气,是因为中国传统文化认为"月盈则亏、水满则溢"。

"最好人生是小满,花未全开月未圆。"虽为节气,小满,用于开悟人生,亦为巧妙:不满,空留遗憾;过满,招致损失;小满,则照见一种"不多不少、刚刚好"的人生状态。

然而,生活中有不少人,总想追

求自己眼里的圆满与极致,往往要么难为自己、要么放纵自己,甚至不撞南墙不回头。我们不妨多问自己一句:我追求的是极致,还是极端?我这样的追求使自己的生活变得更好、更有价值了吗?

别忘了告诉自己,强求圆满只能是自讨苦吃。接受人生的小满,是一种宽容和大度,也是一种格局和境界。

唐代刘长卿有《小满》诗曰:"昨夜玉盘沉大江,夜来忽梦荞麦香。时人但只餐中饱,莫忘旧时苦菜黄。"如诗人所言,即使今日"餐中饱",也不要忘记了过去的"苦菜黄",要知道满足、要留有余地,不要忘记了艰苦的过往。

小满,月在遗它的憾,麦在灌它的浆,风在送它的香……

小满,是大成若缺,小满即是圆满。

二〇一七年八月四日

一路留脚印，一路赏风景

毕业季，一位读大专时的同学在微信朋友圈晒出自己孩子的大学毕业照。

有意思的是，他和老婆参加完孩子的毕业典礼后，也到自己的母校看了看，并坐在学校食堂的长条桌旁吃了一顿学生餐。

看了，欣慰的同时不免有些感慨，时间过得真快啊！当年我们走入校门的情景还历历在目，如今孩子们都大学毕业了。匆匆，太匆匆！

过去一直感觉自己还很年轻，没体会到什么叫"岁月不饶人"。曾经那么多年，跟同事们一起到医院体检时，总有一种参加集体娱乐活动的错觉，热热闹闹地过去，轻轻松松地回来。体检档案从不保存，所有指标均在正常值范围之内，留着似乎没什么意义。

年过半百后，一些经历、体会跟过去还真不一样。体检过程中，医生往往会叮嘱："体检档案得保存着，以便比对某些指标的变化程度。"同时，指出哪些项目需定期复查。而在日常生活中，自己最明显的感觉就是牙齿大不如前，那种滋味实在很难用语言描述清楚。

怎不令人心生感慨：青春，留得住的是心态，留不住的是状态。

有人说，人生是一场长达100年的马拉松，50岁时只走到一半，另一半行程才是真正的人生。50岁以前是打基础阶段，在这个阶段里往往为立足社会、养家糊口而疲于奔命，基本上是为别人活着；50岁以后，经济基础已经奠定，职业规划基本完成，这才到了实现自我、创造自我最有价值的阶段。

然而，医学告诉我们，人的大脑、肺20岁开始衰老,皮肤25岁开始老化,肌肉30岁开始老化,头发30岁开始脱落,骨骼35岁开始老化,生育能力35岁开始衰退,牙齿、心脏40岁开始老化,眼睛40岁开始衰老……

可见,将人生分成不同的两段行程,尤其是50岁之前"打基础""基本为别人活着"并不可取。我们不能期待突然有那么一天终于可以好好照顾自己、终于可以为自己而活,我们不能在人生最好的年华里将大自然以及亲人、朋友们的馈赠轻易搁置一旁。

人活一世,草木一秋;别人看的是结果,自己活的是过程。无论处于什么年龄段,别忘了告诉自己,我们应该努力活得洒脱一些、精彩一些,不妨一路留脚印,一路赏风景。

二〇一七年六月二十三日

你有大长腿，我有腱子肌

1

十年前，买第一辆私家车。在"汽车之家"等网站上看了又看，最后选了辆起亚福瑞迪（小福）。小福排量小、价格便宜、购买时享受税收优惠，开着还省油。车身大小尚可，在同类车里属于较大的。生产厂家是中韩合资的盐城悦达集团，保养与维修方便。

2016年底，买第二辆车。第一辆排量小、车身轻、两轮驱动，第二辆就来个互补吧。当时正赶上福特翼虎（小虎）出新款，排量2.0 T、自重1.75吨、四轮驱动，加之当时大丰福特4S店陶总介绍得很有感染力与说服力，我几乎没有任何犹豫就直接订了车。

小虎到家，小福真的相形见绌了。

一年多时间，开车里程近一万公里，不多。坦率说，小虎的确比较好开，优点不少。然而，排量大，就费油，多花点儿钱并不十分要紧，可是需要频繁加油，有点烦人；四轮驱动，车大多在小城的城区跑，这功能基本用不上；车身重，遇上情况，紧急制动时惯性大、不易停住，尤其起初没适应时有几次遇上点儿情况被迫猛踩制动，结果手机、包、面巾纸等滚落了一地。

如今，小虎依然神勇，生活中真的离不开它。然而，随着时间的推移，原本已被视作"丑小鸭"的小福竟又越看越顺眼了。没有小虎做比较，还真忽视了小福的优势与长处。

2

年少时，在相貌方面，最羡慕别人的就是拥有一双大长腿。

其实在读小学时,我还曾被推选参加过学校的舞蹈表演,感觉挺好。后来,长着、长着问题来了,两条腿不仅无法跟那些身材好的人相比,就是兄弟姊妹中也算最次的。

曾经较长一个时期,每当身边有"大长腿"走过,无论帅哥还是美女,总会悄悄多看一眼。

三十岁以后,渐渐明白一个道理:人,是可以想方设法发挥比较优势的。腿,这辈子肯定无法长长了,但我可以加强锻炼,使自己的身体更加结实、更加匀称,做到以长补短。

于是,开始跑步、练单杠和双杠。那时候家住五金巷小区,靠近人民公园,公园里的户外健身器材比较多,晨练的人也多。我往往先绕跑道跑上两圈,然后在单杠上做引体向上,单杠练完再练双杠。只要是晴天,天天如此。

弹指一挥间,二十多年过去了。这么多年,跑步、引体向上几乎从未停止过。由于坚持锻炼,从学校毕业三十多年来,体重上下误差始终没超过十公斤。

你有大长腿,我有腱子肌。

3

听过一个故事。

有一个圆,被砍出一个缺口,从此它活着的意义就是去寻找那个被砍掉的碎片,找回一个完美的自己。

由于有缺口,它滚动得非常慢,因此欣赏到沿途美丽的鲜花,听到了鸟儿动听的歌声,还可以和虫子们聊聊天,享受着阳光的温暖。

有一天,它找到了那缺失的碎片,变回了完美的圆。可是,它发现,这样的自己滚动得太快,眼前的一切匆匆而过,错过了花开,屏蔽了鸟语,漠视了虫子……

原来,不完美本身就可能是一种完美;而我们,真的不必奢求什么完美。

二〇一八年五月二十九日

找准对称轴

所谓对称是以一个点或一条线为中心，两边的形状、大小、排序呈现相等或相当的，事物色彩、影调、结构都是统一和谐的现象。

古语有云："夫美者，上下、内外、大小、远近皆无害焉，故曰美。"对称，即是这样的美。

对称之美，讲究的是均衡和谐，平稳而不僵化，灵动而不浮华。对称并不意味着乏味和无趣，反而具有一种庄重的经典美。日常生活里，一求一应，我们讲究一诺千金，信用是那条看不见的对称轴；一教一学，我们讲究尊师重道，教养是那条看不见的对称轴……

找准对称轴，我们就可以发现与创造生活中的和谐、生活中的美。

动与静以健康为轴

"动如脱兔，静如处子。"听起来就很美。

生活中，有人爱动，有人爱静；动静皆宜，各取所好。无论爱动还是爱静，身心健康是目标、是标准。

有人爱运动，当然好，但要选择适合自己的运动项目，因运动造成较多伤病则不可取。有位男士，比较胖，体重较重，酷爱打乒乓球，几十年下来，膝盖做过三次手术，也花掉十多万元人民币。前些天在区体育馆遇见一位高中同学，他介绍说每周打羽毛球五次以上，但膝盖损伤比较严重，我注意到他膝盖上果然绑着护膝。我原来爱好打乒乓球，手也因此多次受伤，后来我就换了运动项目。其实跑步、游泳、瑜伽以及广场舞等等都是很好的运动项目，运动中人不容易受伤。

四、逝水年华

有人爱静，这没什么错。但现在生活条件好，吃得也好，如果懒得动，容易肥胖，若是体态臃肿、步履沉重，爬个楼梯都会气喘吁吁，这就不健康了。不少人平时缺少运动，导致身体指标不正常，身上常常带着好几种药，成了个"药罐子"。我有一亲戚，不爱运动，倒是很爱打麻将，又不注意体检，不到五十岁就得了脑溢血，虽经全力医治人活了下来，但手脚不灵便了，走起路来一瘸一拐的。不过，他"亡羊补牢"，后来天天坚持运动，身体恢复得还不错。

一天晚上，一群人在我区二卯西河风光带健身器材旁锻炼，我也在场。

"其实多运动的人未必长寿，也未必比不爱运动的人活得更长。"有个比我年轻但身体明显瘦弱甚至带点病态的人（我称他为"瘦子"）开口说。

"你不是说前些日子连胳膊都抬不上去、摸不到这个器材的横杠吗？经过运动已经好多了。你的腰板看上去明显比前段时间挺直。运动的人未必长寿，但肯定更有精神与活力。"我接过话茬。

"运动可不仅仅为了活得更长，运动使人健康、活得更有质量。同时，运动本身也有很多乐趣。"一位头上系着发带的人发表了自己的看法。据了解，他每周坚持跑两个半程马拉松，而劈叉、踢腿、"鳄鱼爬"等动作均做得轻松而流畅。虽然相貌平平，但他身材匀称，肌肉发达，周身洋溢着一股青春气息。

"我喜欢打牌，没有牌活得再长似乎也没什么意思。因为胳膊出了问题、影响抓牌我才出来锻炼的。""瘦子"笑着说。我觉得他为人还挺坦诚，颓废中透着点孩子气。

"抽空运动，适当运动，你练好了胳膊、练好了腿，便于更好地打牌啊。"我这话"瘦子"总应该能听得进去吧。

健康是"1"，其余皆是其后的"0"，这个道理还需再唠叨吗？

进与守以积极为轴

"征途漫漫，惟有奋斗。""如果你想拥有你从未有过的东西，那么你必须去做你从未做过的事情。""成功呈正态分布，关键是你能不能坚持到成功开始呈现的那一刻。"这些话很励志，我读到之后，赶紧记在了备忘录上。

我们再一起来看下面两段话：

"人生两个至境，一个是知道，一个是知足。知道，让人活得明白；知足，让人活得平和。不属于自己的不争，渐行渐远的随意；于淡泊中且行且珍惜，日子便可温馨惬意。"

"人生中出现的一切，都无法占有，只能经历。我们都是时间的过客，总有一天，我们会和所有的一切永别。需要用一颗轻松浏览的心，看待人生的起伏沉落。"

奋斗、前进，淡泊、坚守，究竟哪个是对的？我们该如何选择才好？

我的回答是：以积极的态度与行动走好人生每一步，不虚度光阴，不负韶华！同时，以一颗知足、感恩的心待人接物，淡定、从容地行走在人世间。其实奋斗与知足并不矛盾更不冲突。

曾经有一位同事，跟我老婆在一个科室，当时她老公是我们当地一个部门的主要负责人，可她当了一辈子的办事员。她为人积极、乐观，工作认认真真、勤勤恳恳，真正做到了"几十年如一日""勿以善小而不为"，单位上上下下个个认可她、尊重她。

20世纪90年代中期，在我担任单位一个科室负责人时，有位同事是本科室的办事员。他同样始终保持着很高的工作热情与勤勉敬业的工作态度。前后有15年左右吧，年终测评他都是本单位（注意，不是科室）第一。我们单位在职干部职工有七八十人呢。

但不是所有人都耐得住平凡与寂寞。有个小同志，一度在看到同龄人被提拔而自己"原地踏步"时心态失衡，成天牢骚满腹，甚至在工作日下午四五点钟就去打篮球。结果，不仅没被单位重视、重用，还受到了领导的批评教育。

将军也好，士兵也罢，我们可以平凡，但不可以平庸。积极的人生态度，是人生成功的基石。

得与失以知足为轴

《格言联璧》中有云："安莫安于知足"，意思是说，人生在世，没有比不贪心、知足常乐更让人心安的了。

喜欢就争取,得到就珍惜,错过就忘记,生活原本可以这么简单。使一切变得复杂的,是我们内心无休止的欲望。因为欲望太多,得到的不再珍贵,得不到的才是好的。人心何时懂得知足,何时才能迎来幸福。

小时候,经常听老人讲《拾金子》的故事:东海边有很多金子,一天,有兄弟两个一大早去海边拾金子。弟弟拾了一会儿,赶紧回头;哥哥已拾了不少,但面对满海滩的金子实在不忍撒手。太阳渐渐升了起来,哥哥跑不及,被太阳烤融化了。而弟弟已回到安全的地方。

这个曾听过无数遍的故事,阐述的道理简单又明了——人,得知足,不可贪心,贪心必遭祸殃。

人们常常说"幸福指数"这个词,那么幸福指数怎么计算呢?幸福指数=得到/期望,或者说,幸福指数=手里的/心里的,一句话,就是"手里拥有的"除以"心里想要的"。心里想要的太多,无论手里拥有了多少,都不会感到太幸福。有人说,幸福就是自己的能力比欲望多一块钱。

另外,我们应该都曾听过"甜柠檬"与"酸葡萄"心理,个人以为二者都具有较好的心理调节功能,不妨一起来回顾一下:

"甜柠檬心理"是认为自己的柠檬就是甜的,自己拥有或摆脱不掉的东西就是好的。学会接纳自己,懂得珍惜自身拥有的。

"酸葡萄心理"通俗解释就是"吃不到葡萄说葡萄酸",当需求无法得到满足、产生挫折感时,为解除内心不安,自我安慰,以消除紧张情绪。

不妨记住这句话:你觉得自己痛苦,是没有看到比你更痛苦的人;你觉得别人幸福,是因为别人比你懂得珍惜。因此,当你抱怨没有鞋穿的时候,去看看那些连脚都没有的人,就会明白,你现在的处境和难处根本不算什么。

卢梭说:"真正的幸福是不能描写的,它只能体会,体会越深就越难以描写,因为真正的幸福不是一些事实的汇集,而是一种状态的持续。"意思是说,实现目标带给人的快乐和幸福是短暂的,人追求目标的过程才是持久的快乐和幸福。

我们大可不必为目标所累,只要时刻保持一种追求,保持一种积极向上的人生态度就够了。

幸福不是给别人看的,而且与别人怎样说无直接关系,重要的是自己懂得知足与感恩,心中始终充满阳光。

内与外以敬业为轴

体制内,一般指的是机关事业单位及国有企业等,其中的工作人员称为体制内人员。

体制外,是指民营企业、外资企业、中介组织和社会组织以及新媒体等等,其中的人员则是体制外人员。

体制内的人,常常会羡慕体制外的高薪与自由,感觉对方年终奖都能顶自己一年工资,做的工作能充分发挥自己的才能与潜力,并且有一定自由度。

体制外的人,则会向往体制内的安全、稳定,朝九晚五,幸福感满满。再看自己,虽然收入还不错,但每一步都是用心血和头发换来的,在绩效、末位淘汰等重压之下,上班路上不见太阳,下班时却见过凌晨四五点钟的路灯。

前些日,有位在外企工作的朋友对我说:"你们体制内的人,嗯……不多说了。我们班某某同学夫妻俩都在外企工作。如果我进入了体制内,也会主动退出来的。"

我想告诉这位朋友,话还真别说得这么偏激,现在仍然抱着这种观念,真可以说是"身体进入了新时代,思想留在过去时。"起码可以说是犯了以偏概全的错误。

体制内固然仍存在这样、那样的问题,需要继续加大力度解决;也仍有素质不高的人,需要纪律和规矩来约束与处理。但大多数人,在不同岗位上体现出的敬业与奉献精神,并不是体制外人人都具备的。而且,相信有不少体制内的人,如果到了体制外,挣的钱会比在体制内多得多。

直接拿我自己来举例吧。2021年8月,南京、扬州局部地区发生疫情,扬州部分密接、次密接者到我区隔离。组织上安排我担任区半岛酒店隔离点的总点长,我和团队的伙伴们一头扎进工作中,那可真是废寝忘食、没日没夜啊。经过一段时间的努力,堪称出色地完成了全部任务。

加班加点、吃苦受累甚至冒着生命危险,却没有一分钱加班费或补助,在体制内已是"家常便饭"。"当官别想发财,想发财别当官",作为体制内人,就应该这样,我们无怨无悔。

干一行,爱一行;一分耕耘,一分收获。无论体制内、体制外,爱岗敬业,都是必须的。

浓与淡以舒适为轴

浓与淡,先从饮食口味说起。曾经有这样一首歌,说全国各地人的口味:"安徽甜,湖北咸,福建浙江咸又甜;宁夏、河南、陕青甘,又辣又麻外加咸;山西醋、山东盐,东北三省咸加酸;黔赣两湘辣子蒜,又麻又辣数四川;广东鲜,江苏淡,少数民族不一般。"

客观环境是饮食习惯产生的前提,就像上面歌谣中所唱的,北方人的生活环境与习性决定了他们以咸为主的饮食习惯,南方人则更喜欢酸甜的东西。

无疑,当地人吃当地菜,浓或淡成了习惯,一般来说会是舒适的。当然也不绝对,具体到每个人之间又会有差异,适合自己的就是舒适的。

再说喝酒。有人习惯高度的,有人习惯低度的;有人偏爱清香型,有人偏爱酱香型;有人喜欢"洋河蓝色经典",有人则喜欢"国缘"系列……几乎说不出什么规律与原因,就是习惯,喝了舒适。

朋友圈里,人与人相处中的浓与淡,个人以为更应以舒适为宜。

比如我们有个写作与诵读群,一二十个人,相处得较好,为此当中一位我们当地作协的冯主席曾写过一篇《当鲜花遇上安慕希》,详细描绘了这个群以及每位成员,可谓形象生动、入木三分。不久之前,吴作家出版了一本文集,群中文友纷纷阅读并提笔撰写书评,正常生活在南京的卢姐写得精彩,投给五家杂志社五家全部刊发出来,友情、乡情浓得化不开。在这个群里,大家的舒适指数自然非常高。

有一位高中同学陆,当时与我不一个班,加微信之后成为好友若干年。陆同学发朋友圈并不频繁,内容多为休息天陪母亲、儿子等家人到公园转转的图片和极简单的文字介绍。由于我微信好友较多,平时忙起来没时间看朋友圈,因此点赞、评论较少且不及时。但陆同学对我所发图片、文字以及链接的关注和点赞却一直没有间断过,有时候简短的评论总让我感觉恰到好处、温暖如春。

还有一位初中同学,长得浓眉大眼、端正帅气,当时成绩比我优秀,步入社会后事业发展得也顺利。有一年,他的团队为我们单位编制一个专项规划,最后我们没有采用,一分钱工作经费也没支付。本以为这可能会影响我们的感情,可几年下来一切依然如故,事实证明他真是谦谦君子,温润如玉。

这些朋友,正如一首歌曲唱的"萍水相逢,你却给我那么多!"平时相处虽是淡淡的,可情谊却始终是浓浓的,感觉十分舒适。

也有一些微信朋友圈中的朋友,熟悉的或者从未谋面的,他们性格直率,为人热情,处事果断,自我感觉良好。中午休息时间、夜里十一二点甚至凌晨三四点钟,他们仍然活跃,"嘀嘀"一声响,一个链接、一段视频、一张图片……发了过来,有时会吓我一跳。我当然十分珍视他们对我的认同与信任,但他们这种表达方式,浓烈得让人有点吃不消。

浓与淡,"十里不同俗,百里不同味",关键在于能让彼此都有较好的舒适度。

聚与散以祝福为轴

离婚的明星不少,这里就不多举例了。明星离婚时经常出现各种状况、各种传闻以及各种报道,而"出轨""离婚大战""互撕"等等可能是用得最多、最热的几个词了。

俗话说"百年修得同船渡,千年修得共枕眠。"相聚不易,相处更难。彼此相爱一场,当缘分已尽、爱已不再,未必就非得上演怨恨情仇不可。纵然没修成正果,可一生中多少过客,对方未尝不是你生命中一道最特别的风景。感恩对方的给予和陪伴,感谢对方曾经在黑夜给你亮的灯、雨天备的伞。

道一声祝福有多难?不能爱下去,选择成全彼此,祝福彼此未来的人生更加美好,祝福对方未来能够收获自己的幸福。

中国历史上有很多经典爱情传说与故事:孟姜女与杞梁,泪洒倾盆长城新;织女与牛郎,银河清浅两下分;祝英台与梁山伯,彩蝶无奈舞翩翩;白素贞与许仙,断桥残雪恋君恩;刘兰芝与焦仲卿,孔雀年年东南去……这些故事,无论结局如何,都被人们代代传颂着。因为人们始终向往与追求着矢志不渝的爱情,并且在心里总有一个美好的愿望:有情人终成眷属!

  这里介绍一下大丰"荷兰花海"景区内,由著名导演王潮歌导演的《只有爱》戏剧幻城中的两场戏。一场是第三空间"出轨"。在不对的时间遇上了对的人,"恍如隔世,宛若初见!"然而"如果拥有只是如此短暂",宁可自己受苦也不能让别人受苦,各自有了家庭的情人理性分手,虽然万般不舍与痛苦,但"今生我们注定无缘,相见不如怀念。"最终回归家庭,将怀念与祝福留给了对方。另一场是第四空间"文学中的爱情"。讲的是20世纪五六十年代,一个被从上海遣送到苏北某农场劳动改造的原上海滩红歌女,为了让当地生产队长同意修建女浴室而色诱根红苗正的刚刚20岁的年轻后生。出乎意料的是,因为温柔一吻,年轻的生产队长无可救药地爱上了比他大17岁的女劳改犯,"只要你活着,我就要你!"然而,良心发现的女劳改犯为了不影响生产队长的前途,毅然选择了轻生。只一吻,却以自己的死换取对方的前程与幸福。

  这一生,我们总会遇见很多人,无论聚与散,应当心怀感恩。留下的,好好珍惜;离开的,深深祝福。

二〇二一年十二月二十六日

1

风雨中是个大人，阳光下像个孩子

下午，一位朋友发来信息，关心、询问我区新冠肺炎疫情。

"有关情况通报可见《盐城发布》，我在正常上班，周围一切正常，秩序井然。"我回答。没做夸大或缩小，实事求是。

"好的。疫情弄得大家比较紧张。"对方很快回复。

"2020年春节后那段特殊时期的疫情防控，去年8月份服务扬州转移来丰隔离人员，这些防疫工作我都参加的，而且是相关防控小组组长及一个隔离点总点长，因此现在心里一点都不紧张、更不害怕。当然，战术上得高度重视，执行规定丝毫不能含糊。"说这些话的时候，我的脑海里闪过曾经的那些画面。因为对方曾经跟我在同一个团队担任负责人，所以我坦率说出了自己的状态与想法。

突然想起自己的一篇文章《新鞋子，旧鞋子》，文中介绍了我在2020年初手掌骨骨折后脚穿旧布鞋走村入户防疫的一些情况。于是，将文章在《盐阜大众报》刊载的电子版发给了这位朋友。可能有自作多情之嫌。

"你写的是我们的记忆啊，文笔朴实而感人，引人共鸣，写得真好！"对方评价。

"我更喜欢看到作为作家的你。"接着，朋友补了一句。

"作家不敢当。我喜欢一句话'风雨中是个大人，阳光下像个孩子。'"借用这句话回复，我是认真的，相信对方能够明白我想表达什么。

2

曾有朋友对我说:"你的文章,文字比较质朴、清新,特别是回忆童年、少年时期的生活,饱含乡情、乡韵与乡愁;读你的文章,时常能感受到一种童心、童真及童趣。可是,你又是个行政官员。有时候我会产生疑问,不知道哪一个才是真实的你?"

不同角色之间,难道有矛盾或者冲突吗?

没错,我爱生活,爱家乡,童年、少年时期的生活理所当然在心里生了根。在我的文章《露天电影》《梨花开,梨花落》《小时候的夏天》《槐花飘香》《少年理发师》等等之中都可以读得出来。

人们常说,最烂漫的是童年,最动听的是童谣,最快乐的是童趣,最难忘的是童伴,最难得的是童心。

"童心未泯""老顽童"之类词语用在我身上,应该比较恰如其分。这在我文章中时有体现:

"玻璃罐以一道美丽的弧线不偏不倚落在盥洗台旁放擦手纸的垃圾桶里,擦手纸温柔地接纳了它,相濡以沫,悄无声息。"

"特别是'喜领队',在我面前'闲庭信步',我忍不住朝它'喳喳'喊了两声,它竟然扬起头来'喳喳'回应了两声,太逗了!"

"冬日的夜晚,看路灯旁乌桕树上的种子,更像夜空中的点点繁星,又像缀满枝头的白珍珠。"

"我想逗逗它们。站到树下用力跺了几下脚,它们应声飞了起来,也不飞远,就在竹林上面转圈。可能因为看到我在树下不走,它们靠近树顶却不落下,接着飞上几圈;见我还不走,它们就不想再飞了,纷纷落到了树上。"

……

导演谢晋说:"为什么艺术家要有一颗'童心'呢?所谓'童心',也就是一颗赤诚的心。"

童年虽不可追,童心却不可丢。在钢筋水泥的丛林里,在喧嚣繁杂的世界上,保持一颗纯粹、透亮的童心,生活也就多了几分趣味的可能。

3

看到过这么一段文字:"小时候枕头上全是口水,长大后枕头上全是泪水;小时候微笑是一个心情,长大后微笑是一种表情;小时候哭着、哭着就笑了,长大后笑着、笑着就哭了。"

看似简单的勾勒,无论写实或写意,内涵丰富,耐人寻味,将生活的不易、成人世界的艰辛表达得形象生动、淋漓尽致。

可是,小时候的单纯与率真,长大后就再也寻它不见?长大后的人生就该如此复杂、如此悲催吗?

"风雨中是个大人,阳光下像个孩子。"这句话比开头的那段话要积极得多。在遇到困难的时候成熟、冷静,而在一帆风顺的时候则像孩子一样阳光、纯真。

每个人都经历过无忧无虑的童年,每个人也必然长大、必须长大。童心和成熟并不天生相矛盾与排斥,一个人在心智和精神上足够成熟,能够正视和承受人生的苦难,同时心灵依然纯真,对世界怀着儿童般的兴致,完全是可能的。

童心是真实,是横渡沧海、拨云见日后依旧保留的赤子之心,是知世故而不油滑,懂人情而不做作。相反,如果一个人不再欣赏天然,不再欣赏率真与淳朴,而一味地去为争取实际利益而戴上面具并对别人处处设防,也许他更老练、更圆滑了,但在不知不觉中失去了天赋中的一份宝贵特质。或许,世故是一层铁甲,它可以保护我们、使我们不易受伤,但它也限制了我们的行动,使我们负担沉重、步履蹒跚。

4

生活中有很多人,工作做得很好甚至堪称事业兴旺,同时始终保持着一份童心、童真。

我区有一位老副县长,早已退休。在职时分管全县农业农村工作,工作成效显著。工作之余,他爱好摄影,35年如一日跟踪拍摄麋鹿,创作过500多幅以麋鹿为主题的摄影作品,在76个国家和地区国际影展中获奖或展出。在古稀之年,他获得了摄影界的最高荣誉:第十一届中国摄影金像奖。他经常肩扛三角架等器材,身穿防水服,在海边浅滩和淤泥港汊之间一守就是一天甚至更长时间,时刻睁大一双孩子般好奇的眼睛,用最专注的眼神,去捕捉麋鹿生活中那些最灵动、最迷人的瞬间。

简书上有位朋友亦昙,是个80后,从文章中可以看出她生活在南方昆明。她爱赏花、爱拍摄花、爱写花,也爱赏鸟、爱拍摄鸟、爱写鸟。她的文字细腻、质朴,文章中无论图片还是文字均纯粹而美好,大多充满童真与童趣。一些文章的题目就很有趣,比如《新年第一天,我在树下等一只鸟》《捕过鱼后,小翠去洗澡》《满江红,有着红遍一条江的雄心壮志》等等。

有位广东的文友,是一位从教多年的小学语文老师,姓危,客家人,也是老资历的班主任。看得出,危老师的教学比较优秀,得到广大师生特别是孩子们的一致认可。危老师的文章无论散文、随笔还是小说,无不透出一股童心、童真,对孩子们的言行及心理活动描写,生动有趣,有着很强的感染力。

有一套《我们小时候》丛书,由部分著名作家写他们小时候的故事,如毕飞宇的《苏北少年"堂吉诃德"》、迟子建的《会唱歌的火炉》、苏童的《自行车之歌》以及王安忆的《放大的时间》等等,其中每一篇文章都很有趣、很美,文字都非常平实、质朴,而这些作家大多是省级及以上文联或者作协的领导。

有时,我们在忙碌之中哪怕停留一秒,也会发现生活中的美景不只在终点,在追逐梦想的路上用心体会,沿途也有灿烂的风景。

"风雨中是个大人,阳光下像个孩子。"正所谓"世事洞穿,童心不泯。"保持一颗童心,即使朱颜已改,即使年事已高,我们的心依旧年轻,脸上的笑容依旧灿烂。

二〇二二年一月二十九日

借一段苦难渡自己

那是刚参加工作的第一年,我在一个离家较近的乡镇财政所上班。

没料到,才上了几天班就得了急性黄疸肝炎。甲型肝炎,治疗本该比较简单,身体恢复也容易,可多方面原因导致休养得不好,当年冬天快过春节时,不得不再次住进了医院。

因为大丰人民医院床位紧张,就住到了县中医院。当时中医院住院部条件较差,传染病房是面朝西的一排旧平房,而且被圈在围墙里面,人住进去仿佛要被世界隔绝了一样。

我被安排在一个大病房,里面住了七八个病人。或许是为了节省空间,病床横着、竖着较为随意地摆放,加上大家带来的衣物较多,整个病房显得拥挤而零乱。

病房内没有卫生间。天气寒冷,输液又多,病人内急了就站在床边对着痰盂解决,声音响亮,声声入耳。起初,我有点不适应,硬着头皮面对痰盂站那儿好久也解不出来,只得顶着寒风,手举盐水瓶到外面公共厕所去。过了两天,病友们纷纷劝我别因此挨冻着凉,自己也就慢慢适应了环境、随了大流。

夜里睡觉时,病人加陪护有十来个人,呼噜声、梦话声、磨牙声……令人难以入眠。1、2、3、4……我用最普通的方法在心里默默数数,可直数到大几百、直数得忘了数到哪儿,一点用也没有。后来索性跟自己说:"别着急!反正白天不用上班,干脆让思绪信马由缰吧。"

最磨炼人的当数挂水。每天上午上班后护士给病人扎上针就离开了,换水、拔针基本由病人自己或者陪护人员完成。记得头一次自己换水时,我用没扎

四、逝水年华

针的手将空了的盐水瓶从架子上取下来,轻轻放在床头柜上,还没来得及换水,只听一声惊呼:"哎呀,你那皮条里进了不少血啊!"我一看,见皮条内倒流进不少血,一下子感觉有点头晕……后来我明白了,换水时要将皮条上的调节开关完全关闭,同时尽量抬高扎了针的手。自己拔针也不是件容易的事,取支棉签,搁在扎着针的手边,轻轻剥开胶布,迅速拔出针头丢在一旁,赶紧拿棉签压住针眼。拔针的动作要一气呵成,稍有犹豫或者动作跟不上,针眼就会流血。

住院没多久,迎来了春节。病人全部放假回家过年,到年初五再来。年后,我按照医生的要求及时回到了医院。那天是哥哥送的我,到病房时发现整个病区就我一个人回来了。当时心里一紧,心想:要不跟哥哥一起回家吧。哥哥也反复对我说:"我看你还是别一个人住这儿了,跟我回去吧。"我犹豫起来,转念想想,回去了过两天不是还得来,最终我还是决定不再来回折腾,留了下来。

到了晚上,整个病区黑灯瞎火,外面除了北风呼啸声,就是远处狗叫声。我一个人躺在床上,内心倍感孤独,也有一丝恐惧,甚至胡思乱想起来:这病房里会不会死过人?这院子里会不会充斥过撕心裂肺的哭声……越想越感觉不安,开始后悔独自一个人留了下来。我开始想家,内心在疯狂地呐喊:"爸爸、妈妈,我想你们!""哥哥、姐姐、弟弟,我想你们啊!"

回想起来,这段住院的时光总体来说色调比较清冷、黯淡,但其间也不时有一束光,照亮、温暖着我的心。

除了家人、单位领导与同事,还有一些同学、朋友来探望和安慰我,不少场景印象深刻,至今历历在目。

有个在外地工作的朋友,坐了大半天公共汽车赶到大丰来看我。坐在病床边问了病情、说些宽慰的话之后,竟然不声不响地将我的脸盆、毛巾以及吃饭的碗筷,一股脑儿捧到外面水池边冲洗了一番,似乎一点儿不担心自己被传染。

曾见过若干种日历和挂历,但这本"日历"最珍贵。一个能写会画的同学,用白纸裁成小纸片做了本60页的"日历",每一页的图文都是亲手绘制、书写的,内容诸如一个谜语、一首小诗、一段歌词或者原创的一段话、一篇小文章等等。离开医院时,还特别叮嘱我:"你呀,一天只能看一页,这样天天多了个悬念和盼头。60天过去了,你的身体也就恢复得差不多了。"

还有个朋友堪称"好事者",一天下午骑辆自行车来医院,游说并带着我到大丰电影院看了两场电影。一场《天皇巨星》,喜剧色彩较浓,感觉轻松愉快,其中有首插曲挺好听而且歌词比较有意境。是这样的:当画面中男女主角光着脚在大雨里嬉戏追逐、用芭蕉叶为对方"撑伞"时,欢快的音乐声响起,"今天是个好天气,因为我和你在一起……"另一场是当时比较火爆的台湾电影《妈妈再爱我一次》,故事情节凄凄惨惨,小演员的表演非常到位,将观众深深带入戏里。散场时我跟朋友说:"《妈妈再爱我一次》要让我的肝功能指标升高了。但我真的非常感谢你!我已经好些日子没出医院大门了。"

一天黄昏,一个家住县城的朋友带着自己尚在读小学的妹妹一起来看我。小姑娘手里抓着几串糖葫芦,递给我后,要我立即吃上一串,同时她自己也有滋有味地吃了起来。我逗她:"这里全是病毒,你可当心生病啊!"她调皮地做了个鬼脸,说:"生病了,不正好不用上学吗?"

一场本无关大碍的甲型肝炎,却发生在我人生由学生向工作人员转变的关键节点,前后经历了自己倍感漫长的一段时期,整整两个月住在条件简陋的病房里,每天挂水时换水、拔针等等都得自助完成……

这段经历,也许可以算是命运跟我开了个玩笑,也许可以称作上帝送给我的一笔财富,甚至可以说在一定程度上改变了我的人生。

读过一篇文章,很喜欢其中这样一段话:"生活就像一条河的两岸,你在此岸,若想看到对岸的风景,必须渡过去,而苦难是两岸之间唯一的竹筏。"

二〇二一年七月二十五日

意外当上了主角

那时候我在当地政府的一个部门担任副局长。

一天上午,有同事跑到我办公室,小心翼翼地问我:"外面有人说你因赌博被派出所抓了,你听说了吗?"

我哈哈大笑起来,因为我从来不赌博,更不可能因赌博而被公安人员抓了。

"这真是个笑话,从哪里瞎传过来的谣言。"我都没兴趣多问什么,一笑了之。

没料到的是,"忽如一夜春风来",此后,打电话来询问的此起彼伏,到我办公室直接问我的也越来越多。对此,我都微笑着耐心回答,同时表示感谢关心。我内心仍然坦然而轻松,因为根本没这事嘛。

第二天,局长将我喊到他办公室,问我这是怎么回事,同时告诉我,政府大院里有领导问起这事。

"当然,我是相信你的。可外面传这事的人太多了。"局长认真地说。

再以后,老家那儿有不少电话打过来问,我去理发店理发时熟悉的人也好奇地问……

随着时间的推移,传言渐渐有了比较完整的故事情节:在某茶座包间,与某某、某某等人赌博,辖区派出所的人直接过来抓赌。我被带到派出所之后,给某位领导打了个电话,公安民警立即放人。真可谓有鼻子、有眼睛!

我渐渐感受到一种无形的压力。特别是在我耐心解释的时候,对方可能笑笑说:"其实来牌也不是什么特别丑的事情。"这什么话呀?难道我真赌博了吗?弄得我内心越来越烦躁,觉得人与人之间的信任原来竟是如此脆弱。

当然,故事的结局可以说比较平淡无奇。毕竟真的假不了,假的真不了。

特别感谢当时我们的局长,到底他曾经担任过乡镇主官,有比较丰富的社会经验。

此后的一天,县里召开"两个文明建设表彰大会",在谣言疯传的关键时刻,局长决定让我这个副局长代表单位到领奖台上领取"综合先进"奖。意图非常明显,利用这样一个难得的机会,向公众表明,我是清白的。因为如果我真参与赌博被抓了,组织是绝对不会让我代表单位上台领奖的。

我不是主要负责人,也不分管局办公室,领导却让我上台领奖,令我特别感动。

会议在下午召开,中午我激动得都没午休。特意穿上一套深色西服,系了条鲜红的领带,简直比结婚时更为慎重与庄重,只为体面、风光地亮相,快快还我清白!

登上领奖台时,我努力将奖牌举得高高的,脸上始终保持坦然的、阳光般灿烂的微笑。

谣言究竟是什么时候停息的,我无从得知。但领奖之后,问的人渐渐少了,我的身心也完全放松下来,继而专心投入到工作之中。

谣言,可恶的谣言!令人难以安宁的谣言!

原来总认为"不做亏心事,不怕鬼敲门""清者自清",但是当我成为谣言的主角之后,我明白了为什么会有"人言可畏""唾沫星子淹死人"这些说法。

二〇一七年十二月一日

舍，让明天更好

晨跑时发现，二卯西河畔漫步道旁的树木有了明显变化。仔细观察了一下，大部分已修剪过了。

有工人正给树修剪枝条，我主动上前跟他们聊了起来。

"师傅您好！这些枝条都长得挺好的，明年春天应该有满枝头的花，怎么舍得一下子剪掉这么多呢？"我问一位看上去年龄跟我相仿的师傅。

"该剪的就得剪啊，不能舍不得。剪掉一些树枝，树会长得更好，明年开的花也会更大、更饱满。"师傅朝我笑了笑。

"修剪树枝除了使花开得更好，还有哪些作用呢？"我想弄明白。

"嗯……作用可大啦。"他停下了手中的活。

"通过对树枝进行修剪调整，使树形显得更合理、更美观；剪掉一些过密的枝条，改善通风透光条件，有利于树冠内部枝条生长发育；将枯枝、叉枝等没用的枝条剪掉，减少病虫害的发生，也集中营养供应；此外，把干扰电线、影响人和车辆通行的枝条剪掉，以保证安全和便当。"师傅如数家珍、侃侃而谈。

"如果是果树的话，修剪能有效地调节花跟叶芽的比例，使生长和结果保持适当的平衡。"热心的师傅又补充道。

"没想到剪枝有这么大的作用。师傅您真是个专家！谢谢啦！"这下，我真弄明白了。

这对我们写作，是不是有所启发呢？

有时候，对于自己用心写成的文字，就像枝丫密集的树一样，哪一根树枝都舍不得剪去。结果，看上去大而全，可重点不突出，没特色，不出彩，无法让读者留下深刻的印象。

我们该向园林师傅们学习,下得了决心。那些看上去华丽的辞藻、优美的句子,若在整篇文章中无足轻重,就要毫不犹豫地删除。这样,文章才能像修剪后的树一样,结构紧凑,扣人心弦。

再比如学校教育,在完成基础教育之后,不必要求学生面面俱到,可充分发挥各自优势与特长,在某一方面有所发展、有所建树。

传闻国学大师季羡林从上小学开始文理偏科就严重,报考清华大学时百分制的数学考卷,他只考了4分,而他的第一志愿居然还是数学系。尽管如此,季羡林还是被清华大学西洋文学系录取。

曾写就经典美文《背影》的朱自清是诗人和散文大家,其炉火纯青的文字功底为"五四"后的新散文创作增添了亮色。朱自清还是一代国学大师,他的古典文学研究成绩斐然,起到了引路先锋的作用。然而,据说1916年朱自清报考北京大学时,数学考了零分,最终是破格录取的。

可见,无论是树木,还是写作、教育等等,都不必"枝枝叶叶"全部留着,而应当有所取舍与侧重,这样才能发展得更好。

二〇一六年十二月二十五日

秀出最美的你我

1

花秀艳,人秀美。

林清玄说:"当我们面对人间的一朵好花,心里有美、有香、有平静、有种种动人的质地,会使我们有更洁净的心灵来面对人生。让我们看待自己如一枝花吧,香给这个世界看!"

《人民日报》微信公众平台推荐的一篇文章,说容易接近成功的人士有十点特质,其中一点是"分享信息"。

以上这些,都直接或间接说到一个"秀"的问题。

百度百科中"秀"的解释:网络用语,是英文单词"show"的音译,为"展示,炫耀"之意。

2

生活中,其实我们无时无刻不在展示自己。穿不同款式的衣服,做新颖别致的发型;对房屋进行个性化风格的装修,适时更换新款车辆;写一篇引人入胜的文章,唱一首声情并茂的歌曲……

当下最流行、最典型的秀,莫过于电视真人秀和微信朋友圈了。

各大卫视的真人秀,如浙江卫视的《中国新歌声》、北京卫视的《跨界歌王》、江苏卫视的《说出我世界》等等,虽然社会公众对此褒贬不一,但选手们挑战自我、展示自己的勇气和精神以及为之付出的努力,应该得到肯定。

特别那些跨界真人秀,有些已经一大把年纪的选手需要从头学起,并达到较高水准。比赛时,他们在舞台上依然像花儿一样绽放,他们身上闪耀着青春的光彩。

3

短文《年轻》中说:"只要勇于有梦,敢于追梦,勤于圆梦,我们就永远年轻!"

微信朋友圈,早已和我们的生活紧密相连。朋友圈的英文叫"Moments",就是负责捕捉、收集和记录生命中的那些"时刻"。时刻是稍纵即逝的,记录下来,可以让瞬间成为永恒。

老朋友不常见面,但能随手刷到他们的动态,顺便评论一言半语,天涯若比邻!新添加的朋友,点开相册,便能了解个大概,距离一下子拉近了。

很赞同这么一句话:"一个坦荡纯粹的人,会把展示生活看成一种真诚的分享,也不会把别人的展示看成炫耀。"

4

在我们身边,同样不乏精彩的"真人秀"。

一位常年在菜市场卖鱼的妇女,三十多岁的年龄。虽然她一天到晚忙着称鱼、剖鱼,围裙上难免会被溅着鱼鳞,但她脸上精致的妆容、头上精巧的发髻以及脸上洋溢着的笑容,始终向人们展示着她的热情、美丽,展示着她对生活的热爱。她的生意也一直很好。中学课本文章中有"豆腐西施",生活中的她堪称"鱼西施"了!

我过去的一个邻居,家住乡镇,年龄比我大一些,特别爱跳广场舞。跳着跳着,渐渐成了该镇舞蹈队的核心,经常参加各类广场舞比赛,仿佛越过越年轻。在微信朋友圈中展示自己的独舞视频,让人不敢相信那就是她。

秀是呈现,是绽放;秀是展示,是分享。我们可以更勇敢地秀、更无私地秀,秀自己对周围人或事物的评价,秀山川江河、琴棋书画,秀亲情、友情和爱情……

秀出最美的你我!

二〇一六年九月十七日

过程便是奖赏

1

师妹晓寅可以说本是我广义的同事,因为现在共同跟着一位老师学习钢琴,而且她在我后面开始学习,因此我们互称师兄妹。

晓寅年龄不算小,准确地说已经从一个单位的领导岗位上退了下来。关于弹钢琴,听她自己介绍,早在上小学时已熟悉五线谱,也曾跟着当地一位颇有名气的老师学过较短时间的琴,只是后来没学下去。现在退居二线,业余时间比较充裕,决定从头开始好好学琴。

我们的老师不是专业钢琴老师,但在读大学时系统上过钢琴课,带我们这类"大学生"也不收学费,偶尔一起吃顿饭或者带点水果、麦芽糖之类坐下来共同享受。

因我平时抽不出时间,上课时间只能定在星期天下午稍晚一点,师妹晓寅则安排在我前面一节课。最近我连续缺课,自晓寅同学"开学"以来,尚未遇见过她。

其间在微信上问过老师,师妹弹琴水平怎么样?老师回答说,有一定基础,尤其识谱不成问题,学习应该会比较顺利。他们经商量后决定从《约翰·汤普森简易钢琴教程》学起。

我已学到相同教材第三册的后半部分,只是原来完全不识五线谱,且由于工作较忙无法保证每周有时间上课,学习效果只能说一般般吧。

有种预感,本次上课会遇上师妹。因此近几天特意抽空多练了几次,免得表现太差难为情甚至被她笑话。

2

推开门,哈哈,果然,晓寅同学正在上课。

微笑着跟老师和师妹打了招呼后,我坐在一旁看他们继续。听出来了,她这节课的内容是手腕断奏练习《动物展览会》,通俗地说是练习跳音。

只见师妹端正地坐着,面带微笑,手指迅速、有力地触键、抬起,再触键、抬起……似蜻蜓点水,又似轻敲鼓点,节奏感很强,琴声悦耳。她的目光在曲谱和琴键之间移动,但整个人始终保持端正状态,身体随着音乐节奏自然地轻轻摆动,既不显僵硬,又不觉松塌。

怪不得老师和师妹自己都说"有一定基础"。瞧这架势有模有样,堪称从容优雅,俨然已进入弹琴状态。

"师兄,你来表演一下吧。弹一首《无事生非》怎么样?"晓寅一曲学完,转头对我说。

"好的,我来。我还是弹几首我新学的吧,和弦稍微多点,有点变化。"毕竟我多学了几个月,不加上左手和弦说不过去。

"先弹一首《古老的曲调》吧。"我朝老师看了一眼,老师给我一个肯定与鼓励的眼神。

头一次在师妹面前表演,弹这首曲子我也是经过慎重考虑的。该首曲子是四三拍,节奏明快,主旋律简单而好听,左手和弦以及分解和弦的运用基本从头到尾,且不停用到键盘上的黑键。简言之,"一滴水可以反映太阳的光辉",这首曲子已经有那么点儿能体现出"乐器之王"的特点与优势。

说老实话,在家里经过反复练习,我闭着眼睛完全可以流利地完成。

略微调整了一下姿势,开始!右手主旋律一个不完全小节弱起后接一个完全小节,左手伴奏在第二小节开始,第三小节左手用到升Fa黑键,哎哟!不好!没稳住,手指滑了一下……后来,又出现黑键没弹好的情况,人的状态不由发紧,手指也显得比较僵硬,甚至有地方弹错了……

"曲子比较短,有点紧张,没怎么进入状态,弹得太差了点。容我连弹三遍吧,就当一首歌有三段。"我尴尬地朝老师和师妹笑了笑,为弥补遗憾,接着又弹了两遍。

"嗯,总体感觉不错,双手配合比较自如,像个弹琴的。但有的地方卡顿、犹豫了,显得不那么流畅。可能师兄平时工作太忙,练得还不够。"未等我开口,晓寅同学直接评论。依然面露微笑,却让我感觉有点坏坏的。

"其实这首曲子我在家里弹得挺好的,曲谱和琴键基本不用看,一弹到底,了然于心。"我认真又故作轻松地做辩解。

"那师兄为什么弹得不算好呢?"师妹侧过头来,眼睛直视着我,戏谑地反诘。

"因为你呀!"我笑了起来,"因为有你,还有老师在看着我弹。怎么说呢,我这人就是这样,在公众面前的表现常常只有自己实力的八折、六折甚至'拦腰斩',就如一句歇后语'茶壶里下饺子——有货倒不出'。在老师和你面前弹琴,也相当于一场小考嘛!难道你能不打折?"

"我不啊!平时怎样,我就可以弹成怎样,不管什么时间与场合,我是不会'缩水'的。师兄正常才艺出众,现场发挥怎会因紧张而打折扣呢?这可不像你的风格。"师妹这次没开玩笑,连说话的语速也放慢了。我当然相信她是真诚的。

"那你真厉害,我可做不到。多数人都会有点紧张的吧。"一边回应,我一边想,她是在怎样的环境中长大的?能养成这种淡定从容的性格与状态,实在是强大而幸运。

去年夏天我刚开始学琴,还课的时候手还不由自主发抖呢。

"这样好不好?我再弹一段双手交叉练习的分解和弦,算是给自己放松一下,然后弹一首相对复杂的《农民舞曲》,尽量体现出我的真实水准。"我也是个好强的人。

"好的!"

"好!"

我当然知道老师和晓寅同学肯定会赞同我再表现一下。接着,我就集中注意力而又努力放松地弹了起来。

已经丢过丑了,内心反而少了顾忌。果然,无论主旋律还是和弦、分解和弦,包括较多变化音用到黑键,都比较得心应手。

弹结束,我没急于说话。老师及时表扬、鼓励了我。师妹也露出赞赏的表情,"嗯,不错,不错,这次真的不错!看得出来有一定难度,完成得挺好的,比刚才流畅自然。"

又展示过了,也算弥补了一下刚开始时的尴尬,接下来我便将钢琴交给师妹。她复习了前面学过的两首曲子《无事生非》和《稻草堆中的火鸡》。依然坐姿端正、面带微笑,依然淡定从容、有板有眼,依然跟随节奏轻摆身体……

我不得不从内心佩服与羡慕她的这份自信与定力。

"我今天的课程结束了。师兄要不要弹一下这两首曲子?"弹完后晓寅同学站起来并问我。

"这样好不好,请老师将这架电子钢琴打开,我和你同时弹。刚刚听你弹的时候,曲谱我已经回忆起来了。我不用看教材,学过的曲子曲谱我大多记得。"这真的不夸张。其实也没刻意去记、去背,弹弹也就记住了。

接下来,我便和着师妹的节奏弹了起来。不看谱,不看键盘,而是自信地看着师妹,再看看老师,同时随着音乐节奏向他们点头、微笑……就这样将两首曲子弹结束。

"哇!原来师兄真的很厉害,谱子都记得!这点我做不到,不看谱我可不行。师兄也的确不用看琴键,才学了这么短的时间,感觉真不错!"师妹边说着话边收拾书包,"倍感压力,看来我得更加努力。师兄慢慢练。老师再见!师兄再见!我去学习尤尼克里里了。"

"尤克里里,是羽毛球吗?"我问,因为我知道尤尼克斯是世界著名的羽毛球品牌。

"师兄你真幽默!尤克里里是小吉他,也叫夏威夷小吉他。"师妹告诉我。

"那你学得过来吗?不如先抓主要矛盾,将钢琴学好。"我是真心的。

"没关系的。乐理相同,真心不难。我先走啦,老师再见!师兄拜拜!"说完,晓寅同学朝我们挥了挥手,并转身离开了琴房。

3

师妹从容优雅、淡定自若令我羡慕,同时她也羡慕我总能记得学习过的曲谱。我们都看到了对方的长项与优势，也从对方身上感受到了压力。

或许世界就是这样，赤橙黄绿，五彩缤纷；各美其美，美美与共。无论弹钢琴还是其他技艺的学习与展示，有人一鸣惊人，有人渐入佳境；有人一帆风顺，有人一波三折……

其实，结果固然重要，但亦不必太在意，过程便是一种享受与奖赏。

英国导演、演员萨缪尔·韦斯特每天练琴已经三十年，他说："如果能演奏一小段，我就能更好地感受自己、表达自己，这纯粹是为了消磨时间，不过也是乐趣所在。最令人兴奋的是双手逐渐记住如何敲击键盘的这个过程……"

的确如此，我们成年人尤其中老年人学习一样东西，比如乐器、舞蹈、摄影、书法，或者写作、诵读等等，无论接受能力还是掌握的速度肯定不如少年儿童，但没关系，我们不必过分在意，慢慢来，找到适合自己的节奏，让学习成为一种享受，而不是"找罪受""真难受"。几年下来，梦想就会实现，生活随之更加充实，人生变得更加精彩。

最后分享麦兜的一段话："不是'嘭'的一下子从一个东西变成另外一个东西就是神奇，一个走得很慢、很慢，但是非常确定一直在走的钟，就已经很神奇了。"

二〇二一年五月二十六日

我是否会明白生活重点

1

出差去外地参加一个会议。

晚上到宾馆时已经比较晚了。在前台登记、取房卡后,往房间去。

推开房间大门时,一位同是参会的人员已经洗好澡、身上裹着浴巾,正看着电视。

"你好!"我笑着跟他打声招呼。

"你好!"对方显然没有思想准备,随即忍不住埋怨道:"会务组怎么搞的,房间不够可以另选宾馆嘛!"

脱下外套,我将行李箱搁在墙边。环顾四周,这房间确实不算大。

"待会儿我出去重找个地方住。"对方似对我说,又像在自言自语。

"哦,明天下午会议结束,也就住一个晚上。我睡觉不打呼噜的。"说完,看看尚在就餐时间,我就去餐厅吃饭了。

再回到房间,对方已经离开。

2

这是一个短期培训班。培训中,安排了去外地的现场教学,需乘车前往。

40余座的大巴,30多人乘坐,两边双座,中间是过道,势必会有两人坐一起。

集合的时间到了,大家纷纷上车。

我主动选了一个靠后的座位,这样比较机动。没人坐旁边的话,就一人享受较大空间;有人愿意跟

四、逝水年华　259

我坐一起也挺好,可以一路加深友谊。

没想到,令人尴尬的一幕出现了,有一位看上去年龄比我略长的同志,选了靠前的位子坐下,当其他同志欲在他旁边坐下时,被他伸手制止了。

"后面还有座位,请你往后坐。"

"这大巴的座位不够一人双座吧!"

"到不够的时候再说嘛。"

"你这坐法不上规矩啊!"

"什么规矩规定我这个座位必须坐两个人?"

……

比较遗憾的是,几乎相同的场面,几乎相同的话,在该同志身上重复出现了至少三次以上。

3

想起一首歌,歌名叫《如果再回到从前》:"如果再回到从前,所有一切重演,我是否会明白生活重点,不怕挫折打击,没有空虚埋怨,让我看得更远……"

我们是否会明白生活重点?无论物质条件好到什么程度,无论身居什么要职,请不要忘记当初出发时的那个自己,请不要忘记了初心。

二〇一七年十一月二十六日

以什么传家

在全省领导干部警示教育大会上，与会人员一起观看了专题警示片。

片中部分案例有一个共同点，就是贪污、受贿的罪犯或犯罪嫌疑人为了孩子而敛财或者说敛财是为了孩子。

现实生活中，不少父母千方百计为孩子积累财富，以避免孩子再吃他当年的苦，说是不能让孩子输在起跑线上；有些父母认为万事开头难，父辈打下比较好的基础，子孙后代做人做事就会如虎添翼。于是，哪怕自己受再多苦，也不能让孩子受半点罪，总想着自己的财富和事业能够后继有人、子子孙孙无穷尽也。

可是，结果如何呢？

林则徐说过一段发人深省的话："子孙若如我，留钱做什么，贤而多财，则损其志；子孙不如我，留钱做什么，愚而多财，益增其过。"意思是，子孙如果像我一样卓越，那么，我就没必要留钱给他，贤能却拥有过多钱财，会消磨他的斗志；子孙如果是平庸之辈，那么，我也没必要留钱给他，愚钝却拥有过多钱财，会增加他的过失。

为什么有时候父母给孩子留的财产越多，反而害了他们，让他们断了福气呢？古人早就给出了答案："道德传家，十代以上，耕读传家次之，诗书传家又次之，富贵传家，不过三代。"

这些为了孩子而敛财的人没有真正读懂林则徐的话，也没有懂得"富贵传家，不过三代"的道理，结果害了孩子、害了自己。在巧取豪夺、疯狂敛财的家庭环境中长大的孩子，一定体会不到劳动人民的疾苦，一定不可能成为一个正派、善良而廉洁自律的人。

从小娇惯孩子,给他花不完的钱与权,最后受到伤害的不仅是自家孩子,还可能有数不清的"无辜者",包括自己。

记得小时候,听老人们讲得最多的故事有两个,一个是《拾金子》,一个是《惯宝子》。这里介绍一下后一个故事。

有一对夫妻中年得子,对孩子十分溺爱,结果,这个孩子从小就非常霸道。家里的东西,自己想要的都必须满足;邻居家的东西,自己喜欢的就随手拿回来。每次要到、抢到甚至偷到东西时,孩子的母亲都会夸奖他:"宝宝本事大,到妈妈这儿来喝口奶!"就这样,一直到孩子渐渐长大。一天,这个已经长大了的孩子,因盗窃被公安人员抓了起来。母亲去看守所看他的时候,他说:"妈妈,我忘不了小时候每次我的要求得逞的时候,您都要夸我并奖我喝一口奶,今天我想再喝一口。"这位母亲疑惑而茫然,但依然忍不住要满足孩子的要求。没料到,孩子一口咬下了母亲已经干瘪的乳头,并愤怒地说:"这是报应!如果我小时候你不纵容我、害我,我会有今天吗?"

有个科级干部,曾在乡镇做过主官,也曾在县直部门当过主要负责人。退休后到农村承包土地种粮、种菜,成天风吹日晒,看上去跟地地道道的农民没什么分别。可他这样日复一日、年复一年辛苦劳碌挣来的钱,还不够孩子花。自己长年累月开着辆旧桑塔纳汽车,但当孩子说要在城市买房时,立即千方百计贷款买房;孩子说要换奥迪A6,立马筹钱给孩子换车……

很多家长总希望在孩子身上实现自己的梦想,千方百计让孩子留在大城市。大城市有大城市的繁华与显赫,但同时有高房价的巨大压力。有的孩子各方面基础一般、潜力有限,在大城市举步维艰;有的父母没什么经济实力,需要押上全部家当甚至快搭上自己的老命,才能让孩子留在大城市。这值得吗?更不用说一些身居领导岗位的父母,为此贪污、受贿而身陷囹圄了。

如果真爱自己的孩子,就不妨在金钱上对他吝啬一些,让他在无人撑伞的雨中奋力奔跑,让他全力以赴做最好的自己。

经常读一读林则徐的那段话,无论子孙如不如"我",均无须超负荷劳作而为子孙留财,更不该利用手中的资源和权力疯狂敛财。为子孙留万贯家财,不如培养孩子自信、自立、自强的能力以及一颗善良、感恩、坚韧之心。

"道德传家,十代以上……富贵传家,不过三代。"我们应该以什么传家,答案显而易见。

二〇二二年一月六日

怀旧，如同唱那些爱过的老歌

朋友小聚。有人提起最近读到的熟人写的文章，各人纷纷发表意见和感想。

"有个现象，回忆与怀旧的东西太多！"其中一人说道，接着举了个例子。

客观地说，这是事实。

"上次在《扬子晚报》上看到你的文章，印象深刻。"出差，与邻县一位中学校长同行时，对方告诉我。

"哦？是吗？谢谢您的关注与支持！"我深感意外，他不在我的微信朋友圈内，能够留意到我的文章，令我感动。

"我喜欢看写故乡与亲人的文章，这些是最真实的情感，总能引起我的共鸣。"他说得情真意切。

回忆、怀旧，故乡、亲人……

人到中年以后，逐渐明白了哪些是自己最爱，然后开始删减，删减不了的，就成了生命的组成部分。

前些天在微信朋友圈读到一位朋友写的文章《母亲是回家的路》，其中有这么一段："我深切认同这句话是在母亲去世之后。母亲在的时候，每个休息日，只要没事我都会开车回到那个留存着童年、少年乃至青年时代记忆的小院。8月份出差路经郭村服务区，偶见菱角，看着它我想起往年每至菱角上市，母亲总会买回几斤，用剪刀剪去棱角，然后打电话让我回家享用……"

读到这儿，感觉心里有点酸酸的，又有点暖暖的。

"人生就是一列开往坟墓的列车，路途上会有很多站，很难有人可以自始至终陪着走完。当陪你的人要下车时，即使不舍也该心存感激，然后挥手道别……"每一个被我们挥手道别的人，都会给我们留下最珍贵的礼物,那就是回忆。

有一首老歌,旋律和歌词我都记忆犹新——"风雨的街头,招牌能够挂多久?爱过的老歌,你能记得的有几首?交过的朋友在你生命中,知心的人有几个……"

听着,听着,人生旅途中曾经的那些人、那些事从心头慢慢掠过。

终于知道,原来我们从不曾失去他们,他们在我们心里只是转换成了另一种格式,这个格式叫——爱过的老歌。

二〇一七年十月十三日

勇气

"终于做了这个决定,别人怎么说我不理,只要你也一样的肯定,我愿意天涯海角都随你去……爱真的需要勇气,来面对流言蜚语,只要你一个眼神肯定,我的爱就有意义!"这是我们熟悉的歌曲《勇气》。

对于《人民作家》微信公众号总编骆圣宏来说,只要读者一个眼神肯定,他的爱和所做的一切就有了意义。

6月29日晚,《人民作家》微信公众号"动态与评论"专栏刊出《〈人民作家〉总编骆圣宏应邀出席全国公安学术期刊研讨会并作报告》的消息。江苏大丰基层一民警竟然和将军一起作报告,逆天了!

读着介绍,《勇气》的旋律回响在耳畔,我又一次打心底里佩服骆圣宏同志的勇气。

曾多次面对面向骆圣宏表达过我的感受:"你的才气、你的执着固然是成功的基石,但能走出这条不寻常的路,我感觉最重要的因素是你的勇气,这种勇往直前、追逐梦想的勇气!"

骆圣宏,20世纪80年代毕业于江苏人民警察学校,曾任盐城市大丰区公安局党委委员、指挥中心(局办公室)主任。

从警校毕业后,出于对文字的热爱,他自学了中文大专、本科。在积极投身基层公安工作实践的同时,他不断思考平安法制建设"大问题",并笔耕不断。先后发表小说、纪实文学、散文及新闻作品数百篇,在《公安研究》《青年研究》等省级以上期刊发表理论文章30多篇。出版有学术专著《平安文化概论》和文学作品集《预约报警的女人》等。

然而,热爱文学的他并没有满足于已经取得的成绩,他要让一个更大的梦想成为现实。

2016年1月2日,星期六,一个以发表原创文学为主的微信公号《人民作家》正式上线运行,成为大丰首个文学类公众号,也是全国首个公安民警自办文学类公众号,为全国文学爱好者提供发表文学作品的专业平台。

如今,一年半时间过去了,《人民作家》已经出版了360多期,多篇文章被《人民公安报》《扬子晚报》、"交汇点""腾讯"等多家知名公众号、网站和报刊全文转载或引用,累计点击量上千万人次!不仅读者群迅速遍及全国各地,作者群也涉及各层各级,在全社会形成良好的反响。

《人民作家》有效调动了大丰本地文学爱好者的积极性,特别是一些有较好基础但懒得动笔或怯于投稿的人,受到感染后纷纷提起了笔并投稿。还有部分文学爱好者表示受《人民作家》影响,为写好文章把原来玩游戏和打牌的时间都用来读书了,现在一年读书的量超过前十年的总和。而《人民作家》每周的小学生、中学生专刊让广大师生有了更多操练的机会和表演的舞台。

"梦想的意义在于她赋予了你人生的意义,让你领略一路的风景,品尝追寻中的苦与痛、甘与甜。"骆圣宏已经领略到追梦路上的美妙风景。

更令人欣慰的是,他的女儿也成了一个追梦人!北京师范大学毕业后赴英国伦敦政治经济学院深造,学成归来加入"美丽中国"团队,远赴云南边远山区支教。

"辛劳的汗水成就梦想!一切都是顺理成章,付出与收获都是成正比的。在《人民作家》这块大众写作平台的沃土里,你已栽种了数万株的树苗,必将绿树成荫,利民惠后。你站在深厚、肥沃的土地上仰望星空,那是一个璀璨、辉煌的星空!"读者的留言代表了大众的心声。

身为公安干警,骆圣宏在全力做好本职工作的同时,自学中文专业大专和本科,个人自办文学类微信公众号,应邀赴广东东莞市公安局授课、到上海市吴家洼监狱开展书香警营文化沙龙活动、出席全国公安学术期刊研讨会并作报告、担任"我眼中的最美家规家训"演讲比赛评委等等。他在媒体发表文章,敢于用《一个警察和电台美女的"西郊夜月"》《总编骆圣宏去上海某监狱干吗的》等标题……

叔本华说:"勇气就是一种坚韧,正因为它是一种坚韧,才使我们具有任何形式的自我否定和自我战胜的能力。"

丘吉尔说:"勇气是人类最重要的一种特质,倘若有了勇气,人类其他的特质自然也就具备了。"

也许你我都不缺才智,也不缺机遇,我们缺少的往往就是像骆圣宏这样的勇气。

二〇一七年七月一日

《人民作家》总编骆圣宏

胜寸心，方能胜苍穹

"找了位健身教练，制订了个减肥计划。"小伙伴H告诉我。

"具体目标是什么？"我问。

"三个月减40斤。"他答。

"教练怎么收费？"

"每周三堂课，每堂课200元。"

不由想起，H在汽车内挂着的"我要减肥"挂件，已挂了大半年时间，可身上的肉似乎并没少掉多少。闲暇时，他多数时间当着"低头族"，用手机玩游戏。

"何必一下子减这么猛呢！在正常上班的状态下，三个月减40斤，这个目标也太大了点儿，你能做得到吗？"我直接表示怀疑。

平时懒得动，突然依靠教练强迫着行动三个月。三个月过后能守住成果吗？再说，自己工资才三四千元一个月，每周三堂课、一堂课200元的交费，也太浪费了吧！

想起一句话：贵有恒，何必三更眠五更起；最无益，只怕一日曝十日寒。

以我个人的体会，控制体重或者减肥，并没那么难，简单说就是坚持"管住嘴，迈开腿。"每顿少吃一点点，注意吃些蔬菜、水果；只要天气允许，每天抽出一个小时左右时间来跑步。现在条件好了，可以利用公园、小区以及道路旁边几乎随处可见的户外运动器材做些运动。

不妨给自己定个小目标，然后努力实现它。循序渐进，坚持不懈，在实现一个个小目标的过程中享受成功的乐趣和喜悦。同时，在跑步或做其他运动项目的过程中，抬起头来，看日出日落、花开花谢，充分感受大自然的美好。

四、逝水年华

其实H只要对三个月减40斤的目标做些调整,比如每个月减上个三四斤,坚持十个月的话,便可减上三四十斤了。

举两个我身边的例子。他们都是从小处着手,但目标明确、说到做到。

M常年坚持练瑜珈,在晒出的图片上,不夸张地说,动作做得简直跟杂技演员差不多了。前两天我在朋友圈展示了一下我的单杠引体向上,M发上来的评论是:"热爱运动,我不问结果,享受过程!"

S和Z夫妇都已接近退休的年龄,去年一起报名拜师学习葫芦丝的吹奏。"毕业"时,两人各自学会10首左右的曲子,虽不算很多,可他们非常满足和快乐。Z还说,近期去国外为儿子带宝宝,会将葫芦丝带上。以后回来,打算再拜师学习演奏古筝或者钢琴。

近代著名启蒙思想家龚自珍曾经说过:"不能胜寸心,安能胜苍穹",意思是人如果连自己的内心都控制不住,怎么能够战胜客观世界呢?

漫漫人生路,无论工作与生活,都需要控制住自己的内心,靠内心的追求与净化,获得战胜自我、战胜客观世界的不竭动力。

胜寸心,方能胜苍穹。

二〇一八年七月十八日

阳光的味道

打开衣柜取衣服,一股淡淡的清香扑鼻而来,这是漳州阳光的味道!

在家时很少动手洗衣服,但出差时只要在同一宾馆住两宿或者更长时间,必定将换下的衣服洗掉。不过,这样做也有点小麻烦,宾馆客房大多没有阳台,也没有适合挂湿衣服的地方。

一般情况下,我尽量将洗好的衣服拧得干一些,然后挂在卫生间,第二天早晨再挂到衣柜里,人离开时将衣柜门开着。如果天气晴好,这样阴干的衣服倒还没什么;如果天气一般,可能会有一股轻微却难闻的味道。因此,回到家往往要重新下水给汰一下。

昨晚出差来到漳州,老习惯,将换下的衣服洗了,也用老方法晾着。

中午回到房间,发现衣柜门给关上了。当时心想,这服务员可不太善解人意,柜门关了,湿衣服怎么干得了呢?

赶紧打开柜门,噫,衣服都不见了。到卫生间找,没有;环顾整个房间,仍没发现。这怎么回事?

"尊敬的宾客:整理房间时发现有湿衣服,就拿到室外阳台上去晾晒了。下午会及时给收回来,请放心!服务员小李。"看了床头柜上的便条,我明白了。

从学校毕业后参加工作三十年,出差无数次,这情况还是头一次遇见。瞬间,一股暖意在心中升腾。

上午到平和县与南靖县参观畜禽养殖废弃物资源化利用现场时,活动承办方的一些服务细节也给我留下了深刻的印象。

车辆的引导员在参观人员上下车过程中,始终以规范动作举着车号牌,面带微笑向每个人点头示意。参观时给每人配上耳机,保证所有人清晰、完整

四、逝水年华

地听到讲解。现场的临时厕所旁,服务人员会及时告诉有需要的人哪间空着,并迅速上前打开厕所门……

现场直播车在讲解间隙,播放着动听的音乐,既有《漳州是我家》《美丽的东山岛》等为漳州量身定制的作品,让人们了解漳州、熟悉漳州;也有《国家》《爱拼才会赢》等主旋律和正能量歌曲,令人激动、催人奋进。参观结束前播放的是《歌声与微笑》,"请把我的歌,带回你的家,请把你的微笑留下……"令人倍感亲切、依依不舍!

虽然时节已是初冬,但漳州处处充满和煦的阳光,处处弥漫着阳光的味道!

二〇一八年十一月二十四日

别想夺走我的机会

1

昨天已经去人大办公室了解过了,桶装水放在办公室的角落,需要的话通知办公室送。

"我们现在送到您办公室去。"小沈是位年轻的男同志,他一边说一边站了起来。

"不用,还没喝完。明天上午我自己来取。"一桶水,拎这么点儿距离,对我来说一点不是问题。

"韦主任,需要时您打个电话或者发个信息给我,我马上送过来。"姜玲是办公室负责后勤的副主任,她的微信名叫姜小猴,听她介绍因为儿子属猴。

"不需要,我知道水桶在哪儿就行了。你们先忙。"说完,我就回自己办公室了。

2

"这是你家小猴啊?"推开门,我看到姜主任在电脑上忙着,一个小男孩坐在对面用平板电脑玩小游戏。

"是的,韦主任。我在发节后三个会议通知。"姜主任跟我打声招呼并站了起来。

"你继续忙。"我摆了摆手,示意她坐下来。

"你是个小猴子!"我笑着对小男孩说,并轻轻摸了摸孩子的后脑勺。

小男孩回头看了我一眼,笑了笑,一点不显陌生,也没主动喊"爷爷好!"之类。

"我来取桶水。"一边说,我一边拎起一桶水。

"不能、不能!由我来送。"姜主任随即站起来,并

四、逝水年华

伸手争抢我手中的水。孩子放下平板电脑,侧着脑袋、睁大眼睛朝我们看着。

由于水桶外面裹着层塑料薄膜,姜主任争抢时,水桶差点儿从我手上掉落下来。

"别争了。你们办公室的任何人都别想夺走我这锻炼身体的机会。你快发会议通知吧。"我双手将水桶拎了起来,大步走了出去。

我天天跑步,而且在单杠上引体向上一口气能做十来个,这一桶水算得了什么!

3

上次在食堂,遇上一位机关员工老刘和他老婆也在食堂吃饭。吃完时,他拼命争着替我收盘子,我怎么也没让。

当时我想,如果我大爷似的坐那儿,心安理得地让老刘收盘子,那么老刘的老婆会是什么感受。

今天,如果我让姜主任拎水桶,她儿子要是问:"妈妈,你是女的,为什么让你拎水桶?"作为母亲,该如何回答才合适?

"一屋不扫,何以扫天下""不积跬步,无以至千里",民本思想,我们应该从一点一滴做起,从身边的小事做起。

无论在什么场合,无论遇上什么人、什么事,属于我自己锻炼身体的机会,谁也别想从我手上夺走。

二〇二二年一月三十日

1

"啪!"一声闷响,没攻到球,手直接撞上了乒乓球台。

"不好!这一下很重,可能出麻烦了。"我在心里对自己说。

究竟手怎么会撞上了球台?那一瞬间我是打算怎么攻那个球的?撞的球台什么位置?这些我竟一点印象都没有,可能我打得实在太投入了。

后来听教练说,当时对方回了个短球,我离球台较远,仍然全力扑上前并直接攻球,结果……

"那个球你不该去救的,太短了,风险很大!"教练告诉我。

当时,放下球拍,下意识看了看墙上的时钟:2020年1月8日21点09分,没想到这个时间对我有特别的意义。将手举至眼前细看,拇指背面有两处破了点皮,已出血,但血未流下来。整个手并看不到什么很严重的外伤。我将五个指头尤其是大拇指反复屈、伸了几下,都听使唤且动作还算自如。

"应该问题不大,不用担心。"我努力轻松地对聚拢过来的球馆教练及为数不多的一起打球的人说,并将手掌、手背朝他们比画了一下。

"骨头断了!"有人轻声对我说。

"你怎么看得出来的?"我给吓了一跳,连忙问他。

"大拇指上面塌下去了,这是掌骨断裂,否则应该是平的。骨头断了,支撑不住,才会塌下去。这是粉碎性骨折。"对方说得确定而有依据。

"你是医生啊?"我有点急了。

"是的,我是同仁医院骨科摄片的。"

别了,乒乓球

四、逝水年华　275

"哦,原来是这样,出麻烦了……我先去洗手间用冷水将手冲一冲,防止很快肿起来。"虽然天气较冷,但我此刻不能怕冷了。

乒乓教练及一位球友陪着我一起到医院摄片检查后,结论没能出现"意外惊喜",粉碎性骨折成定论。

医生给出两个方案供我选择:一是保守治疗,休息两个月以上;二是手术治疗,休息半个月左右。

我毫不犹豫地选择了手术治疗的方案,管不了开刀疼痛与术后疤痕,只希望休息的时间越短越好。快过年了,手头的工作那么多。

拇指破皮之处给涂了些红药水,第一掌骨及大拇指外侧垫了块条状钢板并用纱布包扎起来。一切处理完毕后,教练及球友送我回家。

到楼下,打个电话给老婆,以免进门时手缠白纱布吓着她。语气尽量轻描淡写。

"球打结束,我回来了,在楼下。手受了点伤。"

"怎么会这样!骨折了吗?"老婆料事如神啊!

"嗯,是骨折了,但问题不大。你怎么知道?"我故意反问。

"你呀!伤得不重会在楼下先打个电话告诉我?我下来。哎呀,怎么会这样的!"

回家后,打电话向领导汇报了情况,并请了15天假。好在领导宽宏大量,没有责怪我,并叮嘱我好好休息、好好养伤。

2020——爱你爱你,年初就遇意外,想说爱你不容易!

当然,由于众所周知的原因,春节期间新冠肺炎疫情形势十分严峻,大年初三开始我就和大家一起全身心投入到疫情防控工作之中。

右手不好使,工作、生活都有诸多不便,特别是写字,用左手写了近两个月,也算是开发了潜能。

2

乒乓球,曾带给我很多快乐,留下很多有趣的回忆。

早前用的是直拍,可是由于握拍太紧,手上老有老茧,有的像小肉瘤一样。女儿小学时曾在作文中写道:"我爸爸喜欢打乒乓球,看他手上的老茧,感觉他应该是乒乓球世界冠军!"

有一次跟母亲一起吃饭,母亲突然问我:"你的手有什么毛病?怎么长了小瘤子?"我朝母亲笑笑说:"这个不是毛病,是打乒乓球打出来的老茧。"

后来,连我自己看着厚厚老茧的手也感觉不好意思了,经过思考之后决定改用横拍,由于着力点不一样,应该就没有老茧了。说到做到,立即买了横拍来练。功夫不负有心人,经过一番苦练,没多久,正手击球的力量比直拍还大,护台面也更广,反手一下子不好适应,就换成长胶来过渡。哈哈,成了!与一些朋友打球,慢慢我又成了赢家。

有一次,作为大丰财政局的科级干部参加盐城市财政系统乒乓球比赛,是团体赛,我打队内3号。

关键一场,跟我比赛的是一名在系统内有点名气的选手,那时已是比较寒冷的深秋,他穿着短袖、短裤,腿上还绑着大大的护膝,那架势颇吓唬人。练球时他应该感觉到我连续进攻能力一般,击球力量也不很大,想必对于赢我他是信心满满。

开球后,我没有任何思想包袱,打得很放松,特别是防守很有耐心,牛皮糖似的让对方无法摆脱,同时,我俟机反攻,击球力量虽不算大但角度却不小。对方显然感觉意外,打得比较紧张,动作僵硬,无法发挥应有水平。就这样,你来我往,场面不算好看,比分轮番上升,最终,我拿下了第一局,1:0。第二局对方更加发蒙,完全游离于状态之外,我倒越战越勇,很快我以大比分获胜,2:0!

第三局,没出意料,背水一战的对方放下了包袱,头脑也似乎清醒过来。首先发球有了变化,总往我正手方向发短球,我不敢贸然直接拉或打,回过去的球质量不高,对方则全力以赴抢攻,球速特别快,角度也大。一番攻守之后,对方如愿扳回一局,2:1。

关键第四局,我赢则3:1锁定胜局,我输了就要打决胜局。休息完毕,上场再战,对手依然势头强劲,不断积极主动进攻,我却疲于应付,似乎黔驴技穷,一时找不到有效的化解办法,不一会儿,我以3:7落后。

面对不利局面,我给自己喊了一个暂停,并到场边拿起毛巾来擦汗。我一边慢慢擦着汗,一边在心里对自己说:五局三胜制,现在我大分是2:1领先,对方实力本比我强,我还有什么顾虑呢?放松心情,拼吧,输了本应该,赢了是意外。再说,既然前两局我能拿下,说明我有自己的优势,加油!

暂停时间到,上场再战,我积极拼抢前三板,拉、打结合,尽量不形成相持局面以抑制对方的状态;注意脚步快速移动,努力防住对方攻过来的球,同时尽量往他左手方向打,让他难以起板进攻并且增加失误。4∶7、5∶7、6∶7……11∶7!难以置信,如有神助,我竟连得8分,3∶1,无须再打决胜局,我赢了!

当我满脸喜悦去跟对方握手的时候,对方面无表情,已深深陷入了困惑与迷茫之中。

还有一次难忘的以弱胜强之战,是在我区老体育馆,跟当时区广电局一位乒乓球爱好者对决,对方在我区有一定知名度,球技也比我高出一截。那是一个星期天的上午,观众较多,且大多是我们双方都熟悉的。那次我的状态好得出奇,无论跑动还是进攻都十分积极。到后来,我完全超水平发挥,现场表现大大出乎人们的意料,每得一分都赢得一片喝彩。若干年过去了,现在偶尔谈起那场球,仍有不少朋友印象深刻、如数家珍。

当然,由于工作一直较忙,能用来打球的时间并不多,更没时间跟着教练系统学习与练习,所以球技一直非常一般,这个自知之明始终是有的。

3

由于生长在农村,条件所限,小学、初中时期均没碰过乒乓球。高中才开始学打乒乓球,那时候新丰中学初中部教学楼前有水泥球台,课余时间我常常到那里去打。

因为从未跟教练系统学过,打球动作就不够正确与规范,一个突出的问题是握拍太紧、太僵,手和臂都不够放松。

这个问题也很影响技术发挥及水平提升,不放松就僵硬,整个手及手臂甚至五指都会受影响,动作不灵活,瞬间发力时力量不足,其实很多力量都成了手与球拍的"内耗"。

有时经过教练或高手指导与陪练后会有明显改善,有时自己仔细琢磨、摸索着练习后也会找到不一样的感觉,偶尔状态特别好,在打结束后会赶紧在手机或者本子上写下关键技术要领。可是,由于打打停停、断断续续,有时到了球馆为能多打一会儿不练球直接开战……打着、打着又恢复了老样子。

忽略小磕小碰,总结一下因打乒乓球曾经受过的伤,大致可用"一二三"来概括:一次骨折、两道伤口、三针封闭。

一次骨折,就是开头介绍的,让我经历了两次手术。头次手术实施全身麻醉,因断骨太碎不得不放置一根人工骨头以吸附骨头碎片,同时置入一块"T"形钢板并钉上六根钢钉。第二次手术是为取出钢板及钢钉,根据我个人意见用了臂丛加静脉滴注麻醉。从此,右手背趴着条十八脚"蜈蚣",不过看上去还蛮酷的,人家文身我"文"手。

两道伤口,平行排列在肘关节外侧。都是在拉弧圈球时胳膊擦到球台边导致的,每次划破时都像裂了个"小嘴"。好在和其他爱运动的人一样,我随身带着"创可贴",裂了"小嘴",一贴了之。

三针封闭,则是因为有段时期患上"网球肘",一种听起来颇为洋气却比较讨厌的"职业病"。为了起到类似"小针刀"的治疗效果,打封闭时我特地告诉医生:"我对疼痛一点都不敏感,医师您尽管多戳,扩大些范围。"打封闭的过程听上去有点恐怖,先注射些药物,然后用针尖像农村里用铁锹挖土一样慢慢前后左右一针针地戳,再慢慢将药物注射进去,一针针地往四周戳……如此循环往复,逐步将粘连并有炎症的组织"松解"开来。治疗的时候,有麻醉作用并不觉疼痛,过后那种又疼又胀的感觉,实在不好受。

因为这些伤痛,尤其是骨折的经历,我认识到自己在打乒乓球这项运动中存在着明显不足,而且难以克服。说"再见!"为了不再受类似的伤,为了不致影响自己的工作和生活。

回顾自己打乒乓球的经历,感慨颇多。有自豪,虽然总打3号,但很多次和队友一起登上团体冠军领奖台;有眷恋,前后打了三十多年,不仅健身,到哪儿还都有球友;有遗憾,如果小时候有条件跟着教练启蒙,练出比较规范的动作,就不至于总受伤;有欣慰,现在条件好了,喜欢打球的孩子都可以到球馆跟着教练从基础学起。

别了!乒乓球,跟你说"再见"并不是很容易的事……

二〇二一年八月十八日

一日三秋

1

10月1日,国庆、中秋"双节"同庆,小长假八天假期。为尽量少占用工作时间,我决定一放假就到医院做手术,将手中的钢板取出来。

春节前打乒乓球时一个意外导致右手第一掌骨骨折,九个月之后骨头长得差不多了,钢板反成了累赘。

有了第一次手术的经历,穿上医院的专用服往手术室去时,内心是很平静淡定的,完全没有"壮士一去兮不复还"的担忧与愁绪。

听医生们说,这是医院的1号手术室。宽敞、整洁,设施摆放有序,走进来人的心情比较放松。

"臂丛"是一种局部麻醉,过程中手指尤其指端有一种明显的过电感觉,刺激但并不很难受。应我本人要求,除"臂丛"外,还通过静脉注射麻醉,这样可让人失去知觉。我不希望感知整个手术过程。

印象中刚刚施用了"臂丛",尚未静脉注射时我已经"睡"着了。这一"睡",直到手术结束。

2

"我们回病房吧,好了。"医生轻轻拍拍我,同时告诉我手术用了一个小时左右。

"嗯,好的。"我想睁大眼睛,说上几句感谢的话。可是感觉眼皮发沉,头脑迷迷糊糊的,身体也比较沉重,人绵软无力。

"到病房了。"我应声使劲往病床上挪动身体,却只能稍稍动弹了一下。家人立刻上来帮忙。

依稀听见老婆、哥哥及孩子小舅他们说话的声音。

好困！不管那么多，我再睡会儿。

3

醒来时，感觉两个鼻孔似乎快被堵住了，重感冒了一般，只得张大嘴巴来呼吸。

口干，口真干哪！用舌头轻轻搅了搅，干且涩，好像没什么水分、舌头要被粘住似的。

我这是怎么了？是手术时赤膊被冻感冒了吗？不会，清楚记得手术前给盖了厚实而柔软的被子的呀；是麻醉的作用在延续？"臂丛"加静脉滴注会否产生双重功效？我暗想。

"喊下医生，鼻子像被塞住了，口干，人比较吃力。"我跟老婆说。

"吸点氧气吧，不用太担心。"医生过来轻声宽慰，同时将氧气管送至我鼻端。

我尽量平静地呼吸，深呼吸，但感觉似乎不太管用。

"氧气效果不明显。"因为我依然比较难受。

"过会儿应该会好些，别着急。"医生回答。

我当然相信医生的话。于是闭上眼睛，安静地休息。

"会不会是对麻醉比较敏感？将镇痛棒拔了吧，免得增加了负担。"老婆见我仍不时张嘴、咂嘴，提出了建议。

别说，疼痛倒几乎感觉不到，始终没感到有多疼。我赞同撤了镇痛棒，毕竟这里面也含有麻醉成分。

"一旦拔了就无法再接上，你们考虑清楚。"护士挺负责任。见我们意见明确，护士拿了工具将镇痛棒的导管插头从"四通"上松下来，撤了。

4

想动一下身子，变换个姿势。

腰酸背痛！越想动越感觉酸痛，越酸痛越动弹不了。我的妈呀！无休止的腰酸背痛。

昨天的运动量太大了吗？为把手术后短期内无法锻炼身体的损失夺回来，昨天上午跑步、单杠引体向上、攀"天梯"等户外运动项目反反复复做了几个轮回。现在浑身像散了架。

平时累了、身上酸疼了，躺下来时可以随意调整姿势，可现在人基本动弹不得，感觉大不一样。

有点后悔，昨天锻炼身体蛮干了。想起哲学上说的"违背规律就要受到规律的惩罚"。

急，内心忍不住有点急。一急就感觉燥热，汗不知不觉从脑门、脖子及后背流了出来。

脖子上的汗流下来，自己无法用手去揩，只能任其流淌，感觉有点像小虫子爬一样，痒痒的。

老婆见了，拿湿毛巾替我揩汗，额头、脸、脖子以及耳根等等。这样揩来揩去，我的头发可能乱得像一堆枯草了，但心里却突然有了"少年夫妻老来伴"的感觉。我和老婆过日子，平时没有太多"你侬我侬"，若不是生病，她为我擦脸的话，我可能脸都不知往哪儿搁呢。

后背的汗同样流个不停，身体下面的床单全湿透了，粘在赤裸着的后背上，实在不舒服。几次试着朝里面挪挪，想换个干爽位置，但总无法成功。默默在心里一声叹息，并听之任之。

5

从进手术室开始挂水，一直没停。

到下午三四点之后就要小便。左手插着挂水的针，右臂无知觉，只能用医院发的小鸭形状的尿壶。尿壶很小，但设计得非常精巧，感觉特别实用。不得不佩服各类用品在设计、生产等环节细分越来越深，专业化水平越来越高。

上次住院时有了体会，成年人躺在床上，用尿壶能尿得出来还真不是一件容易的事。现在仍"心有余悸"。

孩子的小舅从大清早过来，一直没离开病房，好在他是男同志，跟我感情也挺好,不形成太大压力。

所幸的是,虽然右臂动弹不得,身体侧过去也比较费劲,但用尿壶小便却比上次顺畅了很多。除了"一回生,二回熟",更因为心理上放松了些。

6

输液终于结束了。好好的左手给腾出来,人一下自由了很多。

手术的右手和右臂怎么样了?想动一动,哪怕有一点点感觉也行。加油!加油!没用,一丝感觉也没有,仿佛右臂已不存在。

左手伸过来,在被子上面摸,凸起来的应该是右手吧?往下摁一摁,同样什么感觉都没有。再到被子下面摸,找到右手了,一根、两根、三根……五根指头全摸到了。手指向上,嗯,裹着纱布,并不很厚的纱布。绕过纱布再向上摸,胳膊,软乎乎又暖乎乎的,上上下下摸了几遍,整个右臂依然一点感觉也没有。

着急,也有点难过。

7

陆续有家人、亲戚来看我。依然没什么力气跟他们说话,眼皮还是比较沉重,总想闭上眼睛。

从北京回来的侄儿、儿媳来看我,也没能跟他们聊聊天。若是平常情况下,我们见面时该聊得多欢哪!

父母打电话给我老婆,说要到医院看望。我的意见是今天一定不让他们来。在父母面前,我从来都是生龙活虎的,一旦他们见到我有气无力的样子,必然会着急与担心。

今天我这是怎么了?上次手术后没有这么累啊。

8

天色已近黄昏。

趁着坐起来吃点粥的机会,我努力抬头朝窗外看。啊!我看见了远处的蓝天白云,看见了马路对面色彩斑斓的幼儿园,看见了挂着一簇簇"红灯笼"的栾树……

真美!真好!

感觉嘴角有东西粘着,我抬手摸,好像没摸着,看看手指上有没有米粒之类,哎,举在眼前的是裹着纱布的手,没错,是右手!哈哈,赶紧上下左右轻轻挥动了几下,我的右手能活动了,右臂又"回到"我身上啦!

看不见你、摸不着你,想你、念你,一日三秋!

二〇二〇年十月二日

满血复活

一早醒来,睁眼朝窗外看,天色微微发白,还没亮。估计时辰还早。

眨了几下眼睛,眼皮一点儿不沉。又闭上眼睛静静感受了一下,头不沉、也不晕,甚至可以说神清气爽了。

昨天刚做了手术,今天恢复得怎么样?我将右臂从被窝里伸出来,眼睛盯着,轻轻摇晃了几下,挺轻松。再将食指、中指、无名指及小指快速向掌心弯曲,一下、两下、三下,不贪多,感觉自如、有力,很好!最后,小心翼翼地屈、伸大拇指,反复几回,也算比较轻松;试着稍稍加大幅度,嗯,有点疼,是那种因牵扯引起的、浅浅的表皮疼。

摊开左手手掌摸了摸肚皮,从前天晚上到现在总共吃了一小碗粥、十来颗葡萄,腹部显得更加扁平了。想到食物,肚子虽然没有"咕咕"叫,却明显有饥饿感。

"满血复活!"我在心里对自己说。一夜工夫,竟然恢复得这么快,和昨天简直判若两人,有天壤之别!

不由一脚蹬开被子,坐了起来。

打开手机看时间,4:20,怪不得天色还暗着。

"昨晚我十点左右休息的吧?"我问老婆,她睡在病房的沙发上。

"是九点多一点点。"

"那么早!"

嗯,睡了七个多小时,足够多了。

起床,洗漱完毕。从纸箱里掏出两只小香梨,冲洗了一下,直接啃。也不管空腹吃梨是否会引起拉肚子,一口气将两只啃完。

不想再躺回床上，换了鞋，到外面的走廊散步去。来来回回，走走看看，一直到吃早饭的时间。

"我跟你一起去食堂吃早饭，不用打过来。"我不想在病房吃饭。

"待会儿大哥送鱼汤面过来呢，昨晚说好了的。"老婆告诉我。

"没事，我们先去食堂吃个半饱，面条送过来我们都再吃点儿。"我实在太想出门走走了。

医院食堂看上去蛮清爽的。两小碗杂粮粥、两只馒头、两只咸鸭蛋、两小碟咸菜，两份一共八块五角，服务员收了八块钱。杂粮粥就是大米中加了少量麦片，"杂"味并不浓。咸菜有那种绍兴霉干菜的味道，鲜鲜的，好吃。馒头很大，长长的。

"馒头的味道跟小时候吃的差不多！"老婆本不太喜欢面食，今天例外了。

"是呀，好吃，虽然不是很暄。应该没加什么起暄的添加剂。"我对面食是比较偏爱的。

一会儿工夫，我的一份全吃完了，践行"光盘行动"。

健康、平安的感觉真好。极其简单的一顿早餐，我们却吃得有滋有味。

二〇二〇年十月三日

1

他的名字叫"轻舟",姓孙,孙轻舟,1970年2月出生于无锡惠山脚下。这个名字,作为教师的父亲应该取自唐代大诗人李白的《早发白帝城》中"轻舟已过万重山"一句。

我跟轻舟是邻居,也是发小。轻舟天资聪颖,学习成绩一直是"邻居家的孩子"。高中分科时,身为化学老师的班主任见他文理科均强,就专门找他谈话,给他分析形势,引导他选择理科,他当时也答应了。可分科结果公布时,他偏偏选择了文科,为此班主任跟他生气了较长一段时间。高考他以高分被录取在F大学新闻系,那可是全国顶尖的名校啊,且是令人神往的新闻系。没枉费他文科的选择,也算给了班主任一个交代。

有人说,孙轻舟中考、高考之所以这么顺利,还是应该归功于他父亲,"两岸猿声啼不住,轻舟已过万重山",他的名字注定了他顺风顺水、风光无限。

光顾了说学习成绩,还没介绍轻舟的长相呢。身高1米78,略显单薄的身材,皮肤白皙,五官端正,戴一副当时称作"秀郎"的眼镜,典型的白面书生。20世纪八九十年代,以他这样的相貌,加上F大学新闻系的光环,那可真是"人见人爱,花见花开"呀!若是生活在古代,应该会留下不少美丽的爱情传说。

大学毕业那年,轻舟的运气并不如过去那么好,正赶上一场风波之后。然而,"是金子总会发光",回到家乡无锡一家报社工作一段时间后,他背上一只

轻舟已过万重山

双肩包,经过几个小时的飞行,只身来到了中国改革开放的最前沿S城。

2

来到南方S城,轻舟很快以他的高文凭以及在无锡虽短暂却脚步铿锵的经历赢得多家单位的青睐,他则比较中规中矩地选择了S城日报社,当了一名记者。

这一干,就干了近十年。其间,他撰写过很多长篇通讯,也多次为当地领导起草重要讲话与工作报告,在业内及S城党委政府都有一定的影响和知名度。

按理说,轻舟这样品学兼优的"小鲜肉",在中学、大学时期应该有不少精彩动人甚至扑朔迷离的爱情故事。然而,事实颇为令人失望,没有,真没有。为什么?因为他在读高中时就暗恋上了班上的一个女生、一个很漂亮的女生、一个被众多师生称作校花的女生。与漂亮的容貌相匹配,这位女生有一个同样好听的名字——吴望秋,很容易令人想到"望穿秋水"这个画面感极强的词。

也许因为总有不少男生追求着,使自己分了心,望秋虽然身为重点中学尖子班的学生,高考却名落孙山。她甚至没有像其他同学进补习班复读,而是直接招工入厂当了一名普通工人。

在工厂上班的望秋,没了太多追求者,也就较快结了婚。不顺的是,没多久又离了婚。

轻舟暗恋望秋,和读书学习的品性一样,执着而专注。虽然亲戚朋友介绍的、直接追求他的各种女孩包括很优秀的女孩实在不少,但他就是一个都不答应,即使只身在南方工作,仍然独自坚守着这个梦。估计在没人或者夜深人静的时候,他就会轻轻哼唱起"我说我的心里只有秋!"

其实,望秋懂他的心呢。不知能不能算是"精诚所至,金石为开",离婚后,望秋通过其他同学联系上了轻舟,并迅速来到了S城。郎才女貌,虽说经过了一些波折,但有情人终成眷属。

哪怕已经三十多岁,哪怕望秋是再婚,他俩回到家乡无锡,邀请凡能请到的亲戚、朋友、老师、同学等等，在当地最豪华的大酒店摆上筵席，由当地广播电视总台最佳节目主持人主持，举办了极其隆重的婚礼。相信当时有不少女同学在心里嘀咕，吴望秋的命怎么就这么好呢！

婚礼办完，婚假休完，夫妻俩回到S城。轻舟继续上班，望秋也通过一些渠道找工作。

毕竟没有正规文凭，加上前些年在工厂也没太正经上班，望秋找工作并不顺利，倒是慢慢和左邻右居的大妈、大婶及姐妹们熟了起来，偶尔一起打个麻将、喝个茶之类。

轻舟过去是单身一人，在报社工作，拿着固定工资，时不时有些奖励，日子过得还挺不错。但结了婚，也打算早点要孩子，可得想办法多挣钱。轻舟跟朋友一番商量后，离开了S城日报社，注册了一家文化公司干起来。

虽然是名牌大学毕业的，但开公司跟写新闻、通讯之类差别还是很大，一时轻舟的工作节奏与强度就超出了自己和望秋的想象。

而此时几乎天天打麻将的望秋，牌瘾却是越来越大，已无心再找什么工作。

一个是拼命花时间和精力适应公司经营管理的要求，一个是约牌友来家里打麻将次数越来越多、时间越来越长。两人从起初的耐心沟通交流，到后来的争论吵架，再后来变成了互不相让的无声冷战。

用现在一句比较时尚的话来形容，轻舟和望秋之间就是"理想很丰满，现实很骨感。"

终于，在一个望秋和牌友们越战越酣、轻舟怎么也无法入眠的深夜，轻舟起身愤然掀翻了麻将桌，短短两年半的婚姻也同时被掀翻。

3

与望秋离婚之后，轻舟的身心受到极大打击与伤害。为尽快忘却伤痛，他全身心地投入到公司经营中来。

功夫不负有心人，加之轻舟本身天赋好，他所经营的文化公司渐渐有了起色，整个人也慢慢回到了原来阳光、开朗的大男孩状态。

一天，他到一个舞蹈培训机构去洽谈业务，谈完之后客户邀请他到舞蹈训练室去看看培训现场情况。

一个身穿紧身舞蹈服、头上扎着马尾辫的女老师正在给学员上课。她看上去年轻、健康又漂亮,身材凹凸有致,周身散发出青春的气息与活力。当她以一个又高又飘的空翻动作给学员做演示时,轻舟一下子就给吸引住了,仿佛整个舞蹈房只有女老师一个人存在。

接下来,每天一束专门订制的鲜花,两三天一首专为她而写的诗,面对孙轻舟狂热而浪漫的追求,比轻舟小了14岁的舞蹈老师张晓菲,没多久成了轻舟的妻子。

人逢喜事精神爽,接下来公司经营比较顺利,挣钱也多,轻舟在各方面体贴、照顾晓菲。

这期间,轻舟给晓菲写的诗歌也结集出版。

一年之后,他们有了一个可爱的女儿。

如果不是一场官司引发公司危机,日子可能就这样幸福、平稳地过下去。本来轻舟认为官司肯定能赢,但结果偏偏输了,而且引发连锁反应,直至不得不将公司转让给了别人。

也许应了那句话"夫妻好比同林鸟,大难来临各自飞",年轻的舞蹈老师张晓菲,眼看自己已经习惯的生活无以为继,下半辈子的幸福无法得到保证,毅然决然地选择了离婚,而且连孩子都没要。

后来,一次我去无锡,和轻舟一起到锡惠公园走了走。

"在公司运营比较好的时候,晓菲和我过得真的很幸福。她虽然花钱大手大脚,但对我和孩子都挺好。那段日子是我人生中最美好的时光。"轻舟说到这儿停了下来,似乎沉浸在美好回忆之中。

"然而,输了官司,公司情况急转直下之后,她就开始急了,人也渐渐变了。有一天,我们又吵了起来,她伸脚踢我。过去她也踢过我,但就是耍个脾气,也不是真踢,我避让着点也就过去了。但这一次,她先骂我"白痴",因为她多次提醒过我当心别人合伙编造事实坑我,可我始终没相信。那天她穿着一双大头高跟皮鞋。这次我没避让,我想,如果还有夫妻情分,她也不会真踢;如果她真的用了跳舞的劲踢我,那夫妻缘分也就尽了。

"没想到,她一边反复大声怒骂着'白痴!''你这个白痴!'一边用皮鞋踢我,用力朝我腿的胫骨踢。这次我没有避让,哪怕腿被她踢断……"轻舟说到这儿,虽然脸上表情还算平静,但我看到他的嘴唇在颤抖。

公园里的音响正播放着一首《二泉吟》——"恨悠悠,怨悠悠,满怀的不平在小路上走。啊,无锡的雨,是你肩头一缕难解的愁……"

"轻舟",此刻却显得如此沉重。这怎么回事?这什么运气!在婚礼上都宣誓过"无论是顺境或是逆境、富裕或贫困……我将永远爱你!"的呀。

4

不知不觉中又十多年过去了。

最近一次见到轻舟,是在他无锡西郊的"轻舟家庭农场"。

他的妻子李如月正在打理"农家乐",中午有几桌子客人来用餐呢。

一对双胞胎儿子大泉、二泉在玻璃大棚里摘着小黄瓜、小蕃茄和"羊角蜜"之类,说是"给伯伯带回去吃"。

女儿在自己的琴房里练习二胡,拉的正是《二泉映月》,听上去功夫相当不错。

我和轻舟坐下来喝杯茶。

"你曾经跟我说过,你喜欢一句话'风雨中是个大人,阳光下像个孩子',说得真好啊!可这里面的逻辑关系一点儿不能乱。"轻舟慢慢地喝了一口茶。

"如果风雨中是个大人,阳光下仍是个大人,就失却了一分单纯与率真,生活可能会少了浪漫,显得枯燥无味。你,就不是这样的人。"轻舟笑了笑。

我知道他是真心夸我,也是夸他自己。

"作为成人,如果阳光下像个孩子,风雨中也像个孩子,问题就大了。回头看看,我自己就曾经是这样,太理想化,脱离了现实。"轻舟平静地说。

看山是山,看山不是山,看山还是山。他真的成熟了。

"我们一起再听听这首《二泉吟》吧,你一直喜欢的。"轻舟起身打开了音响——

"风悠悠,云悠悠,凄苦的岁月在琴弦上流……啊,太湖的水,是你人生一杯壮行的酒……二泉的月是你命中一曲不沉的舟!"

一曲不沉的舟!

是啊,风雨中是个大人,阳光下像个孩子,在经历了一个个人生急流险滩之后,轻舟已过万重山。

二〇二二年二月三日

1

你的样子

"现在，比赛正式开始。首先请1号选手上场，她参赛的曲目是《我是不是你最痛爱的人》。"女主持人声音清脆、响亮。

"哈哈哈哈……"

"痛爱的人，没听说过。"

"看错了吧？《我是不是你最疼爱的人》！"

"头一个就出错，这请的哪儿的主持人哪？"

坐在台下的，除了评委，还有各代表队的领队、参赛选手以及工作人员等等，他们在哄堂大笑之后接着七嘴八舌、议论纷纷。也难怪，这可是第一个啊，不是说请了市电视台的专业主持人吗？

这里是黄海市税务系统卡拉OK选拔赛的现场。20世纪90年代，卡拉OK正在全国风行，为庆祝乡镇税务机构成立40周年，省税务局举办系列庆祝活动，卡拉OK大赛是其中的活动之一。

主持人重新登场做了更正之后，1号选手上场。

"好漂亮！好有气质啊！"有人情不自禁发出一声惊呼，这语气，肯定是琼瑶小说读多了。

比赛场地是当地颇有名气的"海城歌舞厅"，虽说音响效果没得说，但场地并不很大，坐在靠前位置的选手伍小伟离舞台就很近了。

"分明就是电影里20世纪二三十年代女学生嘛！蓝色中式短袖、黑色中长裙、黑布鞋，虽简洁却显得特别清纯、秀气。两条小辫子一前一后，随意中透着刻意。脸太瘦了点儿，线条不是特别柔和；眼睛可真大，还有那么长的睫毛；微笑着就能看到两个浅浅的酒窝,笑起来酒窝应该更深。个子不算太高,看上去娇小玲珑。像……小说《金粉世家》里的冷清秋!"伍小伟看得仔细,并立刻翻了一下比赛选手花名册,"林晓蕾",这名字也好听。

似乎没受主持人"痛爱"的影响,林晓蕾一举手一投足、每字每句都十分投入,主歌部分浅唱低吟,副歌部分如泣如诉,不知不觉将大家带入了一个缠绵悱恻的爱情故事当中。

伍小伟听得同样投入,加上距离较近,感觉林晓蕾似乎就是在对自己诉说。

唱完时,现场响起热烈的掌声。"好厉害!有专业选手的味道。"伍小伟暗暗赞叹。

"扑通""哐当、哐当……"突然几声响,所有人的目光循着声响投了过来,原来是有人摔倒了,塑料圆桌和圆凳翻倒在地,茶杯摔碎了,茶水泼洒一地。

现场一片寂静。

"塑料凳子太软,我不小心摔了。真的十分抱歉!"伍小伟红着脸解释道。慌乱之中想迅速爬起来,哪知道脚下一滑,又摔了下去。

比赛暂停,服务员过来清理、打扫。

"怎么这么倒霉!这下完了!"伍小伟重新坐定后,内心特别懊丧。悄悄抬眼看看周围,不想与林晓蕾的目光遇个正着,她微笑着,露出两个浅浅的酒窝,大大的眼睛认真地看着自己,眼神沉着、坚定,她还朝自己微微点了点头。

伍小伟感觉自己读懂了,林晓蕾的微笑不是嘲笑,而是安慰、是鼓励;她轻轻点了点头,是叮嘱自己要有信心、轻装上阵。伍小伟突然感到有一股力量涌进身体,仿佛小时候看过的气功大师施了功法一样。"忘了刚才的一切,唱出自己最好的声音!"他已不再懊丧,都有点迫不及待了。

比赛继续进行。

因为被茶水泼洒,裤子有一大片潮湿了,白衬衫上有几处明显的茶渍……伍小伟上场时,再次引起大家一阵哄笑。可是,他已经看不见、听不见,他像一个斗士,完全沉浸在歌曲的意境与自己的情绪之中。

林晓蕾和评委一样听得真切。对于歌曲《把根留住》,伍小伟节拍把握精准,第一个字吐出时,他用了气声加控制的技巧,有那种由远及近的"呃"的感觉,一下子抓住了大家的心;对于副歌部分"一年过了一年啊,一生只为这一天,让血脉再相连……"他大胆做了改编,不仅勇敢地往高音上冲,还将部分节拍做了调整,让歌曲一下子更有难度与气势;他那运用娴熟、先强后弱的颤音,则让最后的超长节拍显得余音绕梁、意犹未尽。

演唱完毕,在向大家表示感谢之后,伍小伟朝林晓蕾看过去,他们的目光再次默契相遇,此刻,彼此已经有了一种亲切而温暖的感觉。

全部选手演唱结束之后,稍事休息,等待最后主持人宣布结果。男女选手将各选前两名参加市税务局组织的短期培训,然后代表黄海市税务系统参加全省的决赛。

2

经过现场工作人员紧张统计后,主持人公布比赛结果,女声组和男声组分别公布。

林晓蕾不出意料获得了女声组的第一名。获得第二名的是一位唱民歌的选手。

伍小伟也获奖了,却名列男声组第三,与到省里参加决赛的机会失之交臂。第一名是唱美声的,他演唱的《曙光在前头》虽然不长,但被演绎得气势如虹、震撼人心;第二名同样是唱美声的,《祖国,慈祥的母亲》唱得中规中矩,但足以显示演唱者深厚的声乐功底。

"今天运气太差,摔得那么狼狈,能获得第三名就算不错了,如果不是林晓蕾的鼓励……哎呀,不再想这倒霉事了!"虽然名次不差,伍小伟感觉还是非常遗憾的。他酷爱唱歌,读大学时是校园歌手。现在在最基层的乡镇税务所工作,如果能代表全市税务系统去省里参加比赛,是多么难得的机会,也将是多么难忘的一次经历啊!

"不去想太多了。"伍小伟抬起头来,见那边林晓蕾正在接受领导、同事以及其他选手的祝贺。看得出,她是经历过较多比赛与演出的,否则不会有这样的舞台经验和精彩演唱,"也许自小就开始接受培训与练习了吧。"伍小伟暗自猜想。

令伍小伟倍感意外的是,颁奖仪式结束后,林晓蕾径直朝自己走了过来。

"祝贺你！伍小伟。"林晓蕾主动伸出手。

"谢谢！祝贺你获得第一名,得到了去省里参加决赛的机会。也特别感谢你对我的支持与鼓励,谢谢你！"伍小伟是由衷的。

"有没有人对你说过,你的样子非常像一个人,那个人我很喜欢。"林晓蕾微笑着,露出了两个浅浅的酒窝。

"在学校时倒有人说过像谁谁,工作之后一直在乡镇,没人再说这些。"伍小伟其实基本能猜出说是像谁。

"吴奇隆,'霹雳虎',看你长得多像他啊！脸型、发型、形象、气质,都像！肯定有人告诉过你。"林晓蕾歪着脑袋,一副俏皮、可爱的模样。

"还真有人说过,但那是过去,都已经过去了。"伍小伟淡淡地笑了笑。

"都已经过去了？听上去有'曾经沧海难为水'的意味。有刻骨铭心的校园之恋吗？"林晓蕾大声笑了起来,两个酒窝一下子变深了。

"我是说,在乡镇上班,跟校园生活完全是两码事,基本没人看出来也没人在意你像谁。"伍小伟略显尴尬。

"我看出来了,我也在意啊！"林晓蕾收起脸上的笑容,"你摔跟头时我就看出来了,霹雳虎！所以我相信遇到点麻烦也没关系,你一定能唱好。男声组第三名也很好啊,他们前两个都是唱美声的,占了唱法的便宜。你就是通俗唱法里的第一名！"

"谢谢你！真的很感谢你的支持。祝你后面去省里取得好成绩！"

"你应该说'祝你一路顺风',这是吴奇隆的歌,你一定会唱的。"

"嗯,祝你一路顺风！"

"谢谢！也祝你一路顺风！"

"再见！"

"再见！"

在伍小伟转身离开的时候,林晓蕾又喊住了他,"我们留个电话号码吧。"

"我家没有电话。办公室电话在所长室。"

"所长室的电话也行。"

伍小伟看得出林晓蕾家庭条件一定不错,也看得出她对自己的喜欢,但这种喜欢经得起现实的考验吗？

再见！应该再也不见。

没料到的是，仅仅过了十天，伍小伟和林晓蕾又相聚了。

3

"伍小伟，你的电话，是市局办公室打来的。市局直接找你，应该是唱歌的事吧。"税务所郑所长亲自从隔壁办公室走过来通知伍小伟。从上个月的一天下午被通知到本县小天鹅歌舞厅参加选拔赛开始，经过了几个回合，全所人员都已知道伍小伟会唱歌而且在比赛中不断晋级的情况。

"嗯，您好，我是。什么？后天上午到市局报到参加培训，真的吗？第二名被取消资格与成绩？哦，好的，我知道了。谢谢您！"伍小伟放下电话，转身快步走到郑所长面前，"报告所长，我能参加省里的唱歌决赛了！获得男声组第二名的原来是个学校的音乐老师，他不是我们税务系统的职工，资格复审被取消资格了。"

幸福来得太突然，"我到门口去买雪糕，请所长和大家吃冷饮。"伍小伟冲出门去。一出门，他情不自禁握紧拳头使劲挥了好几下，"我能去市里培训、到省里参加比赛啦，简直是天上掉馅饼。"他感觉意犹未尽，忍不住仰起头，对着天空"啊……啊……"大喊起来，"啊……啊……"

"哎，这不又能见到林晓蕾了？她怎么也不会想到我也参加培训来了。她喜欢'霹雳虎'，但我是伍小伟啊。"林晓蕾仿佛小说中走出的清纯女生一样，能跟她一起度过一段培训和比赛的时光，伍小伟内心当然是喜悦的。

郑所长为奖励和激励伍小伟，专门召开了所领导班子会议，决定奖励他一套赴省参赛的服装，由他自己去县城商场挑选一件衬衫、一条领带和一条西裤。另外，郑所长私人赠送了一双白色皮鞋给他，说本来是给儿子的生日礼物，但儿子不领情、嫌白色的不耐脏。经过这么一武装，伍小伟的形象又得到了显著提升，内心的动力也更大了。

第三天上午，县税务局专门派车送伍小伟去指定的宾馆报到，毕竟这是市局组织的活动，听说四名入围选手中市直分局的占了一半，只有两名是县（区）的。

当伍小伟推开参训人员集中的会议室大门时，看见林晓蕾他们三个已经到了。虽然从名册上以及市局接待人员嘴里已经知道伍小伟要来，林晓蕾还是激动地冲上来给了伍小伟一个热情的拥抱，把伍小伟的脸都给羞红了。

市税务局给他们安排了两位培训老师，江老师是教美声的，是个美女；曹老师负责通俗唱法选手的培训，是个帅哥。老师首先说明，两个星期的短训，以纠正选手们唱法的错误之处和设计舞台动作为主，乐理知识及唱歌的基本功训练之类则无暇顾及。

林晓蕾过去接受过比较正规的唱歌培训，加上二胡拉得相当不错，老师给她重新挑选了一首正流行着的由歌手周冰倩演唱的《真的好想你》，并参照原唱的演绎方式，一段唱完之后插入一小段二胡演奏，效果也真的很好。

伍小伟和老师接受了林晓蕾的建议，利用自身优势，改唱"霹雳虎"吴奇隆的《祝你一路顺风》，并在形象设计上相应做了调整，还给表演服装配了条背带，显得更加时尚，而郑所长赠送的白皮鞋也让舞台形象增色不少。

"帅气！要是骑上摩托车，就是迷人的'追风少年'！伍小伟，真帅！你该谢谢我的建议。"林晓蕾盯着伍小伟的眼睛，笑着，露出两个酒窝。

"的确挺帅的，我们首先在舞台形象上加了分，接下来要在动作设计上下功夫。伍小伟，你要多看看吴奇隆的影像资料，尽量从形似到神似。《祝你一路顺风》难度不是很大，副歌部分注意放松，要用感情，你就想象你们几个比赛结束时快要分手了，特别是你送林晓蕾离开。"因为伍小伟和林晓蕾两个通俗唱法的由自己辅导，曹老师打比方时就举了他们两个的例子。当然，林晓蕾对"霹雳虎"的喜欢，曹老师也早看出来了。

"好的，我一定好好加油，绝不辜负老师和大家对我的支持和鼓励。敬礼！"伍小伟真的抬手敬了个礼，把大家给逗乐了。

不知不觉一个星期过去了。星期天不放假，但选手们可以自行练习或自由活动。

"嘿，小伟，我们去逛逛街吧。我在商业大厦看中一套衣服，有两种颜色搭配比较难选择，你来帮我参考参考。"一起培训时间长了，林晓蕾干脆直接喊"小伟"，伍小伟也渐渐习惯了。

"好啊！一个星期没出宾馆大门，我也很想出去透透气。"的确，培训生活过了头几天的新鲜劲,就显得有点单调枯燥,"喊他们两个一起出去吧。"伍小伟觉得四个人一起培训的,出门相互招呼一声更好。

"我去买衣服,如果浪费了他们的时间,不太好意思。要不我们问问他们愿不愿意一起出去。"林晓蕾说,听上去似乎也有道理。

不出所料,另外两人说待会儿有朋友来玩或是想睡懒觉,就不跟他俩一起出去了。

"小伟你来看,就是这套衣服,我很喜欢。有两种颜色搭配,其实就是黑白两色相互调换。我分别试穿一下,你给我拿个主意。"林晓蕾将伍小伟带到一个服装柜台前,伸手指着一套衣服。

"我可以提个参考意见,最终可得由你自己决定。再说,你的眼光比我好多了。"伍小伟从见到林晓蕾起,就觉得她的穿着总那么恰到好处。

"选哪一套,我是有个初步想法,但今天听你的,你喜欢我就喜欢。"林晓蕾没像是开玩笑。

这是一套中式服装,有点古装的味道。简约宽松的短袖上装,V形领是那种宽幅并上下覆盖的,而短袖的袖口则镶了花边,真正是简约而不简单;纯色长裙,也是极其简约的风格,单独看可能不怎么样,但配上短袖,则立刻有了韵味。

林晓蕾先试穿了一套比较常见的白上装配黑长裙的,"怎么样?好看吗?"她在伍小伟面前慢慢转了个圈。

"真好看!非常适合你的气质!"伍小伟有点被震撼到,眼睛似乎都看直了,"清纯、优雅,又有一种成熟的美。简直是仙女下凡!"

"真这么好?你喜欢吗?"林晓蕾目光从衣服上移到伍小伟脸上。

"当然是真的,骗人是小狗!我喜欢!"伍小伟不停地点头,唯恐林晓蕾不相信自己。

当林晓蕾换上另一套黑上装白长裙的颜色搭配时,伍小伟更深信无论怎么穿她都是好看的,因为这一套似乎比上一套更能显示出她那清新脱俗的气质,也更能展现她白皙光滑的肌肤。

最终,林晓蕾根据伍小伟的意见,选择了后一套也就是黑短袖白长裙的。后来林晓蕾告诉伍小伟,其实自己的初步意向是前一套颜色搭配,但伍小伟喜欢比自己喜欢更重要。

临近中午,他们乘公交车回去。一个急拐弯处,林晓蕾站立不稳,双手紧紧抓住了伍小伟的胳膊。就这样,一直到培训的宾馆,林晓蕾的手再没松开。

不知道是因为天气太热还是自己太兴奋与紧张,伍小伟感觉浑身热烘烘的,汗水流个不停,连胳膊都湿了。

4

经过星期天去商场买衣服之后,伍小伟和林晓蕾内心都发生了些变化,彼此之间无论目光还是言语更多了一种自己人的感觉,但由于伍小伟仍然处处拘谨而小心,他们俩并没有迅速向前发展成恋爱关系。

双方倒是对对方家庭情况有了进一步了解。林晓蕾的父亲是黄海市下辖金海县的副县长,母亲是一家银行驻县城支行的行长,有一个弟弟还在读高中;伍小伟家是个农民家庭,兄弟姐妹五个,他是中间的一个,正巧兄弟姐妹都有。

转眼间又一个星期过去了,选手们完成了全部培训内容,每个人对于自己歌曲的演绎基本达到了比较完整的程度。老师也基本不再教什么新的内容,就是要求大家时刻注意气息的运用,并将设计好的舞台动作做得更加自然、流畅、有力度。

出发前的那天晚上,适逢黄海市财会学校举行开学典礼,市税务局抓住难得的练兵机会,跟学校商量后,安排四人悉数登场,不仅演唱了自己的参赛曲目,还临时突击抢排、双双表演了男女声对唱《马铃儿响来玉鸟儿唱》《选择》。

当伍小伟和林晓蕾一起唱出"我一定会爱你到地久到天长,我一定会陪你到海枯到石烂!就算回到从前这仍是我唯一决定,我选择了你,你选择了我,这是我们的选择"的时候,伍小伟看见林晓蕾眼里有泪光闪过。其实伍小伟怎么会不明白林晓蕾对自己的这份感情呢,他又怎么会不清楚自己也喜欢林晓蕾呢,可是,当比赛结束回到各自的生活中去之后,当舞台上的"霹雳虎"变成乡村风里来雨里去的小小收税员的时候,当林晓蕾看到自己住在老旧平房里的父母以及弟弟妹妹的时候,她还能说出"我一定会爱你到地久到天长,我一定会陪你到海枯到石烂"这样的话来吗?

终于,全省税务系统庆祝乡镇税务机构成立40周年卡拉OK大赛,在驻省城一家颇有名气的石化集团所属新石化大酒店隆重举行。大赛由省电视台著名综艺节目主持人韩笑主持,评委则由高校声乐老师、相关歌舞团体专业人士组成,还专门邀请了属地前线歌舞团和省歌舞剧院的当红歌手作为嘉宾参加颁奖典礼的演出。

林晓蕾身穿由伍小伟在商业大厦选定的中式服装出场,她清纯脱俗的形象、充满感情的演唱加上扣人心弦的二胡演奏,得到了所有评委的一致认可及全体观众的热烈掌声,最终如愿获得一等奖殊荣!而同是黄海市税务局代表队演唱《曙光在前头》的选手获得了二等奖,伍小伟与本队另一位歌手分别获得三等奖及优秀歌手奖。黄海队堪称大获全胜!

"谢谢你!小伟,是你帮我选的这套衣服给我带来了好运。"颁奖典礼结束后,林晓蕾走到伍小伟身边。

"祝贺你!可不是运气,你的实力一直在那儿。这次老师和你一起选曲与编排也非常好,实至名归。为你高兴,也为能有你这样的朋友感到骄傲与自豪!我在市里选拔时摔了个跟头之后还能成功入围,现在又得到了三等奖,非常感谢你给予我这么多的鼓励、支持和帮助,谢谢你!哎呀,这里面有点太热了。"伍小伟说完,转过头去用手抹了一下额头和眼睛。

"小伟,你终于一下子说了这么多话。我愿意为你做点事情,你成功了我高兴,比我自己成功更高兴,你知道我说的是真心话。怎么谢我?谢我你就抱抱我!儿歌中孩子们都这么说的。"林晓蕾说完,放下了手中的奖杯,伍小伟主动迎上来,他们深情拥抱在一起。

5

比赛结束回家不久,因为工作需要,伍小伟被调到了本县靠近海边、各方面条件比较艰苦的一个乡镇。到新单位报到之后,他就一心扑在了工作之中。那些穿着登台表演的衣服包括郑所长赠送的白皮鞋一股脑儿装进了箱子。

除了本职工作范围内的各类税收需要收取之外,还要和乡镇财政所人员一起突击收取季节性强的大蒜苗特产税、泥螺特产税以及车船使用税等等,因此伍小伟经常忙到深更半夜才能回宿舍。小乡镇供水普遍比较紧张,有时候夜晚回到宿舍,自来水却已经停了,无法洗澡和洗头,只能用水缸和脸盆储存的水擦擦身子。为了方便,伍小伟干脆到理发店去剪了个板寸头。

林晓蕾回家之后,总忘不了"霹雳虎"伍小伟,经常跟爸爸妈妈和弟弟谈起与伍小伟一起在宾馆培训以及到省里参加比赛的情形。后来,伍小伟时常出现在了林晓蕾的梦里。

除了电话联系,他们还通过书信往来交流彼此的工作与生活情况,伍小伟在各类财税报刊上发表的论文与通讯等等也寄给林晓蕾分享。不知道是因为距离产生美,还是受伍小伟勤奋工作的敬业精神所感动,林晓蕾内心对伍小伟的好感又增加了一层。

一天,当林晓蕾又一次说起伍小伟的时候,她弟弟调皮地说:"姐姐,能不能让我见见'霹雳虎'伍大哥啊,说不定他也会成为我的偶像呢。"

"那就约小伍到我们家来玩玩吧,看来晓蕾是忘不了他的。再说,以我们晓蕾所介绍的情况来看,这个小伍应该是个比较优秀的年轻人。"知女莫若父,林晓蕾爸爸理解女儿的心情。

就在这期间,伍小伟由于工作表现突出,被提拔为所在镇税务所副所长,也成为全市税务系统最年轻的中层干部。

在中秋节即将来临之际,林小蕾给伍小伟写了封信,除了诉说思念之情,更慎重发出邀请,"快点来吧!你不来,我便去看你。"

宿舍刚刚拆了待重建,自己暂时住在十平方米左右的旧厨房;父母那儿正养着秋蚕,屋子里不仅拥挤不堪,还有浓浓的气味;而自己,理了个板寸头,脸被晒得黑不溜秋……伍小伟认真考虑了两天,决定还是到林晓蕾家去一趟,"我不能做个懦夫,她真心喜欢我,我也是很喜欢她的。"他在心里一遍遍对自己说。

接下来伍小伟认真做了些准备。首先打算给林晓蕾一家人分别送件礼物,先计划好,到市区转车时去商场买:一条烟、两盒营养口服液、一套化妆品,加上一盒雀巢咖啡。怎么收拾一下自己呢?板寸头无法一下子长出长头发来,皮肤黑乎乎的一下子也捂不白,只有顺其自然了。穿什么衣服?天气有点凉了,林晓蕾喜欢并看习惯了的夏季衣服已经压入箱底,自己好像也没有什么特别合适的出客衣服。参加工作不久,没什么积蓄,手头留下买礼物的钱,暂时也没什么余钱了。跟父母要钱?伍小伟实在开不了这个口,念头一冒出来就立刻被打消。

宿舍旁边正好有个裁缝店,两个小裁缝自己也熟悉,于是,伍小伟到店里请小裁缝师傅们提提参考意见。

"他们家条件比较好,我的穿着难以靠质量来博得肯定,同时我也不想借钱去买衣服。那个女孩子比较喜欢小虎队里吴奇隆的造型。"伍小伟将自己的想法告诉他们。

"我们可以做一身衣服,用灯芯绒的面料,上装短夹克,下装宽松裤,裤脚做成收口的,脚上配双运动鞋。这样既不用多花钱,又有点时髦的感觉,还不怕坐车弄皱了。"其中一位年龄稍大一些的师傅说。

"我觉得可以,你气质不错,穿起来显得活泼生动,灯芯绒面料有时可以产生出其不意的效果。我们选浅咖啡色的,看上去更明快一点。那女孩子不是喜欢'霹雳虎'吗?我们这样打扮像跳霹雳舞的。"另一位小师傅笑着补充说,还抬手做了个霹雳舞动作。

"好吧。只怕我这板寸头、脸上晒得都蜕皮了,穿上灯芯绒衣服后可能像个农民工。我可不是说你们做不好衣服啊。那就这样吧,如果做好了穿上感觉太一般,就留着平时穿。"伍小伟不想太纠结了,"再说,若是他们一家人要求太高,我再怎么努力也无法令他们满意。"

怀着激动而忐忑的心情坐上前往市区的公共汽车,在商场买好礼物后背着个大背包站在洗手间的镜子前,伍小伟内心突然产生一种迷茫的感觉,也有一丝莫名的忧伤。"别想太多了,就当去看一个普通朋友吧。"他这样宽慰和鼓励自己。

6

"嘿,林晓蕾,我来了!"伍小伟走出车站,一眼就看见了林晓蕾,他边喊边挥了挥手。

林晓蕾盯着伍小伟看着，不由张大了嘴巴，"小伟，是你吗？这变化也太大了吧？才三个多月。"林晓蕾愣在那儿，没有立刻笑起来，也没有露出两个漂亮的酒窝，"头发怎么剪这么短啊！那么好看的发型怎么舍得剪掉的？事先也不跟我说一声。脸怎么晒成了这个样子？"林晓蕾眉头皱了起来。

"前阵子实在太忙，有时候晚上回到宿舍没水洗头，太难受了，只好剪了个板寸头。以后再留吧，我头发长起来很快的。"伍小伟尴尬地笑着，并用手抓了抓自己的头发，也的确太短了，抓都抓不着。

"没了那么帅的发型，倒不太像'霹雳虎'了。你……"林晓蕾没说下去，抿了抿嘴，"我们打个车回去。你背了这么大个包！里面还有衣服？"

"不是衣服，是给你爸爸妈妈买的礼物，还有你和你弟弟的。要不要看看我给你的礼物？"伍小伟将包从背上卸了下来。

"我还以为是衣服。小伟，你这样子跟我想象的不太一样，我妈妈可能会感觉意外。"林晓蕾若有所思，"我以为你会穿着皮夹克、牛仔裤和耐克鞋的。"

"皮夹克？说老实话，别说穿了，我连摸都没摸过。一件皮夹克两三千块，我一个月工资三百块还不到。"一种失落的情绪掠过伍小伟心头，他的脸色不由沉了下来。

"嗯，没关系，我就是随便说说的。小伟，很高兴你来看我，我们上车吧。"林晓蕾打了辆面的。

林晓蕾家离车站很近，一会儿工夫就到了。

"小伟，这是我爸爸妈妈。这是我弟弟林晓果。"

"叔叔好！阿姨好！"伍小伟弯腰打招呼，"晓果你好！"

"是小伍吧？快进来。"林晓蕾爸爸关掉电视，站起来，跟伍小伟握了一下手。

林晓蕾妈妈上下打量着伍小伟，"小伍，你们税务人员上班不是穿制服吗？你这身工作服好像没来得及换哪。"

"阿姨，我们上班是穿制服，我身上不是工作服。"伍小伟隐约感觉自己担心的事情正在发生，只是没想到来得这么快、这么直接。他暗暗后悔不该听小裁缝的意见，这身灯芯绒面料的衣服实在太普通了，加上自己现在的短头发、黑脸庞,连自己都觉得像个农民工。

"晓蕾总说你像'小虎队'里的吴奇隆,我倒没看出来。小伍你身高多少? 我们家晓果1米83。"

"阿姨,我身高1米72。"

"妈,让小伟歇会儿吧。"林晓蕾将伍小伟带进自己的房间。"我妈这人就这样,刀子嘴,豆腐心,你别介意啊。今天你乘车、转车一路辛苦了,头发上都看得出灰尘。待会儿你先洗个澡吧。"

"没关系的。你妈说得没错,我这身衣服有点像工人或者农民工的工作服,也怪我自己不够慎重。刚刚在车站,你不也感觉意外吗?"伍小伟认真地说。

"别想太多了,争取在这儿玩得开心一些。"林晓蕾调皮地眨了眨眼睛,"你先去洗个澡吧。我帮爸妈烧饭去。"

"我是得洗个头、冲个澡,今天乘公共汽车这么长时间,恐怕已是灰头土脸了。晚上住这儿,可不能把你们家被子、床单给弄脏了。"伍小伟从包里拿出自己的洗漱用品,走进了洗澡间。可是,面对比较复杂的一组水龙头,他调来调去,却怎么也调不出热水来。也难怪,在公共浴室只要打开水龙头就行,而自己家里和宿舍都没有热水器。他想穿上衣服走出去问一声,可又担心被嘲笑。就这样,在天气已经比较凉的秋天,伍小伟硬着头皮洗了个冷水澡,穿上衣服后感觉浑身上下还直打哆嗦。

"小伟,你洗了个冷水澡? 冻得要命吧。"林晓蕾看着伍小伟,眼神里有些责怪、有些无奈,她悄悄伸手摸了摸伍小伟的手,没有马上松开。

"你怎么知道的?"伍小伟脸一下红了,"我调了好一会儿水龙头,没调出热水来。"

"为什么不跟我们说一声呢?"

"哎呀,一是嫌麻烦,二是怕被你妈笑话。"

"热水器的燃气没有燃烧,我们都看得清清楚楚。我想喊你、告诉你的,但被我妈制止了,她说你一定能调出热水来,否则你会来问我们怎么用的。你干吗这么倔强?"

"没什么! 不就一次冷水澡吗? 我身边很多人冬天都洗冷水澡的,人家东北人还冬泳呢。再说，我本来就是个农村人，没用过的、不懂的东西还多着呢！"伍小伟昂起头，眼睛盯着林晓蕾，眼神里有一种林晓蕾没有见过的东西。

"生气了？我向你道歉，是我太粗心了，没有提前跟你说清楚水龙头怎么打开，请你原谅！"

"我没生你的气。要生气我也应该生自己的气。"

"哎呀，小伟，我们就当什么都没发生，谁也不是'万事通'嘛。我再次向你表示歉意！"

吃晚饭的时候，林晓蕾爸爸拿出一瓶地产酒，说大家随意喝点。伍小伟本没什么酒量，可心里有点羞愧、有点憋屈又有点怒气，不知不觉就喝过量了。

晚饭吃完也才八点不到，林晓蕾为了缓和气氛，也想单独跟伍小伟聊聊，就请伍小伟一起到舞厅跳舞去。

当舞厅的灯光被调到柔和的蓝色，当《蓝色多瑙河》音乐响起的时候，自己中小学时代成绩优良、一直担任学生干部，在大学校园舞台上纵情歌唱、连续获得"校园歌手"称号，在舞会上快速而忘情旋转、被老师同学们称作"舞王"，参加工作后工作上兢兢业业、成为全市税务系统最年轻的副所长……一幕一幕浮现在眼前，"这是我的样子，这些都是我的样子！"伍小伟在心里呐喊。

"林晓蕾，我们跳一曲吧！"伍小伟拥着林晓蕾跳了起来，"嘭嚓嚓，嘭嚓嚓，嘭嚓嚓，嘭嚓嚓……"《蓝色多瑙河》节奏真好啊，我最喜欢这种感觉……一圈又一圈，一圈又一圈……脚步再大一点，旋转再快一点……身体往后伸展开，弧线更加优美……"嘭嚓嚓，嘭嚓嚓，嘭嚓嚓，嘭嚓嚓……"

伍小伟拥着林晓蕾越转幅度越大、越转幅度越大，直转得头晕目眩，直转得天旋地转……他想停下来，将林晓蕾送到座位上，可是他站立不稳、跟跟跄跄，"扑通"一声重重摔倒在地，他想挣扎着爬起来，可依然头晕目眩，"扑通"一声又重重倒了下去……他感觉胃里翻江倒海、一阵阵恶心，"哇，哇……"他拼命呕吐起来，"哇，哇……"鞋子上、衣服上，都沾染上了呕吐物；酒味、酸味，各种难闻的味道散发开来……

一阵呕吐之后，伍小伟努力睁开眼睛，他看到林晓蕾蹲在自己身旁，眼泪哗哗流个不停。

7

第二天,一手拎着林晓蕾给洗干净了的灯芯绒衣服,一手拎着林晓蕾妈妈说什么都得让伍小伟全部带回去的一背包东西,伍小伟坐上了回家的公共汽车。

车门关上后,林晓蕾站在那儿挥着手,直到汽车开远。

回到小镇后,伍小伟给林晓蕾写了一封信。

晓蕾:

省城唱歌比赛后一别,你可能设想过很多我们再次见面时的情景,但一定不会想到最后是这个样子的。非常抱歉!我的样子令你家人失望、让你蒙羞,特别是在舞厅的那一幕,不堪回首,快快忘了那一切吧!

几个月的时间,似梦似真,虽短暂却美好。感谢你对我的喜欢、支持和鼓励!很多瞬间感动我心、令我难忘。头一次在市里,当我摔倒在地时,是你给了我一个坚定的眼神;到商业大厦买衣服,你将最终选择权交给了我;在回宾馆的公交车上,你紧紧抓住我的胳膊,一路没有松开;在学校开学典礼上一起演唱《选择》时,我看见泪光在你眼底闪烁……

你说我像"霹雳虎"吴奇隆,也许我长得的确有点像他,但一次次站在舞台上的,是我,而不是别人。

板寸头,黑脸庞,灯芯绒衣服,还有打不开热水器……也没多大关系啊,这就是我和我的生活,这体现的就是现在的我的能力,可这不能算是我的错。走下唱歌的舞台,我习惯走在庄稼地里,我喜欢卷起裤管、奔跑在滩涂上,我也不惧怕乡镇小街的夜晚没有水洗澡、洗头……这种状态下我的样子,更是我真正的样子。

晓蕾,你妈和你都认为我该穿着皮夹克、耐克鞋,该有一个城里年轻人帅帅的样子。我也希望啊,我也希望自己能给你们全家人带来惊喜,但现在我还做不到。可是,我有吃苦耐劳的精神,我有对工作的热爱与追求;我也有一定的音乐天赋和展示、表达能力……我相信明天,我相信未来;现在没有的明天都会有,咱乡村的未来会和城市一样美好。

晓蕾,你漂亮、温柔,你气质高雅,你有才气,你像诗书中走出来的女子。很荣幸能够认识你!

再听我为你唱首歌吧,这是"霹雳虎"吴奇隆的《祝你一路顺风》,是你为我选择的参赛歌曲——

"那一天知道你要走,我们一句话也没有说;当午夜的钟声敲痛离别的心门,却打不开你深深的沉默。那一天送你送到最后,我们一句话也没有留;当拥挤的月台挤痛送别的人们,却挤不掉我深深的离愁……"

8

若干年后,伍小伟调任林晓蕾父母所在的金海县任县长。

一天上午,伍小伟到县人民公园参加全民义务植树活动,活动结束后,正巧遇上了在公园晨练的林晓蕾父母。

"伍县长,您还认识我们吗?我是林晓蕾的父亲,这是晓蕾的母亲。我们已经退休多年啦。"林晓蕾父亲主动介绍说。

"林老县长您好!阿姨您好!你们的身体真好,看上去这么精神,一点儿不显老!你们太客气了,直接喊我伍小伟吧。"伍小伟上前一步,握住了两位老人的手。

"都八十多岁的老人啦,不过身体倒没什么大毛病。伍县长父母身体也挺好的吧?"

"嗯,都挺好的,早晚也正常散散步呢。"

"伍县长,当年我们有点对不住您,不好意思啊。我们家晓蕾随军去北京已经二十多年了。"林晓蕾母亲看着伍小伟,接过了话茬。

"阿姨,您快别这样说。要说有点遗憾,也是由于当年城乡差别太大造成的。您看现在多好啊,随着乡村振兴战略的实施,农村基础设施越来越完善,农村人居环境大变样,新型农村社区里的联体别墅比城里房子还要好。粮食生产全程机械化之后,新型职业农民再也不用面朝黄土背朝天了,城乡差别越来越小啦!林老县长,您说是不是?"

长期以来,城乡二元结构造成的影响包括对年轻人恋爱和婚姻的影响,伍小伟体会深刻,说这番话,他是发自内心的。

"是的,是的,我们小区有不少人想到农村去建房、买房呢,只是国家政策不允许。"

"伍县长,看到您现在这个样子,我们内心无比欣慰!如果晓蕾回来看见您的样子,她也会非常高兴的。"

9

你的样子!

其实,伍小伟始终是他自己的样子,变化的,是他所处的环境以及他担任的角色。

二〇二二年二月十九日